아이제（Eise）/著

愛呦文創 f 愛呦文創

DEAD MAN SWITCH · 2

末日校園

아이제（Eise）/ 著　艾咪 / 譯
Zorya / 封面繪圖　sima / 海報繪圖

目錄 CONTENT

PART 二 混沌

PART 三 曙光

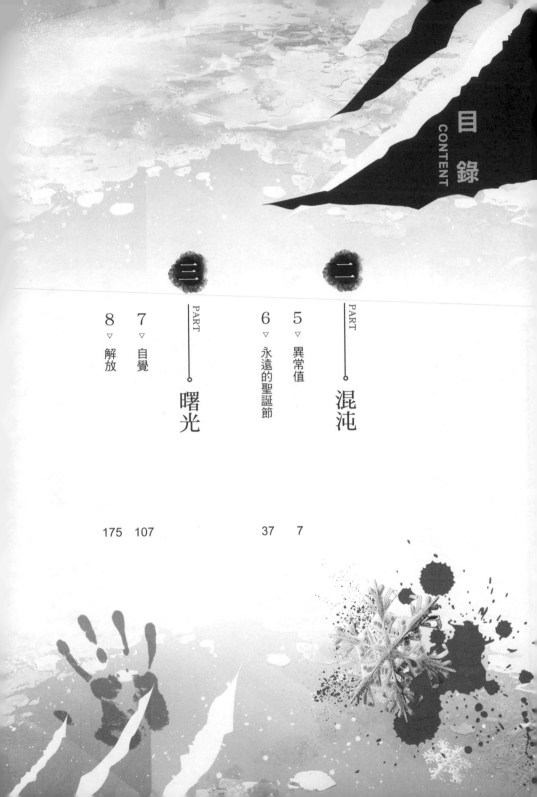

PART 二

。

混沌

我所知道的學長一直都是不同於常人的異類，
雙手沾滿鮮血也不以為意，總是說著莫名其妙的話，
突然怒氣沖沖又突然沉默不言。
我突然有種想法，
我想看看和這世上所有學生一樣，
過著平凡每一天的學長。

CHAPTER 5 ▽ 異常値

經過一番騷動之後，男子和我尷尬地面對面坐著。

「……呃。」

男子低下頭，輕輕地揉了揉鼻子，強忍住啜泣聲。他似乎這時才意識到，一個年過三十的大男人在年輕男學生面前哭泣，感到有點羞愧。

他的身高比一般差不多年紀的人還矮，體形圓潤，穿著沾滿污垢、髒兮兮的開襟衫，裡面的襯衫皺巴巴，頂著一頭像鳥窩的頭髮，似乎連自己脖子上掛著的教職員證都忘了，整體來說就是一副狼狽又可憐的樣子。

「呃……那個，同學。」

他怯生生地微微抬起頭。

「可以給我一點水喝嗎？我快渴死了。」

「冰箱裡有，你自己去拿吧。」

對於連燈都不打開，偷偷潛入辦公室的入侵者，我說話也沒太客氣。雖然嚴格說起來，他本來就在這間辦公室工作，而我才算是入侵者。

「我的腿沒力……」他可憐兮兮地說。

我嘆了口氣，只好起身幫他拿。

男子接過我遞出的冰涼礦泉水，馬上迫不及待咕嚕咕嚕把水喝掉，一公升的水幾乎被他喝光，這才得以展開正式的對話。

設備管理組何在民課長，這是男子的職銜與姓名。在事態發生之前，他負責管理七十週年紀念館和周邊建築。

「當時我正在外面巡視檢查設備。因為要確保放假期間水管不能凍裂或因暴雪而停電，結果巡到一半突然接到通知。」

剛開始接到的通知，表示實驗室發生事故。當時他還沒有任何危機感，直覺認為反正那個學系的人會自行處理。

「但是教職員私下使用的群組裡卻很熱鬧，有人說實驗室裡有害物質外洩，吵得沸沸揚揚……說連一一九、特殊搜救隊和警方的科學調查小組都來了，還有人說應該聯絡科學搜查研究院。」

這些內容我是初次聽到，在中央圖書館見到的那些學生也不知道這件事，一切都充滿了疑問。既然特殊搜救隊和科學調查小組都出馬了，為什麼事情非但沒有解決，反而蔓延到整個校園？那些出動的支援人員又在哪裡？

「可是為什麼都沒有人來救我們？不是應該派警察或軍隊進來才合理嗎？」

「誰會來啊，就算來了也一樣會掛掉。」

我突然想起之前和學長的對話，難不成他連這個都知道？可是他又是怎麼知道的？

何在民繼續說：「我來到一樓要回辦公室，但遠遠看到辦公室的門大開，直覺裡面氣氛有點怪怪的，大家好像很不安的騷動，然後突然就聽到慘叫聲。」

當時搞不清楚狀況的他只看到人們爭先恐後奪門而出，他還呆呆地站在大廳，後來才知道發生了什麼事。辦公室裡有人搖搖晃晃地走了出來，嘴角沾滿血和肉屑，拖著四肢，怎麼看也不像是個正常人。

樓梯就在旁邊，從辦公室逃出的人們本能地往地下室跑，何在民也慌忙跟著同事們跑，但是就差幾秒鐘，他眼睜睜地看著地下室的安全門緊緊關上。

「因為地下室有重要的設備和書庫，所以總是鎖著。地下室的鑰匙正好就放在辦公室，所以……」

沒有別的辦法了，後方的追擊者正節節逼進。他連忙掉頭，在氣喘吁吁、雙腿無力的情況下，還是拚了命地往樓上跑。二樓、三樓、四樓，最後他到了最高層樓，進入一間空的會議室，鎖上門蜷縮在角落裡。所幸不知來歷的怪物沒有追上來，接下來很長一段時間，他只靠會議室裡的茶點勉強維持。

「就這樣一直撐著，因為太害怕了，所以一直不敢出會議室。可是到後來又餓又渴，實在受不了。」他說著說著又開始啜泣。

一身邋邋遢遢的男人這個樣子讓人看了覺得更可憐。

「最後我還是鼓起勇氣出來了，就算會死，我也要吃辦公室裡的餅乾和飲料。只是不曉得那個怪物還在不在，所以才偷偷地進來。」

現在我終於明白了事情的來龍去脈，回想起拚命在辦公室地板上匍匐爬行的他，真不知該笑還是該哭。

「嗯，那個……課長，真抱歉，餅乾和飲料被我們吃掉很多了。」

「沒關係，這有什麼好抱歉的，都是為了活下去啊。啊，對了，等一下。」

他顫抖著好不容易站了起來，翻開辦公桌抽屜，噹啷地拿出一大串鑰匙，走到牆邊打開上鎖的櫃子，裡面裝滿了高級包裝的巧克力、餅乾、咖啡豆等。

「招待貴賓用的高級茶點我們都是另外放的，現在留著這些東西也沒什麼用了，人命才是最重要的。這裡有很多，不要客氣，盡量吃吧。」

「謝謝。」

他率先打開一個箱子，拿出散裝的餅乾，再把餅乾一一裝進口袋裡。雖然這樣形容三十五歲左右的男人有點失禮，但他看起來就像把堅果塞進腮幫子裡儲存的松鼠一樣。

「怎麼會這樣？看來學校也沒有即時通知學生，當教職員們忙著逃命的時候，學生們卻什麼都不知道……」

在確保拿了足夠的糧食之後，何在民像是經歷了好幾週磨難的人似的，雙手摸著憔悴的臉。

「那個……同學，這似乎有點強人所難，但是可以請你和我一起去地下室看看嗎？我想辦公室的人應該還在那裡。」

在這種情況下，他居然還掛心著同事們，這個看起來不修邊幅、憨厚、愛哭、善良的人，雖然我不該這麼說，但他真的和殭屍什麼的搭不上邊啊。

「我躲在會議室裡靠點心餅乾活了下來，可是地下室不可能會有糧食，我很擔心他們。本來應該拿了鑰匙自己去才對……可是說真的，我實在很害怕，如果有人可以陪我去就好了。」

「……」我一時不知道該怎麼回答。

他抓了抓後腦杓苦笑。

「這個請求太強人所難了對吧？我了解，你都自顧不暇了，我年紀比你大，還要求你陪我去，真是太無恥了。」

「不是……我還有一個同伴，可能要先和他討論一下，不好意思。」

「這裡除了你之外還有別人嗎？」

我正要開口回答時，一道陰森森的陰影籠罩在他頭上，學長就站在椅子後方面無表情地舉起鐵管。黑色的口罩遮住了鼻子和嘴，更令人毛骨悚然。

我的身體反射性地從座位彈了起來，一把抓住學長握著鐵管往下揮的手腕。

「學長！」

由上往下的力量與從下方阻擋的力量對決，這腕力真不是開玩笑的，我的手忍不住顫抖。

「啊！啊！」

冷不防差點被鐵管砸中腦袋的何在民大叫著，他比我矮很多，跟學長一比更是天龍地虎，夾在兩個高大男生中間的他顯得更可憐，但我現在沒有時間去關心他。

「快住手，是人，他是活人啊。」

手上還在力量較勁，好不容易與學長的視線對上了，隔著口罩學長噗哧一笑，黑沉沉的眼睛沒有焦點。

「所以咧？」

「什麼所以咧？」

我啞口無言，一時手上力道鬆了，學長試圖按住我的手，我一咬牙再次用力，艱難支撐著的手背上青筋突出。

「不管是不是活的，一旦被咬之後還不都一樣，都殺掉就不會礙事了，嗯？」

「你還在幹麼？啊？快點閃啊！」

我好不容易攔住學長，一邊向何在民大吼，不知所措的他這才慌慌張張地躲開。

再繼續跟學長拚手勁我是撐不了多久的，我手一鬆，放開他的手腕撲了上去抱住他，兩人的胸膛瞬間硬生生地緊貼在一起。

「……」

全身肌肉緊繃的學長，身體慢慢放鬆，似乎覺得現在應該沒問題之際，他放下胳膊。我們兩人都呼吸急促。

「不是，這……這到底是……」

何在民一臉看到鬼的樣子，來回看著我和學長。

「這位是我的同伴，他不是壞人……」

我習慣性地為學長辯解，但話還沒說完又咬緊嘴唇。

事情到這種地步了，解釋那麼多又有什麼用？

「護現啊……我不是叫你等我一下，結果現在是怎樣？」

學長低頭看著地板喃喃說道，突然抬頭瞪著何在民，狠狠地說：「滾！」

「不是……大哥，我原本就在這間辦公室工作……」

「反正最後一切都會毀了，廢話那麼多做什麼，還不快滾？」

「可是……那個……」

何在民說的沒錯，這本來就是他的辦公室，原則上該出去的是我們。但是要用原則和邏輯說服學長，基本上根本不可能。

何在民用可憐兮兮的眼神看著我，尋求我的幫助。我一時也沒有什麼好辦法，光是要阻擋一臉殺氣騰騰，恨不得馬上用鐵管劈掉他腦袋的學長就已經很吃力了。

臉色鐵青的何在民猶豫著一步一步往後退，好像馬上就要哭出來一樣，轉身離開。雖然辦公室並不是百分之百安全，但外面更危險。

我的心情很沉重。

辦公室裡只剩下我和學長，我的心情錯綜複雜，不知道該說什麼，只能用手抹了抹臉。學長隨手把鐵管一扔，接著脫下外衣，露出的胳膊上有著細細的傷痕，在舊傷疤之間的新傷口格外顯眼。

「學長，你受傷了？」

我的聲音連自己聽起來都覺得藏不住的疲累。

「讓我看看，我幫你處理。」

「算了，不是被咬的。」

我走上前抓住他的胳膊，看起來只是稍微破了點皮，簡單消毒一下再塗上藥膏、貼個ＯＫ繃就可以了。

「我看得出來不是被咬的。可是即使只是劃傷，也要消毒上藥，不然會發炎啊。」

他沒有回答，只是不耐煩地甩開我。

在那一瞬間，我的理智線突然斷了。

「學長，拜託你好不好！」

我不自覺爆發出神經質的吶喊。

「一次也好，可不可以請你好好聽我的話？可以嗎？我要害你嗎？還是故意跟學長唱反調惹你生氣的嗎？不是啊，我是擔心你啊，你為什麼要這樣？」

「擔心？擔心個屁！誰在擔心誰啊？你自己清醒一點吧。」

「剛才那個人什麼都沒有做，他反而把上鎖的櫃子打開，拿吃的東西出來，你為什麼非得把他趕走不可？」

「你以為我沒聽到嗎？他不是說要你跟他一起去地下室什麼的，我看你一副傻乎乎的樣子，又想跟著人家去是吧？」

「既然聽到就應該把話聽完啊，我不是說要跟同伴討論，所以先拒絕他了嗎？我知道學長認為我是天下第一大傻瓜，但我也不是會不跟你說一聲就走的人啊。」

「……」

「學長不是說過，地下室什麼都沒有，那麼就算去了也不會有什麼危險吧？」

「哼……看看這個。」

學長抓住我的肩膀猛然推了一把，我砰的一聲撞到後面的桌子，對尚未痊癒的大腿造成巨大的衝擊，痛得瞬間眼前一片漆黑。

「了不起啊，鄭護現，以前膽小只會乾瞪眼的小鬼，現在居然還敢頂撞我。你懂什麼？不關你的事就閉嘴，想活命就乖乖聽我的話，否則只會讓我想殺了你。」

我努力瞪大眼睛，以避免自己因為劇烈疼痛而失去意識，為了不發出呻吟，狠狠地咬緊了牙。

「那你為什麼不動手？為什麼讓我活到現在？你每次都說想殺我，要是真那麼討厭我覺得我就是個小孬孬的話，為什麼不乾脆一刀砍了我不就得了？就像剛才要殺死那個人一樣。」

我直視他的眼睛，嘴上毫不留情的嘲諷。

我們怒視著彼此，呼吸急促，空氣緊繃得彷彿隨時會爆炸。首先打破沉默的是學長，他粗魯地放開我的肩膀，轉過身從牙縫擠出話來。

「是啊，我要是想，早已殺了上千回了。馬的，我真是個廢物，到底喜歡你什麼。」

原本就不愉悅的氣氛變得更惡劣，我們只是沒有明目張膽地拳腳相向，但整體來說跟打架鬥毆差不多了。

學長一臉冷冰冰，皺著眉頭當我不存在似的。我也一樣。

在密閉的空間裡，兩個人一句話也沒有，氣氛令人窒息，電視、電腦、手機都不能用，讓人心情更鬱悶。時間過得很慢。

百無聊賴之際，突然有個東西映入我眼簾，是半開的抽屜。剛才何在民為了找鑰匙而打開，匆忙中沒關上。那張辦公桌好像是他的位置。

我打開抽屜看。雖然隨便翻別人的抽屜是很失禮的事，但是現在這種狀況還要顧及禮貌實在太累了。真考慮那麼多，當初就不會隨便拿別人的羽絨服穿了。

抽屜裡有夾子、便利貼，還有各式各樣的筆、名片盒，一大堆雜物亂七八糟塞在抽屜裡。何在民實在不善於整理，就像他的外表一樣。

突然瞄到塞在抽屜角落的菸盒，旁邊還有打火機，雖然不是我常抽的牌子，但一看到香菸突然癮頭就上來了。腦子一團亂，心裡也亂糟糟的，好好的大腿又疼了。我從來沒像現在如此迫切渴望尼古丁。

如果只抽一兩根再原封不動地放回去，何在民那個好脾氣的男人應該只會笑一笑就不計較了吧？抱著這種自我安慰的想法，我輕輕拿起香菸和打火機，接著看到被壓在下面，五顏六色的卡通圖案ＯＫ繃。

「……」

我默默地咬著嘴唇，彷彿有一塊巨石壓著心臟，我腦中浮現學長胳膊上的傷。雖然他叫我不要管，但我不能這樣做，我們同在一條船上，就像他盡力守護我一樣，我對他也有責任。

我手裡拿著香菸、打火機和卡通ＯＫ繃，轉過身，學長仍然斜靠牆坐著，無視我的存在。我深吸一口氣，下定決心，故意製造出聲響一邊走到他身邊。

「學長。」

他臉上看不出任何情緒。

我直視他的眼睛，向他道歉。

「對不起，剛才是我不對。我不是不理解你的立場，我知道，你連我的份也一起努力。我只是一時情緒激動，所以說得有點過分了。」

「……」

「我知道你在生我的氣，我也不要求你馬上消氣，但拜託讓我看看你的傷口。我真的很擔心學長，所以請你不要拒絕我。」

學長會作何反應呢？會說沒有必要叫我滾開？還是像之前一樣無視我呢？會不會揪住我的領口把我推倒？我抑制著心裡的不安等待著答覆。

「鄭護現，你……對誰都是這麼爛好人。」

他像自言自語似的咕噥著，聲音有點沙啞，比平時還要低，聽起來感覺無精打采的。

「即使心裡再討厭還是會顧慮別人，明明沒做錯事還道歉，凡事公私分明，一件一件分得清清楚楚。」

「……」

「之前不也是一樣，在人文館的時候。你那麼討厭我，連看都不想看我，為什麼你還要硬出頭，傻瓜。」

「我？」

他的話說到一半突然就中斷了。

「我沒有和學長一起去過人文館啊。你剛才在說什麼啊？」

「……」

他用銳利的三白眼直視我，執著的目光在我身上停留了半天。在危險的沉默之後，他向我伸出胳膊，臉上依舊沒有表情。

「幫我貼ＯＫ繃，**永遠**會痛。」

原本緊張的氣氛一下子被打破，真是令人啼笑皆非。

「剛才不是還叫我不要管嗎？」

「現在覺得很痛啊。**永遠**感覺快要痛死了，快點幫我貼上。」

「學長還記得剛才推了我一把，害我大腿撞到桌子嗎？護現也痛得要命。學長覺得該怎麼辦呢？」我反問。

「你剛剛說什麼？護現也痛得要命？哇……真是可愛斃了，怎麼還會這樣啊？你到底要我怎麼辦才好，這麼令人著迷？你對別的傢伙也會這樣撒嬌嗎？」

「不是，學長，不是那樣的。」

「衣服脫掉，張開雙腿，我會舔你的大腿直到痊癒為止。還是要用吸的？那樣你會不會把痛苦都忘掉呢？」

「不用了，是我說錯話了。」

亂扯了一陣，我在學長的手臂上貼了ＯＫ繃。

充滿大大小小傷痕，還有血痕的手臂上，完全不搭軋的卡通ＯＫ繃，上面有個身分不明的可愛卡通人物緊抱著巨大的愛心，還朝空中也發射了愛心。

之後我們沒有再對話。

我背靠著牆，坐在學長身旁茫然看著辦公室，無意識地拿出香菸叼在嘴上，後來才驚覺學長就在旁邊，趕緊又拿下來。

「對不起。」

他沒有回答，而是泰然自若地伸出了手。

「我也要。」

「學長也抽菸？」

「沒。不過每次看到你抽，都覺得好像很陶醉，所以很好奇是什麼味道。」

「沒關係嗎？原本不抽的人來抽應該會覺得味道不怎麼樣。」

「希望我的**現**也能把我的鳥吸得那麼陶醉。」

「學長，抽一根吧。」

我實在聽不下去了，趕緊以最快的速度把菸塞進他的雙唇。我們隔著一個打火機面對面，為了不讓彼此的鼻尖造成妨礙，稍微歪了歪頭。

咔嚓。在寂靜中點起了打火機，火苗呼呼冒了出來。學長靜靜地垂下了眼，長長的睫毛覆蓋在冰冷的眼眸上，我看到他烏黑的眼珠裡也燃起紅紅的火光。

我深吸了一口點著菸，臉頰因用力而緊縮。眉頭緊鎖，嘴唇緩緩流洩出煙氣，刺鼻放鬆的快感在氣管和肺蔓延開來。

好久沒抽了，一瞬間弄得我暈頭轉向。我抬頭仰視天花板，不停吐出煙霧。雪白的日光燈變得刺眼，居然嗆出了眼淚，我不由自主地眨了眨眼睛，突然感覺到視線，學長正呆呆地看著我，夾在他指間的香菸不知不覺中燒了近一半。

「真性感。」

他輕輕地彈了一下手指，笑了。以不抽菸的人來說，他的動作過於熟練。燒焦的不僅是香菸，他視線所及之處都著火了。

我悄悄地把叼著的香菸移開，他自然而然摟住我的脖子拽過去。我們的嘴唇上混合著彼此苦澀的味道。

今天學長依舊留下我，單獨上樓了，對我提議同行的意見一如既往置之不理。

正如他所預料，樓上確實有感染者，其中一隻還偶然下樓到一樓洗手間。感染者數量並不多，不至於要棄守這裡，但也不是一次就能乾淨利落地處理完，所以他每天都上樓涉險。

「砰砰砰！」有人敲辦公室的門。學長不可能會那麼有禮貌的敲門，他總是一腳踢開，想進來就進來。

「……」

我輕手輕腳地走到門邊，外面傳來微弱的聲音。

「同學？」

是何在民。我猶豫著要不要讓他進來，腦中浮現一見到他就毫不猶豫揮舞鐵管的學長。

「如果不方便我就不進去了，沒關係。不過可以跟你談一下嗎？」

結果我還是輕輕把門打開一點縫，與他面對面。真正在這辦公室裡工作的他在外面，而我竟然大剌剌地占著辦公室不走，心裡有點愧疚，一時不知道該說什麼。

「另一個學生也在裡面嗎？」

「沒有，他出去了。去樓上看看狀況。」

「那一定很危險……我從樓上會議室下來的途中，也好幾次看到那些怪物呢！」

就是啊，我也很擔心。不過學長應該不會有事。兩種全然相反的想法在腦中交互出現。

「你們有沒有討論一起去地下室的事？怎麼樣？」

聽了他的話我苦笑，看到我的表情何在民也明白了，他無力地垂下肩膀。他明明年紀比我大，但現在看起來十足弱小可憐。

「其實我也有猜到，仔細想想還是我自己去比較好吧。地下室如果安全就謝天謝地，萬一有什麼危險，也不至於讓無辜的學生被連累啊。」

「課長，你為什麼非要去地下室不可呢？」

「蛤？什麼意思？」

他對我的提問一臉莫名其妙的樣子。

「那些人……那些辦公室的職員們，他們對課長來說並不是無比重要的人吧？現在情況這麼可怕，為什麼還要去救他們？對你有什麼好處嗎？」

我滔滔不絕的說，一方面心裡卻覺得自己成了可惡的垃圾。從宿舍到中央圖書館，從中央圖書館到七十週年紀念館，這一路上我遇到各種人，看到各種赤裸裸的人性，難道我也被那些人的思維方式感染了嗎？

「拯救其他人還需要什麼特別的理由嗎？」

何在民似乎連想都沒想就愣乎乎地直覺反問，連我也愣住了。

他繼續說道：「上班族、社畜，當然沒有多好。為上司交辦的工作忙得不可開交，同事之間少不了互相說閒話，新人菜鳥又動不動就闖禍，讓人想發瘋……但既然知道有人還關在下面，怎麼能視而不見呢？」

「……」

「話說將來我還能以此為藉口，要求升職加薪，哈哈。物價不斷上漲，但薪水卻不漲，生活實在很辛苦啊。同學要努力學習，將來一定要找到好工作。」

可能覺得太嚴肅，他話鋒一轉，抓抓後腦杓半開玩笑的說。

但我笑不出來。「拯救其他人還需要什麼特別的理由嗎？」這句話再正確不過了。但同時我也想到他可能是因為不知道醜惡的現實，所以才會這麼說。獨自躲在會議室好幾天才出來，他根本不知道人被逼到極限時，會變得多麼可怕。

我們很快地寒喧幾句就互相道別。

我把辦公室的門關上，再也看不到他呆呆站在走廊上的樣子。

「不用去了，那裡什麼都沒有。」

「沒有。沒有感染者，也沒有糧食。」

之前我說要去地下室偵察時，學長這樣回我。他如果不想說，寧可大發雷霆也不會騙人。所以他那句話應該是真的。雖然不知道學長沒有鑰匙怎麼會知道地下室的狀況，但想來地下室真的沒有感染者也沒有糧食，只是我內心深處的不安絲毫沒有消失的跡象。

後來再也沒有何在民的消息，他是不是已經去地下室了？或是還在準備中？該不會遇到什麼事了吧？但我也無法聯繫他，只能一個人心驚膽顫的想著各種狀況。

學長每次上樓再回來身上都會帶著新的傷口，有時是刮傷，有時則是青一塊紫一塊的瘀青。我大概也了解他身上那些大大小小的疤痕是怎麼來的。

為了拯救地下室的人而下去的何在民，為了殺死樓上那些殭屍而上去的學長，什麼都做不了只能一直待在一樓的我，我們三個人形成微妙的對比。在這當中最安穩舒服的是我，最卑鄙無能的也是我，最焦急難耐的還是我。

留下來的我為傷口快要癒合的大腿進行最後的消毒，這下原本裝滿消毒藥水的瓶子已經完全空了。放下空瓶，纏好繃帶，把衣服穿好，這時上鎖的辦公室門把手突然轉動了起來。

咔嚓，咔嚓咔嚓。門把手發出沉重的聲音，接著又動了幾下。

我本能地屏住呼吸。一旦有可疑的動靜時，首先就是保持安靜。這是我至今學到的生存法則。

「怎麼打不開？」

有人在門外喃喃自語，是熟悉的聲音。我小心翼翼地靠近門口。

「門打不開？為什麼打不開？」

「課長？」

我聽著外面的動靜，輕輕喚了一聲，但沒有聽到任何回答。我猶豫了一下，最後還是打開一點門縫，一腳頂在門後以防萬一。

門外是何在民，他的面容更顯憔悴，幾天前看到時勉強還像個上班族的樣子，但現在看起來完全像個流浪漢。

「你沒睡啊？」他一臉呆滯抬頭看著我問道。

亂糟糟的頭髮覆蓋前額，從髮絲間看到他的眼睛沒有焦點。

「什麼？」

「嘿嘿嘿。」

何在民突然笑了起來，他臉上露出詭異的燦笑，感覺不大對勁。

「我以為你睡了，所以來關燈，原來你沒睡啊。」

他接著又說：「要睡個好覺就必須關燈，開著燈睡不好的。我在求職時也有過這樣的經驗，因為唸書唸得太累，檯燈還亮著就趴在桌上打瞌睡，可是好像沒有睡著。」

他沒頭沒尾的不知在說些什麼，但我明白了，他現在神志不清。

我沒有開口，腦子裡不停轉動，無數的想法從腦海中閃過，接著我露出笑容問道：「看來其他人都睡了吧？」

何在民笑得更開懷了，點點頭說道：「是啊。」

我想得沒錯，一股毛骨悚然的戰慄順著背脊往下竄。

「他們睡在哪裡？」

「在下面。」

聽到這句話的瞬間，我順勢看向樓梯的方向，但從這裡當然看不到地下室。

「不知道為什麼睡在那種地方，那裡又沒有暖氣。不過你真的不用關燈嗎？」

「我沒關係，我沒睡。」

「可是如果不關燈的話……」

「我自己關就可以了。」

「我知道了。」

他溫順地回答，模糊的瞳孔依舊沒有焦點，左右晃動著。我的背脊持續發冷。

「樓下的人開燈睡覺嗎？」

「是啊，看起來很不舒服。但是找不到開關要怎麼關呢？」

「……」

「啊，對了，還有別的辦法。現在必須去關掉。」

他猛然轉過身，我有種不好的預感，裝出來的微笑瞬間消失，急忙叫住他：「課長。」

他哼著歌，肩膀一聳一聳，嗤嗤地笑，往地下室走去。

「何在民課長。」

我沒多想就跟了出去，但隨即停下腳步，因為想起了學長的話，如果隨便出去就要砍掉我腦袋，一時不知道該怎麼辦才好。

何在民走下樓梯失去了蹤影，而我則是像被釘住一樣站在原地好一會兒，一手還攥著門把，手心直冒冷汗。十秒、三十秒、一分鐘，時間就這樣過去了。我腦中思緒萬千，頭痛欲裂，這時……啪！突然一聲不響地停電了。這與在中央圖書館經歷的情況相同，但是停電的原因卻不同。我直覺剛才何在民說要關燈，就是這個意思。如同其他地方一樣，在七十週年紀念館地下室也有機房，有整棟建築的配電箱，他身為設施管理組的課長不可能不知道操作方法。

我立刻想到學長，他現在應該在樓上對付感染者，那些怪物視覺遲鈍，但其他感官很敏銳，換句話說，活人比他們有利的只有視覺。

在中央圖書館停電時，學長表現得好像事先知道停電時機一樣，在對方因突發狀況而困惑時，他總是能搶占先機，可是現在怎麼辦？

「……」

我咬著嘴唇，看看往下的樓梯，又看看往上的樓梯，我必須做出選擇，是要去下面把被何在民關掉的總電源打開，還是要上去幫學長？

我不知道哪一個才是正確的選擇，因為現實無法讓我預知選擇結果，如果為了開燈去地下室，我們兩人可能會處於危險之中。

同樣地，在伸手不見五指的情況下上去幫助學長，也可能會遭遇失敗。

學長之前斬釘截鐵的說地下室什麼都沒有，而且對我要去地下室的提議極度反對，因為擔心我會跟著何在民去地下室，甚至不惜想用鐵管打爆他的頭。

沒有武器，兩手空空去地下室的何在民，剛才出現時身上沒有任何傷口，但是精神狀態卻崩潰了，口口聲聲說其他人都在地下室睡覺。

結論已經出來了。我轉身跑進辦公室，撞到周圍的物體，摸黑前進。

我猛然把手伸進辦公桌抽屜，摸到沉重的手電筒，應該是何在民去檢查設備時使用的。之前找香菸和OK繃時偶然看到，記下了大概的位置，沒想到現在正好派上用場。

我摸索著手電筒的把手找到突起的開關按下，還好可以使用，白黃的燈光直射出來照亮了辦公室的牆壁。我拿著手電筒，毫不猶豫地跑上樓。

哐！一聲巨響傳來，我正順著手電筒的光爬樓梯往上，途中看到牆上的樓層指示牌，四樓。我悄悄地進入四樓，當然沒有蠢到大聲呼喊學長，而是在一片漆黑中，集中注意力迅速移動。

手電筒照亮前方，漆黑的走廊像張著大嘴似的。這一層樓有會議室和活動會館，所以天花板更高、走廊更寬敞。視線的一角隱隱約約瞥見一張桌子。

走廊中間怎麼會有桌子？我直覺學長就在這裡。再往前看，有許多書桌擋在走廊上，是大學課堂上常用的一體成型桌椅，堆疊成一堵金屬牆似的。

好像有什麼東西衝撞得很厲害，離這裡沒幾公尺遠，我的耳朵都震聾了。環顧四周，前面似乎有什麼黑乎乎的東西在動。我的心裡咯噔了一下，舉起手電筒，燈光直射前方。

學長拿著沾滿血的鐵管，被燈光一照反射性地皺眉，轉過頭去。燈光下他的皮膚顯得更蒼白，隱藏在沉重黑暗中的黑髮和衣服露了出來。

在確認他平安無事的一瞬間，我鬆了一口氣，不知不覺連呼吸都忘了。

「……鄭護現？」

越過燈光我們兩人四目相接，他有點訝異地咕噥著我的名字，然後輕輕地放下手中的鐵管。原本鋒利的目光放鬆了，就像收到意料之外的禮物一樣。我正要開口回應，突然看到學長身後有個形體撲向他，是個頭被壓碎一半，血淋淋的感染者，張大了嘴盯著學長的脖子。

我來不及回應，趕緊衝上前一把推開學長。手裡只有手電筒，情急之中把手電筒倒抓，用沉甸甸的把手用力揮向感染者的臉部。

突襲讓感染者搖搖晃晃，我立刻抬腳用力踢它的腹部，突然有種噁心的感覺傳到腳上，就像踢到一個裝滿腐肉的購物籃一樣。

感染者的上半身突然向前彎下，我再次舉起手電筒，但學長動作更快。

他舉起鋼管猛擊感染者的後腦杓，同時一腳踩住對方的後背固定，然後豎起鋼管從上面往下砸。一聲可怕的響聲，感染者的脖子斷了，摔倒在地上不停抽搐，學長又一腳把感染者踢到堆積如山的桌子另一邊。雖然沒有完全斷氣，但因為頸椎已斷，所以無法快速移動了。

「你……剛才為什麼就那樣站著？搞不清楚狀況啊！」

眼前的危機一解除我就對著學長大吼，明知道可能還有不少敵人，不應該大聲說話，但嘴卻不聽使喚。

「嚇到了。」

學長直直地看著我說道。那模樣看起來一點也不像被嚇到的樣子。

「怎麼了？以為笨手笨腳的傢伙早就該掛了，卻突然冒出來幫忙而嚇到了嗎？」

情緒一時湧上心頭，嘴裡不由自主地吐出冷冷的嘲諷。平時判斷那麼快、那麼冷靜的人，居然在與殭屍搏鬥的過程中失了神。一想起剛才的情況我就喘不過氣來，要是再晚幾秒鐘，學長現在恐怕就不會站在我面前了。

「不是……」

他搖搖頭。

「原本一片黑暗什麼都看不見，突然變得明亮起來，然後你出現……太耀眼了。」

「……」我無言以對。

「你知道剛才你是什麼表情嗎？不知道吧？」

「什麼？」

「只要你能繼續這樣，要我死幾次都沒關係。」

「學長你在說什麼啊？什麼叫死幾次都沒關係？」

「不對，有關係。我不想死，死了就太可惜了。」

學長的話聽來莫名其妙，我很想進一步追問，但現在沒有那種時間，成堆的桌子另一邊響起了令人毛骨悚然的聲音。

「剛才我在堆桌子時停電了，是你弄的嗎？」

學長緊緊抓著鐵管，兩眼注視著對面的黑暗泰然自若地問道，我突然一股氣上來。

「我又不是神經病，明知道你就在樓上，怎麼還會把電源關掉？」

「哎呀，學弟，幹麼那麼氣？現在好一點了吧？活著其實還不錯吧？」

一貫淡然地嘲諷，但這才讓我恢復理性。

「學長，對不起。」

「沒關係，反正你做什麼都是好的，所以沒關係。」

「我錯了，我不會再那樣了。」

「我弄你的時候也像剛才那樣罵我啊。我看你稍微被摸一下就快哭的樣子，被我吸的時候好像也很想罵不是嗎？」

「學長，拜託……」

即使在這種充滿危險的情況下，學長還是毫不猶豫口無遮攔的說那種話，我簡直要瘋了，刺耳的話使我眼前一陣昡暈，我努力不去聽，集中精神面對眼前的情況。從手電筒漫射出去的昏暗光線下，感染者一一出現。在淒涼陰影的半掩下，搖搖晃晃地走過來，比在明亮的地方看到時更可怕。我們必須設法在它們逼近前進行防禦。學長踢開一張亂放的書桌，擋住了正面。我迅速舉起另一張桌子，試圖把它疊在上面，但這沒有想像中的容易。

桌椅一體成型，而桌面很小，大概是一本專業原文書打開攤平的大小，疊上去很難穩住，不管怎麼放總是會咯噔咯噔地倒下，加上周圍又黑，心裡又急，更顯得手忙腳亂。

「這什麼爛桌椅，怎麼這麼難疊啊？」

學長若無其事地回應道：「這種桌子本來就那樣，我也喬了很久。」

真是一場糊塗的桌子，在這種情況下還要搗亂，總之真是對人生沒幫助的東西。

砰！對面走來的一個感染者撞到桌子，弄得連抓住桌子的我也搖搖晃晃地，然後一隻手從鐵窗般的桌腿縫隙間伸了出來。

「呃啊──」

我急忙退後，只差一點點，那隻腐爛的手就要抓破我的臉。

「呃──」

好不容易穩住重心，我把手電筒往前照，感染者的眼睛被黃色光線照得發光，觸目驚心。

後面盲目跟上來的感染者們一個個撞在一起，桌子堆疊的兩光屏障岌岌可危。從交錯堆疊的桌子縫隙中突然伸出許多四肢。我整個背脊發涼，下意識地退縮了。

「護現，快走。」

學長牽起我的手。桌子堆疊的屏障連一分鐘都撐不了。我們果斷放棄防禦，立刻轉身。

我們朝樓梯跑去。哐、砰、碰、啷噹！背後傳來各種劇烈的聲響，沉重的震動在腳下蔓延。書桌屏障似乎倒塌了，但是我們沒有回頭看。

我一手緊緊握住學長的手，另一手舉起手電筒，照耀荒蕪的黑暗，沿著微光映照出的道路前進。學長默默地緊跟著我。

情況危急，身後飢餓的殭屍們蜂擁而至，前方也不知何時會突然出現其他怪物，靠著一支手電筒的光源，能見度只有幾公尺而已。

但是這與稍早在黑暗中尋找他時相比，我再也不覺得心慌害怕，因為現在我不再是一個人了。

我們拚命跑到一樓，幸好沒有感染者追上來。或許是被障礙物絆倒，也可能在其他樓層徘徊，總之還好先把桌子堆起來，爭取了時間，但還是不能掉以輕心，黑暗越久對我們越不利，必須盡快把燈打開。

「必須趕快去地下室，大樓的配電箱應該就在那裡。」

我一邊喘氣一邊說話，同時腳步移動，身體冷不防被拉住。是學長，粗魯地抓住我的胳膊。

「不行。」

「為什麼？」

一片沉悶的寂靜。他又更用力地把我拉過去，我還以為胳膊要斷了，好不容易才沒叫出來。

「我不會多逗留，只要找到配電箱，把總開關打開就好。」

「……」

「為什麼不讓我去？難道下面有什麼嗎？學長不是說下面沒有感染者，什麼都沒有啊。」

他一臉木然閉上嘴，從他的沉默中我反而得到確認，又拼上了一塊拼圖。我停頓了一下，接著問：「下面有人死了是嗎？學長早就知道了是嗎？」

何在民冒著危險下去救人，但是卻孤身一人回來，而且精神狀態很不好。

他說人們開著燈睡覺。人們不可能三五成群聚在地下室冬眠，被關在連一粒米都沒有的地方，至今還能活著的機率微乎其微。

腦海裡浮現出在中央圖書館三樓看到的景象，屍體散落在平常被學生戲稱為「屍體區」的地方。現在這裡的地下室會不會也差不多？

雖然不知道是怎麼一回事，但顯然學長已經知道地下室發生了什麼事，就在何在民還在翻著書桌抽屜找鑰匙之前。難道學長比何在民先去地下室看過了嗎？不然他是怎麼知道的？

「如果是呢？如果遇到危險怎麼辦？」他瞪著我噘著嘴反問。

莫非我心裡想的已成事實？

「就算那樣也得去，如果學長不去，那我自己一個人去。到目前為止也見過不少死人了，總不能因為害怕就畏畏縮縮。」

「不行，你不能去。」

「為什麼不能去，你告訴我啊。」

「我說不行就是不行。」

「到底為什麼不行啊？我什麼時候不顧一切說要去哪裡過了？請學長說個可以讓我接受的理由，那我就放棄。」

「鄭護現，你他馬的又不聽我的話是吧？我叫你不要去就不要去！不要給我耍固執！」

「……」

「大腿受了傷不夠，頭也撞壞了嗎？那麼簡單的話還聽不懂？叫你不要去有那麼難嗎？」

心裡一陣熱，覺得又鬱悶又氣憤。如果在平時，我會壓抑自己順著學長，適當地敷衍過去。正如他所說的，跟他比我差得遠了，到目前為止都是他救了我無數次。

但現在情況不同，我知道下面有屍體，但我還是決心要下去，為了我們的生存，這是充分考慮後做出的決定，可是他偏偏用無情的惡言惡語踐踏我的決心。

「那麼學長呢？我請你跟我說明一下有那麼難……」

啪！我話還沒說完，一股力道讓我的頭撇了過去，下巴感覺要碎了似的，臉頰隨即出現灼熱的刺痛。就在我意識到學長對我做了什麼事之後，理智線瞬間斷裂。我猛然撲上去，抓住學長的衣領，把他推到牆上。

他的背狠狠撞在牆上，沉重的震動傳到我身上。他幾乎沒有抵抗，任我又推又抓，他只是咬緊了牙，用炯炯的目光看著我。

我猛然舉起拳頭，想要以牙還牙。

但就在看到他的眼睛之際，我的心瞬間僵住了。這樣又有什麼用呢？就像熊熊燃燒的烈火瞬間熄滅，衝動消失，只剩下苦澀的灰燼。

「……」

我鬆開緊握的拳頭，把他推開，轉過身頭也不回地走向通往地下室的樓梯。手電筒照亮前方，地下室的門半開著，裡頭盤據著深沉的黑暗。

「鄭護現！」

身後傳來他低聲的威逼，那是近乎殺意的憤怒聲音，但我動作更快，打開門，內部積聚的空氣一下子湧了出來，那是無法形容的惡臭，我本能地捂住口鼻。

地板感覺黏糊糊的，腳尖碰到重物，我低頭一看，是裝漂白水和防凍劑的桶子，其中有幾個蓋子開著，只剩下一半的內容物因衝擊而出現小幅波動。眼角瞥見牆上似乎有什麼一點一點的，我順勢把手電筒照向牆壁。

無數的手印，看起來像瘋了似地不斷刮著牆，血跡斑斑，還有一些看起來像是嘔吐物的黏稠液體。我無法想像牆壁原本是什麼顏色。現在才理解為什麼何在民會說「找不到日光燈開關無法關燈」這種話。

地下室裡既沒有糧食也沒有水，人如果不吃東西還能活幾個禮拜，但不喝水，最多只能撐幾天。樓上到處是吃人怪物，被困在地下室，無法得知外面的狀況，但冒著危險出去又很可怕。人在封閉的環境裡是會慢慢發瘋的。

是因為極度口渴而失去理性，結果拿化學液體解渴？還是想以此結束生命？現在探究原因已沒有意義，不管答案為何，反正結局只有一個。

我沒有勇氣用手電筒確認裡面的人變成什麼樣子。

我顫抖地捂住嘴，僵在原地，只覺得胃在翻攪。

過了好一會兒腦子才開始轉動，何在民……對了，還有何在民，最後一次看到他時，他正往地下室走，之後就沒見過了。剛才從樓上下來也沒碰見他，所以他應該很有可能在這裡。

在黑暗的那一頭，有個東西很輕微、隱約地移動。我應該要確認是什麼，但實在沒有勇氣把手電筒照過去。

「課長……」

手抖得太厲害了，手電筒的光瞬間閃了一下，燈光照亮漆黑的天花板，許多大管子橫在天花板上，其中一個上面纏了條粗繩，那下面呢？

「課長！」

他的手拉著繩子絕望地套在脖子上，腿艱難地晃動，接著身體像洩了氣垂下……我手中的手電筒掉落，頓失光源，原本地下室還有一小部分隱約可見，但很快地就全然籠罩在黑暗中。

「鄭護現，不要去！」

學長抓住我的肩膀看著我，四周黑得看不清他的表情，只聽見他冷冷地喃喃自語。

「你要是再往裡走一步就死定了……我會殺了你。」

學長手上用勁，我感覺肩胛骨要碎了，肩膀會不會出現一個手掌形狀的瘀青呢？在失魂落魄之際腦中莫名浮現這樣的想法。

後來是怎麼離開地下室，我已經不記得了，當我回過神時，人已經到了一樓，而且還是在大廳靠近出入口的一側。

透過玻璃門，外頭昏暗的月光照耀，比起連眼前事物都分不清的黑暗建築物內要好得多了。

學長原本扶著我，他手一放開我就癱倒了，連坐正的力氣都沒有，只能勉強撐起上半身，低頭抽了口氣。月光下冰冷閃亮的大理石地板紋路盤旋，眼前一下子漆黑一片一下子又可看見，反反覆覆感覺要吐了。

「我不是說過了，就算其他人全都死光了，你也要活著。」

「……」

「你要是敢再自己找死試試看，好啊，我就把你的手腳綁住，嘴巴用膠帶黏住，把你關起來，管他什麼感染者還是人，你都不會再看到了。」

緊閉的眼睛又睜開了，在晃動不安的視野中，隱約看見學長的臉。

「為什麼不說？你可以提前告訴我啊。為什麼？為什麼……為什麼不告訴我？為什麼讓我變得這麼悲慘？」

「提前跟你說又有什麼不同？你還不是會為了救那個傢伙拚死進去。沒搞得精神崩潰跟著他們尋死就謝天謝地了。」

聽到的瞬間，我的心情變得更慘淡。

「學長從來就不相信我，從一開始到現在，一次也沒有相信過我。」

「……」

「你怎麼確定我會為了救課長而拚命？你為什麼認為我會跟著他們自殺？也不問問我的想法。你怎麼什麼都那麼理所當然呢？。」

一哽咽喉嚨像被鎖住一樣話也說不清楚，感覺快要乾嘔似的，趕緊咬住嘴唇。

「我們不是約好了嗎？要一起平安地活下來出去啊。雖然不知道學長怎麼樣，但我是真心的。你還不知道那是什麼意思嗎？不管在裡頭看到什麼，不管以後遇到什麼事，都不會輕易放棄生命啊！可是為什麼，學長好像從一開始就在心裡自己決定好要怎麼做了……」

話說到一半，嘴角原本暫時忘記的疼痛擴散開來。好不容易止血的傷口好像又裂開了。我無意中用手背擦了擦嘴角，血淺淺地滲了出來。

「……」

我像嘆氣一般苦澀地笑了，臉隨即忍受不住而痛得扭曲。我不想露出醜陋的樣子，趕緊低下頭。肩膀微微顫抖，我捂住臉，但沒有用，淚水順著手指流下，滴落在冰冷的地上。

「學弟……」

一直愣愣地看著我哭的學長突然開口了，好像剛剛領悟了什麼一樣。

「……你討厭我嗎？」

所有的惡毒和狠勁全都消失，他的聲音非常低沉。我不由自主地抬起濕透的眼睛看著他，他也看著我，烏黑的瞳孔裡空蕩蕩的。

「對不起，護現。不要死。」

他無力地動了動嘴唇，木然的臉龐發生了變化。睫毛哆嗦發抖，嘴角用力，眼眶泛紅，眼淚順著臉頰流下。

「我會更努力，這次我……不會殺了你……我真的會很努力很努力……」

他像故障跳針的機器一樣不停喃喃自語，好像連自己哭了都不知道。

「不要死，不要討厭我，不要忘記我。」

我像被迷惑了一樣伸出手，用大拇指慢慢抹去他眼角的淚。他自然地把臉靠在我的手上，接著用臉輕輕磨蹭著我的手，嘴唇輕輕沾上我的手腕內側。

「學長。」

聲音被哭聲掩蓋過去，若照這樣下去，接下來恐怕會哭得很慘，所以我稍稍清了清嗓子。

拼圖碎片已經湊齊，只是沒有合適的框架裝在一起。

到目前為止，我已經把所有能想到的假設都拼湊了一遍。但是，沒有一個明確符合現在的情況。以前未曾見過學長，他卻自然而然喊出我的名字；熟悉中央圖書館的停電時間；甚至知道被鎖住的地下室裡是什麼狀況。這些都是不現實的現實。

現在剩下的答案只有一個，這是無法以常理解釋的異常值（Outlier）。

「你看見我死了嗎？」

來不及擦拭的淚水奪眶而出。學長直勾勾地凝視了我好一會兒，眼神充滿執著，令人迷惑。接著他垂下眼，乖順地回答。

「……嗯。」

我深吸了一口氣，然後提出第二個問題。

「看到幾次？」

「二十次……」

他有些猶豫，像是記憶猶新又不確定的樣子，停頓了一下接著說：「數著數著就忘了……」

答案終於出現了。

CHAPTER 6 ▽

永遠的聖誕節

冰冷的倦怠感像灰塵一樣在空中飄蕩，連每一次呼吸都覺得無聊。

「人類面臨無法再排斥機器的時代，又反過來試圖緊密地接受生活。機器的邏輯還原為設計的邏輯。對於這種理念表現得最好的作品出現在一九二〇年代，包浩斯（Bauhaus）的……」

生硬的字跡布滿了投影幕，教授將教材上的內容逐字念下去，單調的聲音讓人昏昏欲睡。

我看向窗外，冷清的校園景象映入眼簾。夏天時鬱鬱蔥蔥，從窗戶就看得見的葉子現在全掉光了，只剩下枯瘦的樹枝。

藝術館和社會科學館之間有個吸菸區，幾坪不到的空間，而且還因為安裝了空調室外機，顯得更狹窄。

在臨近吸菸區的教室，學生都不喜歡坐在窗邊，因為只要打開一點窗戶就會吸到二手菸；上課時還會一直從玻璃窗看到那些老菸槍吞雲吐霧的模樣，令人不舒服。但我反而覺得很好，每次上課總是有人為了占好位子而吵鬧，但只有窗邊的座位總是空空如也。

無意間往下看，幾個男的叼著菸站在一起嘰嘰咕咕地交談。窗戶關著，聽不見說話的聲音。那群人當中有一個人穿著系服，背部繡著的字映入眼簾，經營系。

真是安逸又頹廢的風景，我很快就失去興趣，收回視線。不，本來是那樣想，但其中一個人吸引我的注意。

他穿著寬鬆的褲子和針織衫，冬陽灑落在他那像加了一點牛奶的咖啡色頭髮上。大冬天裡穿著單薄的衣服站在外面抽菸，應該很冷，他的耳朵和鼻尖都凍得紅了。在穿著黑色羽絨服和髒兮兮運動鞋的其他男生當中，他特別突出，就像被扔在碎石子堆裡的玻璃珠。

不知是誰說了什麼，那群人突然一起爆笑起來，他也跟著笑了。適度敷衍的笑容，適度地加入對話當中，偶爾拍拍身旁同伴的背和胳膊，適時也誇張地開個玩笑。

那種人我很了解，對初次見面的人也會表現得很和藹可親，會笑嘻嘻地迎合長輩的心情，不管是系上活動還是小組討論、社團什麼的都會參與，把大學生活過得很忙的人。

他是與我相去甚遠的類型，經營系跟我先天上就不合拍，當然那個系的學生也一樣。有些傢伙一見到我就愛理不理或懷有敵意，有些傢伙會想用尷尬的笑容跟我搭訕，但通常很快就放棄了。

即便如此也沒關係，雖然現在被困在學校這個蹩腳的地方，但所有人很快就會分崩離析，一輩子都不會再糾纏在一起，各自過自己的生活。

「……從這一點看，可以說機械美學與傳統的純粹藝術有很大的不同。」

托著下巴往外看，然後又轉過頭來。

打開的書本上沒有筆記，只有不知所以然的塗鴨像污點一樣。

課才剛過一半，無聊透頂。

傳來了刺耳的聲音，室友好像回來了。頭痛得厲害，我躺在床上翻了個身。

昨天晚上被一群朋友抓住，拉到市區裡喝酒喝到很晚，嘴上說是為我慶生，順便也慶祝學期結束，但事實上他們只是想喝個痛快而已。

他們一邊喝酒一邊說一些沒營養的低級笑話，對校園裡的女生品頭論足，真是無聊。我很快就把身體埋進廉價的沙發裡躺下，還好那些傢伙知道我的脾氣，沒強迫我玩低俗的遊戲。

在混亂的照明下，香菸的煙像霧一樣蔓延開，伴隨動滋動滋的嘈雜音樂，就這樣度過夜晚，直到凌晨時分，一個不認識的學長跑來付了酒錢，我就搭他的車回宿舍，倒頭大睡。

沙沙的噪音不絕於耳。天都亮了才回來，就乖乖睡覺吧。一陣煩躁湧上心頭，我終於受不了睜開眼睛坐起來。

「馬的，不會安靜一點嗎？」

室友躺在床上背對著我，看起來有點奇怪，我突然聽到氣喘吁吁的喘息聲。

「喂！」

我叫了他一下，沒有反應。他的身體微微抖動著。

「你怎麼了？身體不舒服嗎？」

「……」

他仍然默不作聲，我反而清醒多了，不耐煩地撩撩頭髮，隨便套了件衣服。雖然不至於殷勤地照顧室友，但至少我還有點義氣，想說去幫他買個藥，順便也買點喝的東西。

「感冒藥？頭痛藥？你哪裡不舒服，我幫你買藥回來。」

室友依然沉默，難不成連回答的力氣也沒有嗎？不會要叫救護車吧？感覺似乎有點嚴重。

「你不講那我就隨便買……」

我一邊拉上外套拉鍊一邊回頭，赫然看到室友以奇怪的表情張嘴向我撲來。

我還來不及想這到底是怎麼回事，先反射性地躲開。腿猛然撞到床角，但一點也不覺得痛。室友用異常充血的眼睛盯著我，沒有血色的臉頰上布滿蜘蛛網一樣青色的血管痕跡。

「搞什麼，你突然發什麼神經？」

話才說完，他又再度猛撲過來，擺動著僵硬的四肢，拚了命想把我撲倒，還發出像指甲刮黑板一樣令人毛骨悚然的聲音。

「清醒一點！你到底是怎樣啦？」

直覺告訴我跟他對話沒有用，我急忙轉身，在他撲倒我之前打開房門跑出去，用全身的力量把門用力關上，但門並沒有完全關上，因為他的手夾在門縫裡。他的手幾乎被夾爛，肉塊模糊，但血卻沒流出來，而且露出的肉色異常暗紅。

他喀哧喀哧地抓著門框，竭力想鑽出來。手指、手掌、手臂，一點一點逐漸向外伸出，我只好把手放開，一時不知道該怎麼辦。室友終於走了出來，活脫脫像被剝了皮又縫回去的動物屍體一樣，用沒有焦點的眼睛盯著我。

「咯……咯……」

他的脖子啪嗒啪嗒彎成一種奇怪的角度。我整個背脊發涼。

「咯啊啊啊！」

室友……不，曾經的室友貪婪地哭嚎。我本能感受到危險信號，立刻轉身拔腿就跑，我失了魂似的跑下樓梯，那個東西跌跌撞撞追了過來，拖著腳的聲音就在我身後。

我看到樓下的走廊站了人，急忙跑過去，但是越靠近越覺得奇怪。那人看到我，還有我後面的東西，嚇得尖叫起來：「啊！」

那人已經失去理智，頭髮亂糟糟的，身上汗流浹背，衣服上還濺滿了血。

「餐廳……餐廳裡的東西，怎麼會在這裡……不要過來！不要過來！」

那人語無倫次一邊慌慌張張地往後退，然後轉過身走進房裡，「碰！」一聲巨響，房門關上了。我呆呆地站在走廊的正中間，就在這時身旁傳來像空氣分裂的聲音，我轉過身。

不知不覺間，那個東西已經接近了，血跡斑斑的手指劃過我的頭髮，我要是再晚一點轉身，恐怕脖子就被抓破了。

「呃！」

我剛站穩就立刻拚了命地跑，盡最大努力與那個東西拉開距離。

「有人嗎？有沒有人在啊？」

我在走廊一邊跑一邊大喊，但沒有人回答。兩邊的寢室門都關著，本來想隨便打開一間躲進去，偏偏全都牢牢地鎖著，一間打不開，下一間還是打不開，那個可怕的東西仍窮追不捨，逐漸縮短了距離。我心裡越來越著急，手裡直冒冷汗。

「有人嗎？」

咔嚓！一旁傳來了操作門鎖的聲音，那個房間好像有人，太好了，那聲音就像救贖的繩子，我急忙跑過去抓住把手，我深深感激裡面那個不知姓名、不知長相的人，可是……門卻一動也不動。

我一時沒有理解，又轉了幾下把手，門仍關得牢牢的。我這才醒悟過來，房裡的人剛才轉動門鎖不是為了開門，而是鎖門，因為害怕自己也陷入危險之中。我的身體一下子變得無力。

「咯——咯——」

走廊對面的樓梯口有個形體露面，手腳上都留下慘不忍睹的牙齒印，嘴角流淌著唾液和血液混合的東西，是另一個怪物。當下我進退兩難。像惡夢一樣的可怕東西從前後盯著我步步逼進，我無處可逃。

「拜託……有沒有人啊……拜託……」

我跌跌撞撞地後退，背靠在另一扇門上，急促的喘氣連肺都覺得痛。我幾近絕望地閉起眼睛，就在那一瞬間，我身後的門突然打開了，某人一把將我拉起來，我就這樣被拖進房間裡，碰！門立刻又關上了。

「……」

我氣喘吁吁地看著前方，房裡的人也看著我，我們的視線在空中相遇。

他把我拉了進來，但他臉上看起來似乎沒有意識到自己做了什麼。聽到求助的聲音，身體的反應似乎比較快。在榛子色的虹膜中間，他的瞳孔因驚愕和慌亂而縮小。我很快就認出了他，是那個男孩。

交織的視線沒多久就分歧了。

外面傳來一聲巨響，有人使勁撞門，剛才暫停的時間又開始流動。

「你是誰？外面……是怎麼回事？」

他一臉驚恐地問。不知道外面的人是誰，也不知道現在發生了什麼事，他卻打開門救了我，看來真的是一種本能。面對他的疑問我只能搖搖頭，我也想知道到底發生了什麼事。

哐！哐！哐！不堪粗魯地敲打，門鎖鬆了，用三合板做成的門扇感覺很不牢靠。原本不知所措的他動了起來。雙人寢室的房門旁有兩個長方形的衣櫃，他奮力推著其中一個衣櫃。

「快幫我！」

一個人實在很吃力，他向我求助。我過去抓住另一邊，兩人齊心協力，把衣櫃推過來擋住房門。怕衣櫃會傾斜倒下，仍緊緊撐著不敢放手，同時屏住呼吸。

在外面的東西跟抓狂似的，一直狂敲門，用指甲刮門，刺耳的聲音讓人打從心裡起雞皮疙瘩，雖然很想捂住耳朵，但為了撐住衣櫃不敢放手。

如地獄般的時間過去了，那些東西好像失去了興緻，不再狂敲亂刮門，不一會兒，傳來拖著腳的聲音，逐漸消失在走廊的另一邊。我們兩個人仍舊手撐著衣櫃，誰也沒說話，深怕發出聲音那些東西又會回來，只有彼此不安的喘息聲迴盪在耳邊。

「呼……呼……」

直到完全確定那些東西已經遠去之後，他才鬆開撐著衣櫃的手，然後無力地滑坐在地上。我也同樣鬆了一口氣，勉強靠在牆上，拄著膝蓋的手不停瑟瑟發抖。

「那些人怎麼會變成那樣？根本就不是正常人啊。」

「我也不知道。」

「是不是應該報警啊？等一下。」

他站起身走到一旁，我的視線跟著他，無意之中發現寢室裡很乾淨，只有桌上像被炸彈炸過一樣亂糟糟的，該不會是在準備考試吧？

厚厚的專業書籍堆得像座小山，打開的筆記本上滿是像蚯蚓一般的塗鴉。旁邊還有能量飲料、咖啡等提神飲品的空罐，兩個耳塞隨意被扔在一邊。

「喂？是警察嗎？這裡是百一大學生活館……」

他拿起手機報案，我一直都還未從衝擊中清醒，他倒是恢復得很快，這或許是理所當然的事，因為他並沒有親眼看到那些怪物可怕的模樣，只知道有人發瘋了在外面引起騷動。

「什麼？惡作劇？不是，現在惡作劇的是你吧？怎麼會說我在惡作劇呢？你知道現在是什麼狀況嗎？等一下，不要掛斷……等一下，喂？」

他的聲音一下子提高了，清秀的臉瞬間扭曲。在那一刻我腦中莫名有種想法：我以為你只會傻笑，沒想到還有那種表情。

「怎麼了？」

「警察說宿舍有學生惡作劇叫我不要胡鬧。什麼爛警察啊！就是有那種馬馬虎虎辦事的警察，所以才會老是有無辜的人被犧牲，連其他好好辦案的警察也跟著被罵。」

他自言自語威脅說要寫信去投訴，然後皺著眉頭試圖再次通電話。

「喂，這裡是百一大學，有奇怪的人……對，一邊喊叫一邊跑……嗯？不是，這裡不是實驗室，是宿舍……喂？喂？」

他舉起手機畫面給我看，螢幕顯示通話結束。

「可能是因為線路太繁忙，所以一時發生故障，中斷了吧？」

「會不會是同時有其他人也打電話去報案？」

「應該是吧？」

他關掉螢幕，把手機塞進口袋，看到擋在門口的衣櫃，嘆了一口氣。

「真不知道到底發生什麼事。我寫完報告打算躺下來睡覺，卻突然聽到一聲巨響，我打開房門一看……看來我得先去跟舍監老師說一聲。」

我靜靜地看著他，他注意到我的視線，習慣性尷尬地笑了笑。他的眼睛彎彎的，左眼角有顆痣。搞什麼鬼？現在這種情況還笑得出來？我突然覺得很煩躁。

「啊，我叫鄭護現，經營學系三年級。」

果然是學弟。年紀應該很輕吧？也許吧。如果用力捏臉頰，應該會很juicy。瞧他耳朵和臉頰上的絨毛隱約可見，他要是年紀比我大，可會是個大衝擊。

「鄭護現學弟？」

「原來是學長，您說話可以輕鬆一點。」

「嗯，好吧。」

我馬上就換了口氣，一瞬間他臉上有種微妙的表情，但很快又恢復原狀。

「可以請教學長大名嗎？」

「我？」

我愣愣地看著他，微微歪了歪頭。

「我是永遠。奇永遠。」

一走出房間，就感覺到遠處在喧譁，有高聲喊叫的聲音，還有噠噠噠在樓梯上的腳步聲交織在一起迴盪著。

好幾個人拚了命地跑過來，滿臉通紅，瘋狂揮動著胳膊，上氣不接下氣。

「讓開！」

啪！一個人猛推開我的肩膀跑過去，害我晃了一下。

「呃！馬的！」

我的火一下子就冒上來，狠狠瞪著那人的背影，但我沒有時間生氣，那些人的身後出現了其他東西。是之前那些怪物，而且不止一、兩個。有的眼珠子裂開，有的脖子斷了，還有胳膊和腿都呈現不正常的彎曲，一瘸一拐地跑過來。

「學長！那些……那些到底是……」

鄭護現的臉一下子整個變得蒼白。他是第一次看到這可怕的情景，當然會感到震驚。怪物越來越近了，它們發出的顫慄怪聲十分清晰。

「快走，快點。」

他催促著，我沒有回答，直接轉過身。我們緊跟在逃跑的人們後面。逃跑的人群中多了鄭護現和我，我們一群人慌慌張張簡直是連滾帶爬地跑下樓梯。

追逐者的步伐絲毫沒有疲憊的跡象，無論體力再好，從走廊頭一路追趕到走廊底，這麼長的距離勢必會喘不過氣，但那些怪物除了發出不知是呻吟還是哭嚎的毛骨悚然的聲音之外，連一點呼吸聲都沒有。我的背脊發涼。

下樓之後一路穿過走廊，走廊正中央有人遺落了行李箱，整個被打開掀翻，裡面的物品四散。在目前的情況下，那些都只是零亂的障礙物而已。

跑在最前面的人把行李箱往後踢，確保逃命之路的暢通。鄭護現一腳擋下，隨即又使勁踢到後面，跟在後面的怪物之一被行李箱撞到，搖搖晃晃的。

「我們要去哪裡？」

「先出去再說。」

「要怎麼出去？你不知道現在一樓是什麼樣子嗎？」

「不然要怎麼辦？」

逃跑的人們起了激烈的爭執，互相叫囂，突然有一個人絆倒了，砰！大家都嚇了一跳，但仍全力奔跑，沒有人停下來。

「啊！」

摔倒的人發出尖叫聲，追擊者的目標一致指向他，好幾顆像發臭雞蛋一樣的眼珠同時朝著地上的目標，讓人毛骨悚然。那些怪物彷彿等了很久，一致撲向倒在地上的人。我們趁亂逃走，沒有時間回頭看，也沒有人敢回頭，因此沒有人知道那個人最後到底怎麼樣了。

「什麼啊……真的是發瘋了。」

有人氣喘吁吁地喃喃自語，雖然沒有人回應，但大家心裡都有同樣的想法。一行人急急忙忙跑進洗衣間，比起可能上鎖的寢室，開放的洗衣間可能比較好一點。

幾臺投幣式洗衣機沿著牆壁放置，其中一個的洗衣槽蓋開著，可以看到裡頭一團濕漉漉的衣服，也許是某人衣服洗到一半就急忙逃跑了吧。

洗衣間的門在背後被粗暴地關上，接著有人氣喘吁吁地跑過去，把等候用的椅子搬來，重重疊在一起擋住了門。這時大家才各自或靠著牆，或坐在地上喘氣，一時之間沒有人說話。

「聽說宿舍一樓有人死了。現在群組和學校的聊天室都亂成一團了。」

「那不是謠言嗎？我以為有人開玩笑，是真的嗎？」

「是真的，現在這裡發生殺人事件了。」

「瘋了，真的是發瘋了，剛才那些傢伙就是兇手嗎？」

「不知道。」

「是有人因為課業壓力太大受不了而殺人嗎？警察怎麼還不來？就算我們學校在深山裡，發生了這種事也應該立刻出動啊。再這樣下去，大家不都會沒命嗎？」

「我也不知道啊，知道還會這樣嗎？」

「我問了什麼不該問的嗎？實在是太悶了嘛，你凶什麼凶啊？」

「喂，安靜一點，吵得我頭都痛了。」

原本近在眼前的危機暫時解除，人們就開始爭論起來。你一言我一語的，更加刺激我的神經，忍不住皺起了眉頭。

「呃……哎喲……好痛。」

就在我旁邊一個癱坐在地上的人發出小小的呻吟，是個又胖又矮的男生。他蜷縮著身體抱著腿一臉要哭不哭的樣子，褲管下露出的腳踝透出血色，難道是逃跑時不小心被割傷了嗎？

他從身上的斜背包裡拿出ＯＫ繃，似乎察覺到我的視線，突然嚇得縮起了肩膀，那種反應就像是我威脅他交出ＯＫ繃一樣。

「那個……呃……您要不要貼一下？」

他把ＯＫ繃遞過來，我這才發現我的手背上有淺淺的傷痕，也不知道是什麼時候傷到的，該不會是在搬衣櫃時被劃傷的吧？我沒有理由拒絕，於是接過ＯＫ繃貼在手背上。

那個人又支支吾吾地說：「那個……可以請您幫我貼嗎？我自己貼有點不方便。」

他輕輕地挽起褲管露出腳踝，在後腳跟上方有個不知是被割還是抓的痕跡，嚴格來說更像是被什麼東西咬的牙齒印。

看到的瞬間，我的情緒一下子全湧上心頭。不知道情況如何，只能待在洗衣間裡讓我覺得很嘔，像魯蛇一樣的傢伙扭扭捏捏的樣子讓我看了很嘔，還把那什麼傷口露出來讓我看了覺得更是莫名的火大。

「不要。」

「什麼？」

「我說不要。我為什麼要幫你貼？」

那些偷偷聽我們對話的人臉色都變了，氣氛瞬間降到冰點，我的心情更煩躁。不知是不是宿醉還未退，頭疼得更厲害了。

「那個……幫這點忙應該沒關係吧？我都把ＯＫ繃給您了。」

「是你自己要給的，關我屁事。」

「不是，您怎麼……」

「不然你拿回去啊，這樣總行了吧？」

「……」

「馬的，我叫你拿回去啊！」

我把手背上的ＯＫ繃撕下來扔向他，沾有我血跡的ＯＫ繃被揉皺了，掉在地上。

那男生臉色鐵青，一句話也說不出口，其他人也一樣，有幾個人嘴角抽動似乎想說些什麼，被我一瞪都不敢輕舉妄動。

鄭護現靠著洗衣機坐在地上，不自覺地朝我看過來，他的表情微微變了，不過只是短短一瞬間，他的眼角微微地瞇了起來，那是輕蔑的表現。

視線短暫相交，他隨即別過頭去，好像沒看到我似的。乾淨清秀的臉龐，帶著和藹可親的笑容，若無其事地跟旁邊的人說話。

內心燃起的火瞬間冷卻，所以我不喜歡那種類型的人。

我眉頭緊鎖靠在牆上閉起眼睛，沒有人跟我說話，只有不舒服的沉默，周圍的聲音貫入敏感的聽覺。

指甲嗒嗒敲擊手機螢幕的聲音，看來有人想透過手機向外界求援。我還聽到他們小聲的耳語。

「欸，那個人是怎樣？」

「誰知道，你問我我問誰？」

「誰去叫醒他吧。」

人們不安地竊竊私語，有個熟悉的聲音插了進去，是鄭護現。

「等一下，那個人有點奇怪。」

我睜開眼睛，人們用厭煩的表情注視著一個地方，是剛才拿ＯＫ繃給我的男生，他還蜷縮在地板上，背脊聳動，抖得幾乎無法控制。仔細一看，他的臉被汗水浸透了。

我的視線投向他的腳踝，狀態變得更嚴重了。以傷口為中心青筋凸起，與其說是青筋，更像是蜘蛛網一樣密密麻麻地蔓延，那樣子看起來很不祥。

「呃——呃——」

痛苦掙扎的男生突然癱軟，所有人都驚愕不已，一時沒有人說話，靜靜觀察了一會兒，但他依然維持倒在地上的姿勢，一動也不動。

「我有水，要不要喝點水？」

有個女生從背包裡拿出剩下一半的礦泉水站了起來，我看著她朝地上倒臥的男生走去，腦中突然想起在寢室裡，原本以為在床上睡著的室友猛然撲向我的畫面。

當時室友的臉色也很奇怪，從臉頰、下巴，順著發白的頸部都長出一條條青筋。他的脖子上好像有個被咬的傷口……到底有沒有呢？

拿著礦泉水瓶的女學生毫無防備地蹲在男生的身邊。

「同學，喝口水吧。」

「……」

「你有聽到我說話嗎？你是不是很不舒服？」

地上的男生微微蠕動，那一瞬間，我不由自主地緊張了起來。視野的一角瞥見鄭護現突然站起來，但一切似乎太晚了。

「咯啊——」

那人像彈簧一樣彈起撲了上去，抓住女學生毫無防備的脖子，張大嘴咬著白嫩的項頸。

「呃——」

女學生突然被咬住脖子，連尖叫聲都來不及喊出就倒下，頸動脈被撕裂，血流如注。

「啊！」

「喝！」

各種悲鳴尖叫震耳欲聾，人們瞬間陷入恐慌，瘋狂地後退。那男生摳著肉大口的吃，嘴角沾滿了血，猛然抬起頭來，用充血的眼睛環顧周圍，然後視線停留在一個地方。

「呃——啊——啊——」

一個人癱坐在地上捂住耳朵，閉著眼睛，只是大聲尖叫著，不久前他還在抱怨校園莫名發生殺人事件。

啃完女學生脖子的男生咯吱咯吱轉過頭，接著嘴長長地往兩邊裂開，看起來就像是得意的笑。血又再次像噴泉一樣噴出。短短的時間裡出現了兩名犧牲者，卻沒有一個人敢上前阻止，大家只是緊緊貼在牆上，祈禱自己不要成為下一個目標。

我吞了口唾沫往後退，後腳跟不小心撞到烘衣機。咚，鞋跟撞在堅硬的機器上，在寂靜的密閉空間裡發出很大的聲響。

「……」

那個東西轉頭望向我，和我四目相接，我心臟落了一拍簡直就要停止跳動了。其他人在恐懼中只是看著我，但誰也沒有動，我甚至感覺到有人無意識地鬆了一口氣。

——啊，幸好不是我。那個自私的傢伙，死不死都不關我的事。

他們心裡的想法都從眼裡一覽無遺。

我無處可逃，看著那個東西伸直了腰準備撲上來的態勢，我卻什麼也做不了。這時有人移動了，是鄭護現。他舉起堆在門前的椅子，用力砸向那個東西。

啪！突如其來的撞擊讓那個東西一下子失去重心倒下。原本陷入恐慌的頭腦清醒了，趁它在地上掙扎時，我猛然上前一腳踢向它的腹部。

鄭護現轉過頭，向遠處站著觀看的人們大喊。

「幹什麼？你們沒看到有人要被攻擊了嗎？」

這下大家才開始動了起來，有人手忙腳亂地把門前的椅子挪開。沒想到為了防止外部入侵而堆起的屏障，現在反而成了阻止逃命的障礙物。

「呃——」

那個東西站了起來用盡全身力氣又撲過來，我連忙躲開，結果它跌進一個裝滿衣服的大籃子裡，我抓住它的後腦杓一甩，它被一團衣服埋住在裡頭打滾。

它掙扎了好一會兒才勉強站了起來，但隨即又失去重心，搖搖晃晃地撞上洗衣機。那是專門用來洗被子的大型洗衣機，感覺人進去也不是問題。

我腦中靈光一現，打開洗衣機的門，誘導攻擊。那個東西又撲了過來，我抓準時機閃到一旁。它的上半身撲進洗衣機裡，我像發狂似地連連踢它，我完全不知道自己在做什麼，只是一個勁地狂踢猛打。

「門打開了，快走，快！」

耳邊傳來急促的叫喊聲，看來終於打開逃生之路了。大家爭先恐後湧向出口，現在只要從那道門出去就行了。

然而倒在血泊中的犧牲者們蠢蠢欲動。明明頸動脈被撕咬，出血非常嚴重，別說行動了，應該根本就不可能活命，但它們卻嘎吱嘎吱地擺動四肢慢慢站了起來。

所有人都擠在門口想出去，對那些怪物來說，無異是一盤大餐。

「咯啊——」

洗衣間裡再度慘不忍睹。我無視後面傳來可怕的尖叫聲，直朝著門走去。人們爭相推擠想要活命，大聲吶喊。

好不容易走出洗衣間，砰！背後的門關上了。我們頭也不回，在走廊上奔跑時，黑漆漆腐爛的血水頻頻從視野中閃過。我剛才做過的事，在腦海中揮之不去。

不過幾分鐘前還健在的人，扭扭捏捏把ＯＫ繃遞給我的男生，我卻狠了心攻擊他。因為想活下去的渴望蒙蔽了眼，我瘋狂地踢他、打他。我對那樣的自己感到噁心。

不知道跑了多久，總算沒有怪物的動靜，這才仔細看看周圍，是個幽靜的走廊角落。一放鬆就覺得腿軟，一夥人全都癱在地上。

人數比離開洗衣間時明顯變少。原本約莫十來個人，現在只剩下四個人。而倖存的人也慘不忍睹，身上到處都有瘀青和傷痕，衣服上都濺了血，染成了黑紅色。

「……」

頭好痛，心裡像火在燒一樣難受，只能咬緊牙忍著。其他人也差不多，經過剛才的狀況，沒有人還能保持鎮靜，就連看起來一直都很堅強的鄭護現也把臉埋在雙手中，散亂的棕色頭髮下，露出白皙的頸項。

「我們出去，要是一直待在這裡只有死路一條，我們出去吧！」

一個染了一頭紫色頭髮的男學生哽咽著說道。不同於新潮的外貌，感覺起來是個內心相當脆弱的人。但他也沒說錯，如果被怪物咬的人也變成了怪物，那麼生存者只會越來越少，敵人越變越多。繼續待在封閉的建築物內，只會增加危險而已。但是要怎麼出去呢？

「如果我們快速跑下樓，然後從大廳直奔出去怎麼樣？」

「不是說一樓有人死了嗎？要怎麼從那裡出去？」

提議馬上就被否決了，是個綁著丸子頭的女學生。剛才劇烈的跑動和混亂讓她的丸子頭散了一半，亂七八糟的。

「那是餐廳啊，其他地方應該沒事吧？我們繞過餐廳出去不就好了。快啊，在被那些怪物抓到之前。」

「如果一樓也有那些怪物怎麼辦？」

「先去看看狀況，如果還可以的話……」

「真是，所以誰要去？誰會在這種時候冒著生命危險去樓下打探狀況？你要自告奮勇嗎？」

「……」

「這種事不是應該由提出的人去做嗎？你想離開這裡，卻又不想陷入危險中？把事情推給別人真是自私自利啊。」

紫色頭髮的男學生可憐巴巴地看著我，好像在請求幫助。

我皺起眉頭，「看什麼看？」

「……」

「還敢看？」

他嚇了一跳，把視線移開，現場氣氛陷入無法控制的崩潰邊緣。

這都不關我的事，要我為了別人去樓下打探狀況？說不定會被那些醜不拉幾的怪物咬死呢！如果是自己一個人逃出去就算了，要我為了別人去冒險？憑什麼？

鄭護現低著頭沒有想要說話的樣子，我則是一臉誰敢跟我講話我就殺了誰的狠樣，男學生放棄說服我們倆，轉頭又和女學生爭吵。

「妳也一樣，自私自利。」

「我自私自利，那又怎麼樣？你有幫我什麼忙嗎？不如就在這裡分道揚鑣吧。各人的死活自己看著辦吧。」

「妳怎麼這麼說呢？我的意思是，大家一起行動生存的機率總是會比較高一點吧。」

「我才不想去當砲灰呢！其他人不也一樣嗎？」

「夠了！」

旁邊傳來一聲小小的咕噥聲，是鄭護現。那對男女學生吵得正激烈，沒聽見他的聲音。

「喂，現在這種情況下，非得講話這麼難聽嗎？有誰願意事情變成這樣？」

「既然不爽就各自行動吧！」

下一秒，鄭護現突然抬起頭提高嗓門說：「不要吵了！」

男女學生同時閉上了嘴，鄭護現這才驚覺自己做了什麼似的，尷尬地用力搓了搓臉。這男孩終究是個軟柿子，才吼一聲就那個樣子。雖然那麼討厭我，但當我面臨危險時，卻又最先站出來幫我，原來他是這樣的人。

「我去吧。我到樓下去看看。這樣行了吧？你們可以不要再吵了。」

「不是，那個……」

鄭護現猛然站了起來，其他人還來不及勸阻，他就噔噔噔地快步走到走廊的另一邊。

就算跟其他人在一起也無法保證可以生存，他卻還要獨自一個人到樓下去。我要阻止他嗎？萬一他下去真的發生什麼事的話……不，我為什麼會擔心他？他自告奮勇不是很好嗎？鄭護現如果能活著回來最好，就算沒有，我也沒什麼損失。

我的腦子好複雜，直到鄭護現的背影從視線消失為止，我都沒有任何行動。就這樣過了很長時間，如果一樓沒什麼事，應該已經可以往返十多次了。

雖然大家故作鎮靜，但其實心裡都很著急。鄭護現現在在做什麼？雖然說沒消息就是好消息，但現在這種狀況顯然並不適用。如果他是逃到其他地方躲起來就好了，但如果不是的話……

「剛才下去的那個同學會不會發生什麼事了？如果那樣……」

紫色頭髮的男學生意志消沉，輪流看著我和女學生，終於忍不住開口了。我心裡煩躁，臭小子，為什麼現在才假惺惺的說這些話？鄭護現說要去的時候，卻什麼也沒說。

這時，安裝在天花板上的擴音器發出了吱吱作響的噪音。因為神經一直緊繃著，所以很敏感地察覺到。我反射性地向上看。

「啊，啊。」

是鄭護現的聲音，擴音器的音質不好，語調聽起來很單調，而且帶著雜音，但還是可以辨識出是他的聲音。

「在四樓的同學，有聽見嗎？管理室報告。」

什麼啊？現在這種情況下還玩什麼模仿管理室廣播？是吃飽太閒了嗎？

神經變得異常敏感的我，突然覺得自己像傻瓜一樣，感覺他實在太不像話了，卻沒聽出他的聲音很微弱。

「……請不要下樓，不管發生什麼事都不要下樓。」

最後話尾像嘆氣一般，然後毫無預告地就中斷了。

「怎麼回事？」

空氣瞬間凍結，男學生和女學生互相交換焦急的眼神。

「意思是我們不能從一樓出去嗎？」

「幸好沒有馬上下去，差點就出大事了。」

「看吧，所以我不是說要先看看樓下狀況嗎？就知道會這樣。」

聽到男女學生的對話，我心裡瞬間一把火升上來。鄭護現那麼辛苦跑到一樓，為了向我們傳達一樓的狀況，用像快死的聲音廣播，而他們根本就沒把鄭護現放在眼裡，一心只想著自己的安危，那種樣子實在很醜陋。

我也不是個事事循規蹈矩、講求倫理的傢伙，甚至可以說完全相反。我也是把鄭護現逼入險境的罪魁禍首之一，要是覺得他很可憐，我早就阻止他下樓了。他是死是活，與我何干？

說穿了也沒什麼特別的理由，只是認清了，看到他們那副虛偽的模樣，更是忍無可忍。雖然鄭護現一副全天下只有他有良心似的模樣讓我煩躁，但眼前的傢伙更令人厭惡。

我站了起來，那兩個人仰望著我，一臉像是擔心這傢伙要做什麼似地？又像是期待我會不會提出新的解決辦法。我動了動嘴角不屑地笑了，然後用力踢牆。咚！沉悶的聲響震動了整個走廊。

「廢話可真多啊。剛才鄭護現說要下樓的時候，只會閉著嘴躲避視線，我還以為你們突然得了失語症呢！一句話都不敢講。」

我撐著牆朝向他們，他們的臉上出現了陰影，一臉驚愕的表情卻說不出話來。

「現在才在那邊放馬後砲是怎樣？想活下去嗎？」

「你不也一樣……」

「沒錯，我是小癟三，可是你們連自己是小癟三都不知道，爛人。」

「你說什麼……」

「冒著生命危險拯救的傢伙竟然都是些小癟三，鄭護現還真是可憐啊，不是嗎？」

我收起嘴角不屑的笑容站直了身子，然後毫無留戀地轉過身，反正和像爛泥一樣的傢伙在一起是死，還不如和比較不爛的傢伙一起死。

我沿著鄭護現走過的路下樓，沒有人阻止我，也沒有人跟著我，背後只有忐忑不安的寂靜。一路上我看到紅色的消防設備保管箱，擺放整齊的滅火器旁邊掛著消防斧頭。腦子還沒想清楚，身體已經先行動了。我打開保管箱拿出斧頭，握在手裡沉甸甸的。

噠噠，我越走越快，快接近一樓時，甚至一腳跨過好幾個階梯跑了起來，我的心不安地跳動。

一樓大廳寬闊的大理石地板就在眼前。本以為四周會是一片血肉模糊，屍體四散，但實際上並非如此，除了摔碎的花盆、被推倒的沙發之外，大致上與平時沒有什麼太大的不同。只不過……

我緊握著斧頭慢慢吸氣、吐氣，空氣中隱隱約約摻雜著血腥味。我環顧四周，以大廳為中心分成兩側，一邊是管理辦公室和閱覽室，另一邊則是便利商店和餐廳。

突然想起餐廳裡有人死了這件事，我將視線投向那裡，遠遠望去看到大玻璃門，透過玻璃門映入眼簾的都是黑色的影子。是活人嗎？我並沒有非要過去親眼確認的理由，於是轉身往走廊另一邊走去。

路過洗手間前時，聽到了背後有呼嚕的聲音，我嚇了一跳，連忙回頭。

「咯——」

一個渾身是血的人從敞開的門慢慢走出來，看起來脖子上的肌肉好像斷了，頭無力下垂呈現不正常的角度，走路時頭晃來晃去。我全身的血都涼了。既然已經來到一樓，自然已有心理準備會遇到那些東西，但沒想到會這麼突然。

那個東西抬頭看著我，不像活著也不是死了，而是像腐爛了一樣怪異又噁心的樣子。我有種莫名的直覺那個東西不是鄭護現，好險。

一咬牙，倏地舉起斧頭，揮下去的瞬間我反射性地緊閉雙眼。腐爛的血撲面而來，那是一種骯髒不堪的感覺，好像裝滿廚餘的大垃圾袋炸開似的。那個東西手腳亂顫，我的手不停揮動斧頭，腳也沒閒著，拚命狠踢對方。

但是那個東西絲毫沒有斷氣的跡象，它的肋骨被壓碎，胸口裂開，脖子有一半斷了，但還是繼續蠕動著。我握住斧柄的手臂痠痛逐漸加劇，手在顫抖。

這是不可能的事，就算那個東西吸食多麼強烈的毒品，或是得了多麼可怕的怪病，也不可能在那種狀態之下還可以行動。

這一切都太不現實了，這不就像是那種出現在三流電玩遊戲裡的殭屍嗎？

……殭屍？

碰！用盡全身重量的一擊終於把它的脖子砍碎了，原本已破爛不堪的軀幹更是支離破碎，我仍繃緊了神經戒備著，但是那個東西再也沒有動了。

「嗬——嗬——」

胃裡一陣翻攪，眼前一片模糊，我忍住欲作嘔的衝動，用手背粗略地抹了一下臉頰，然後戴上口罩遮住口鼻直至下巴。

到了管理辦公室前，從面向走廊的窗口可以看到裡面。椅子上坐著一個人，熟悉的棕色頭髮，是鄭護現。

「鄭護現！」

我大喊，但是他沒有反應。他的頭轉向另一邊，所以我看不見他的臉。是我太晚來了嗎？心臟驟然塌陷。

轉動門把手，可是好像從裡面上鎖了，打不開。我又叫了幾次鄭護現，但他依舊沒反應，這樣下去不行，我舉起斧頭砸向門把手。哐！嘎！尖銳難聽的聲音響起，整個把手都掉了，只留下被鑿穿的圓孔。

打開門走進去，每前進一步就越感到不安，距離越來越接近，看到他的肩膀微微上下起浮，我這才深深吐出一口氣。

「學長……？」

他這才意識到我的存在，慢慢地轉過頭來，半閉的眼睛沒有焦點。他很緩慢地打量我，表情木然雙唇緊閉。這時我才想起來自己現在是什麼樣子。渾身濺了血，一手還拿著沾了血跡的斧頭，看起來應該就像驚悚片裡的連續殺人魔吧。

「你在看什麼？」

我傾斜了頭，向著他剛才所看到的方向看去，是一個關掉電源的電腦螢幕，螢幕周圍貼著幾張便條貼，有學校日程、校內主要分機號碼、樓上浴室門鎖密碼等。

「那是什麼？」

我還以為是什麼重要東西，有點失望。

「這不是蘋果嘛……」

我隱隱皺起眉頭。便條貼是圓形的、紅色的蘋果造型。但是那又怎樣？

「我喜歡蘋果。我奶奶在鄉下有個果園……每次去奶奶家的時候，她都會把最漂亮的蘋果偷偷拿給我……我本來打算這次放假也要去看她的……」

他慢吞吞地喃喃自語，越來越語無倫次，不知道他在說什麼，我覺得奇怪，赫然發現他的呼吸不規則。毛骨悚然的戰慄從腳跟直升到頭頂，我硬著頭皮往下看。

地上都是血，從鄭護現垂在椅子旁的手開始，血不斷地滴落。紅通通的血在地板上逐漸擴大面積，擴散到我的鞋底。

我的腦中一片空白，猛然抓住鄭護現坐的旋轉椅將他轉向我。他斜靠在椅背上，閉著眼睛，沒有任何反應，被冷汗浸濕的頭髮下臉色看起來非常糟。

我把他血淋淋的手腕抬起來檢查，他的手鮮血淋漓，幾乎看不出原來的膚色。似乎被咬得太深，動脈好像也斷了。

「為什麼要來？我不是有廣播嗎？……不要下來……」

「……」

「我以為……沒有人會來……」

「……」

「我叫你們不要下來……我是叫你們不要下來……可是又怕真的沒有人會來……」

他的嘴唇發白，哆哆嗦嗦地抖著，眼睛閉著無力張開，但眼淚卻止不住，浸濕了睫毛。

「我好怕……我會一個人死在這裡……好怕……我一個人……好痛……」

我隨手扔掉斧頭，跪在他面前，像瘋子一樣抖著手壓在他的手腕上，顧不得我的手和袖子都被他的血浸濕。

「好痛……呃……我好怕……我不想死……」

鄭護現的手任由我握著，低下頭傷心地哭了。透明的眼淚滴落在血淋淋的手腕上，但是他的氣息越來越微弱，漸漸模糊。

「學弟，振作一點。有聽到我說話嗎？回答我！」

「……」

「快回答我！」

「……」

「護現？」

「……」

「……鄭護現！」

有好一會兒，我一動也不動，握著仍不停流血的手腕，跪在血泊裡。

他的心臟馬上就要完全停止了，然後過不了多久，原本一動不動的他，很快就會變成像那些怪物一樣可怕，就像在洗衣間裡看到的一樣。

我必須採取措施，要麼把斧頭拾起，在鄭護現發生變異之前砍掉他的腦袋，不然就是把他留在這裡趕緊逃跑。我應該那樣做，不然連我都會被他咬死。但是我什麼也做不了。

稍早破門發出巨大聲響，似乎被那些東西聽到了，怪異又令人毛骨悚然的哭嚎聲逐漸逼近。

「呃。」我的眼前突然變成一片黑，心臟像撕裂般疼痛。那些東西逼近的聲音感覺像在深水裡一般遙遠。

我抓著胸口倒下，臉靠在鄭護現的膝蓋上，胸口痛得無法思考，只能像溺水者一樣喘氣。是外面的怪物闖進來掐斷了我的呼吸，還是我已經被鄭護現咬了？我的意識迅速消失，分不清現在是什麼狀況。

就這樣失去意識，不知過了多久，疼痛消退了，原本痛得連氣都喘不過來，現在彷彿重生了。我費力地動了一下僵硬的眼皮，睜開了眼睛。

燈沒開，微微的冬日陽光透進昏暗的房間裡。手腳捲著棉被，手機還插著充電器，螢幕上清晰地顯示今天的日期，十二月二十五日，對面的床上，室友背對著我躺著。

這是我的寢室。

我撐起上身，腰部以下起了雞皮疙瘩。剛才我還在一樓管理辦公室，頭還靠在鄭護現的膝蓋上，感覺到那些怪物正步步逼近，但現在我怎麼會在寢室裡呢？

是夢嗎？一場逼真又漫長的夢魘。如果不是做夢，我找不到其他合理的解釋。想到這裡，頓時覺得放心了。

額頭上滲出汗水，我伸手把散亂的頭髮撥弄整齊，突然視野裡好像閃過什麼，我仔細看了看手背，上面有一道細如絲的疤痕，是以前沒有的。

是哪兒來的傷疤？想著想著，腦中浮現起令人毛骨悚然的記憶。人們三三兩兩聚集的洗衣間；遞給我OK繃的男生；他要我幫他貼OK繃時我勃然大怒……碎片般的影像一一拼湊了起來。

「呃——」

睡在對面床上的室友呻吟著翻來覆去，我瞬間神經都豎了起來，反射性地轉動眼睛，尋找可以當作武器的東西。

「咯——」

室友抽搐著，越來越強烈，他的肌肉僵硬，皮膚發白沒有血色，就像屍體一樣。

我看到他汗水淋漓的脖子上有著紅通通的咬痕。我一直期盼這只是一場夢，但看到這一幕腦子裡就涼了。可怕的惡夢，本以為只是幻想的地獄在眼前重現。

「咯啊——」

室友發出怪聲後就不動了，不祥的寂靜。我默默從床上站起來拉開距離，視線仍盯著他，同時把手伸向後面，摸到放在桌上的雕刻刀，緊緊握在手裡。

室友又開始動了。沒等到他展開襲擊，我先一步衝上去，用全身的力量壓住他的背，將雕刻刀刺入脖子裡。

萬一這真的是個夢，如果這小子只是身體不舒服那怎麼辦？我不就成為一個殺害無辜者的兇手嗎？這想法閃過我的腦際。

被刀刺中的部位並沒有出血，雕刻刀上只是沾了一點黑色的黏稠液體。他不是活人。最後的不安和希望都破滅了。

「咯啊——」

他的脖子破了個洞，還瘋狂地掙扎。我抓住他的脖子，粗魯地壓制在床上，觸手黏糊糊、濕漉漉的感覺令人作嘔。

刀子一再刺向同樣的部位，爛肉裡積著黑乎乎的腐血。被我壓制的不是人，連生物也不是。我一心只想趕快殺掉這個東西。

終於，他完全癱倒在床上。

為了以防萬一，再度把刀刺進去，並用力在脖子上劃了一下。他沒有動。

「呼，呼。」

我遲疑著後退，手一下沒了勁，血淋淋的雕刻刀掉了下來。我愣愣地看著眼前的慘狀，再俯視自己的樣子，身上濺滿點點血跡，褲子是黑色的所以並不明顯，但赤裸的上身卻是觸目驚心。

血，充滿了視野，滿地都是血水，不只浸濕了地板，還沾濕了我的鞋……

我猛然停止一切動作，想起了被遺忘的事，必須立刻找到鄭護現，我得確認一下這到底是怎麼回事，否則我會瘋掉。

啊，對了，我現在渾身是血，要把血擦掉。鄭護現哭著說他不想死，他看到血就會嚇哭，我不能讓他死。

我用手擦掉肩膀和胸口的血，但手一經過就留下了黑紅色的痕跡。我混亂了。為什麼？為什麼擦不掉呢？

我環顧四周，眼睛似乎無法對焦，隨意掛在椅背上的黑色T恤映入眼簾，我抓起T恤穿上，遮住沾滿血跡的赤裸上身。

我搖搖晃晃地穿上鞋走出寢室，朝向留在記憶中的那個男孩的房間跑去，沒有心思去想現在的我看起來會是什麼模樣。

我站在鄭護現的寢室門口，瘋狂地敲門，但裡面沒有任何回應。我的心裡感到不安，腦中浮現緊鎖的管理辦公室大門和垂著頭斜靠在椅背上的鄭護現。

我二話不說轉動門把，寢室房門輕易地打開了。就像即將爆炸的炸彈，懷著忐忑不安的心走進去，房裡黑漆漆的，一側的床整理得很乾淨，連寢具都沒有，只有床墊，而另一側的床則看起來圓圓鼓鼓的。

我把被子掀開，鄭護現睡著了，兩隻耳朵都插著耳塞。他的嘴唇微微張開，頭埋在枕頭裡，像孩子一樣睡得很香甜。眼前的他和我記憶中的最後模樣太不同了，讓我一時有點混亂。

「你……」

我抓起他在寬鬆短袖T恤下露出的雪白手臂進行確認。血氣橫流的手腕沒有留下一絲傷痕，完好無損。鄭護現睜開眼睛，看著我的瞳孔裡不是輕蔑也不是悲傷，而是恐怖和驚愕。

「你……你是誰？」

他的嘴唇哆哆嗦嗦發抖。剛剛睡得天真、平靜的鄭護現到哪裡去了？現在眼前的像是被猛獸逼到絕境的獵物。

「到底是怎麼回事？」

「你是誰……為什麼要這樣？」

他急忙地挪動身體，像是急於擺脫我似的，用力地把手臂甩開。

「啊！」

尖叫聲爆發，他的腿在床上痛苦掙扎。我把被子掃到一旁，鄭護現身穿白色短袖T恤，下半身穿著平口內褲，淺薄荷綠色？他挑的顏色像極了他。

「你不是死了嗎？」

「什……什麼？」

「你，明明就死了。你的手腕被咬，流了很多血，痛苦的哭著然後就沒氣了。我都親眼看到你心臟停止跳動了。可是……怎麼又復活了？而我呢？明明和你一起在管理辦公室，為什麼一睜眼又回到我自己的房間？」

鄭護現陷入恐慌，眼珠子轉來轉去，然後視線停在我的手臂上。他看到黑色短袖T恤沒遮到的部分，上臂到手背，沾滿黑紅色的血跡。

「……」

他沒有發出任何聲音，但滿臉驚愕，明亮的虹膜中瞳孔瞬間縮緊。他舉起另一隻沒有被我抓住的手臂揮動拳頭。砰！我的頭被擊中。然後他又接著踢了我一腳，膝蓋被踢個正著。我低下頭，忍住了呻吟。他趁這個時候飛快閃到一旁。

「我要去報案。」

他渾身發抖，仍故作鎮定地厲聲警告，但是他的話沒有進入我的腦海。鄭護現好好的活著，正常呼吸，沒有傷口、沒有疤痕、光滑白皙的手腕充滿我的腦海。

「鄭護現，這到底是怎麼回事？那些奇怪的怪物又是什麼？」

「……」

「現在大家都是串通好騙我的嗎？還是我發瘋了？你解釋一下，拜託你解釋一下這到底是什麼鳥事！」

鄭護現沒有回答，反而為躲避我而向窗邊倒退，雖然努力裝出沉著的樣子，但臉色完全發白。

透過敞開的房門，隱隱約約聽到走廊一片混亂。我猛然想起，當我被室友追趕到鄭護現的寢室門口時，走廊裡已經有其他怪物了。

「走。」

我伸出手想抓住鄭護現，但他卻整個人緊繃起來往後退。

「我們現在必須出去，難不成你想再死一次？」

「你這個瘋子，不要過來！」

「幹！你他馬的還真跩。」

我的心裡漸漸焦躁起來，再這樣拖拖拉拉耗下去，那些東西很快就會進來。我不管三七二十一走上前，一把抓住他的手腕，就算要用拖的，也要把他拖走。

「你閉嘴！」

鄭護現拚命抵抗，突然像被什麼迷惑了一樣停止行動。他的目光投向我的肩膀，我不經意地回頭看。剛才進房間時，我沒有把門關好，房門虛掩著，從中間的細縫中，一團黑黝黝腐爛的臉孔，直直地瞪著我們。

太遲了！我的腦海中首先想到這點。我們的聲音太大、拖延太久。

「啊——啊——」鄭護現發出驚愕的聲音，或許是慘不忍睹的景象讓他失了魂。

我咬緊牙，牙縫裡透出急促的氣息：「鄭護現，我不是說了，我們快點出去。」

他哆哆嗦嗦地轉頭看我，他不僅沒有清醒，表情反而更驚恐，牙齒磕磕碰碰的聲音都聽見了。

「你……怎麼知道我的名字？」

房門打開了，好幾個不成人樣的東西拖著四肢爬了進來。

宿舍房間窄小東西又多，我們無處可逃。

「呃——呃——」

失去理智的鄭護現連站穩的力氣都沒有，搖搖晃晃地靠在窗邊。他摸索著打開了窗戶，冷颼颼的寒風一下就吹進房間，脖子後背都起了雞皮疙瘩。他的眼睛沒有焦點，手扶著齊腰的窗框。我有種不祥的預感。

「鄭護現？」

下一秒，鄭護現的上半身失去重心，往後倒下。他的背後是開闊陰鬱的天空和淒涼的冬季校園，他咖啡色頭髮和白色T恤隨風飄動。我腦中一片空白。

「抓住我！」

我的上身探出窗外，用力伸出手。在這一瞬間，完全沒有想到從後面撲過來的怪物。

「快抓住我！」

我使出全身的力氣，大聲呼喚，在寒風凜冽的半空中我們四目相接，鄭護現愣愣地看著我，伸出了手。

但是我們之間的距離已經拉得太遠了，根本碰不到。他的指尖只是短暫地掠過我的手關節。

我僵住了，手仍維持向下伸的姿勢，茫然地俯視著逐漸遠去的他。背後伸來像耙子一樣的手抓住我的脖子，心臟撕裂的痛楚蔓延開來，眼前一片漆黑，就像結局只有血和屍塊的三流恐怖電影一樣，落下帷幕。

我彈了起來，蓋得鬆鬆垮垮的被子嘩嘩地掉落地上，我陷入恐慌狀態，幾乎忘了呼吸，就像溺水被拉上岸的人一樣，突然喘不過氣來。

「呴——呴——」

我用兩手捂住臉用力喘氣。躺在對面的室友扭動著身體，好像很不舒服的樣子，但我並未在意。離變異還有一段時間，先鬆口氣，等會再下手。我腦中不自覺產生了這樣的想法。

過了好一會兒，好不容易才鎮定下來。放下捂住臉的雙手，手指上有個新的小疤，這是鄭護現的指甲刮過的痕跡。

室友痛苦呻吟從我的左耳進、右耳出。我整理思緒，但是不管怎麼想，所得出的結論都是不現實的。這種劇情一點創意也沒有，現在的漫畫和電玩遊戲也不屑套用，但是我不得不接受，不管再怎麼離譜，對我來說就是現實。這是我最後得到的結論。

鄭護現死去的瞬間，一切就會再回到聖誕節早上。而記住這一切的只有我。

丟下室友的屍體，我離開寢室，走廊上的樣子和我記憶中沒什麼兩樣。在抵達鄭護現的寢室房門前，這中間發生的可怕狀況都一一乾淨利落的解決。現在是要打開還是不要打開呢？如果打開，上次的狀況又會重演，熟睡中的鄭護現被驚醒，把我當成凶殘的入侵者。如果不打開呢？

我靜靜地遠離鄭護現寢室的房門，就像從未來過這裡一樣。

宿舍的寢室不是可以久待的地方，隔音超差，如果發出較大一點的聲音就會傳到走廊上。房門一點都不堅固，只要用力踢幾下、搥幾拳就可以破壞了。我來到樓上的浴室，因為我想起了這裡有可以上鎖的堅固鐵門，還有貼在管理辦公室電腦螢幕旁蘋果造型的便條貼。

浴室前已經聚集了幾個和我有同樣想法的學生，大家都是在情急之下逃出來，盲目地擠在鐵門前因為不知道如何打開而手足無措。

我推開他們，站在門鎖前輸入密碼。嗶嗶嗶嗶、嘀嚕嚕、咔嗒。厚厚的鐵門輕易地打開了。

「怎麼會……」

驚慌失措的人們個個目瞪口呆看著我，我一句話也沒有說。寫著四個數字密碼的便條貼，是鄭護現直到最後一刻注視的東西。為了證明這一點，我不得不眼睜睜看著他心臟停止跳動。

進入浴室把門鎖上，隨著沉甸甸上鎖聲，就此與外界隔絕。我知道其他人時不時地偷瞄我，但我一律不屑一顧。其中有一個女的好像認識我，嘴裡似乎咕噥著奇永遠學長什麼的。

抱歉，我沒有空一一予以回應，不，事實上我一點也不覺得抱歉。

人們安靜地待在浴室裡，或許是想到自己躲開了外面那些到處遊盪的怪物，現在已經安全了，臉上表情都輕鬆不少。但這也只是暫時的，擺脫迫在眉睫的危險，很快又會面臨其他問題。

浴室裡不可能有吃的，只有自來水、香皂和洗髮精。飽受飢餓折磨的人們忘記了恐懼，變得果敢了起來。

「我們去找吃的吧，不能在這裡枯等餓死啊！」

「要去哪裡找？」

「除了一樓的便利商店之外還有哪裡可去？餐廳已經那個樣子了當然不可能，去便利商店搜刮一些吃的東西吧。」一個長相猥瑣的小子嚷嚷道，自以為是一夥人的頭頭。

我根本沒記他叫什麼名字，因為不值得。

「如果別人已經把東西都搬光了那怎麼辦？」

「情況這麼混亂，有誰會想到去便利商店搜刮東西呢？大家應該都忙著逃命吧，只有像我們這樣找到安全避難所的人才會想到。」

雖然並不完全正確，但也沒有說錯。在如此危險的情況下，根本不會想到肚子餓不餓的問題。就像坐在血泊中無力閉起眼睛的鄭護現一樣。雖然幾次下定決心要忘掉，但仍揮不去那悽慘的情景。我緊閉眼睛。

「好吧，可是誰要去呢？」

關鍵問題被提出來了，所有人都不自然地你看我、我看你。

「用猜拳來決定吧，還是抽籤？投票？」

「那個，大哥，不好意思……可以先把宥真剔除掉嗎？」

一個男學生支支吾吾地開口，一手把身邊的女學生拉到自己身後。

「什麼？你這傢伙，朴建宇，你在說什麼啊？現在這種情況哪有誰可以例外？」

「可是宥真現在身體很不舒服……」

「哈，總是會有這種人。」

那人像是無可奈何地嘆了口氣，接著板起臉，舉起手作勢要打下去。

「你這臭小子。」

男學生嚇了一跳往後退，隨即哀求說這次就讓自己代替女朋友去吧。但並沒有用，只聽到很多聲音罵道：「發什麼神經啊，怕別人不知道你們兩個在一起嗎？」男學生更畏縮了。

最終決定用猜拳的方式決定派兩個人到外面去。大家在寬敞的浴室裡圍成一圈。

「剪刀、石頭……」

實在很諷刺，攸關性命的時刻，乍看之下卻像是一群大學生在搞什麼社團活動一樣，只是每個人臉上的表情都非常悲壯。

「……布！」

大家同時伸出了手。頓時一片寂靜，所有視線都集中在一處，正確來說，是在我身上。

「……」

只有我一個人沒有出手。不只是手，我全身都像麻痹一樣動彈不得，膝蓋無力地彎下，心臟劇烈跳動，好像要炸開似的。脈搏每跳動一拍，全身的血管就像撕裂般劇痛。

「呃——」

我的身體不聽使喚，不由自主地倒在地上。浴室的天花板轉來轉去，人們用驚愕的眼神看著我，慢慢地，他們的臉孔越來越模糊……

在混沌的意識中，腦中只有一個想法。幹，真他馬的鄭護現。

又再度見到鄭護現。就像素未謀面一樣，他向我打招呼後自我介紹：「我叫鄭護現，經營學系三年級。」清朗的聲音烙印在我耳裡。

我仍然沒有弄清這一切到底是怎麼回事，但現在我知道一點，照著這部低級三流爛劇情般的設定，我無論如何都必須救活鄭護現，否則我就會死。

就算是我先死也一樣，總之不斷反覆的媒介就是鄭護現，只要他無法逃脫到最後失敗送命，一切就又會重來，這個枷鎖不會斷。我經歷了無數次，從黑暗中直至聖誕節的早晨。

但是即使我跟在他身邊結果也沒變得比較好，我依舊和鄭護現一樣平凡，除了經歷過無幾次不同的時間後又重新回到原點之外，我並沒有因此而多了超能力，那些傢伙也沒有變得比較弱。時光倒流原本只是個幻想，但現在卻是令人厭倦的現實。

他是我的天譴，我只能這樣解釋。某一天，沒有任何徵兆，突如其來的災難，這如果不是天譴，那是什麼呢？雖然我不算是個善良的人，但應該也沒有壞到要受這種懲罰的程度吧？想想真是有夠不爽。

我們去過洗衣間和浴室尋找出路，還去了閱覽室和便利商店。曾經一股腦地直穿過大廳衝到宿舍外，還甚至爬上屋頂。有時運氣好，也會成功逃出宿舍，跑到其他地方。

哪個樓層有多少敵人，走哪條路危險，該如何打開鎖著的門，用什麼武器最有效，這些我都一一用身體去記憶。為了吸取教訓，必須付出昂貴的代價。

有時只剩下我們兩個相依為命，有時身旁有很多人。有時是鄭護現救我，有時則是我救了他。只是他不只對我，對任何人都是一貫地施以善意。我希望別人都去死，只要鄭護現活著就好。

在經歷了無數可怕的時間循環，他從未迴避過我，但我一點都不覺得感謝，只覺得憎恨。因為即使他毫不猶豫奮不顧身地救了我，最後我面臨的結局還是只有一個。

我身上的傷越來越多，鄭護現也一樣。要說有什麼差異，那就是他的傷口和記憶會消散，但我的傷口卻變成疤痕，不管經過多少次循環，都會原封不動地刻在身上。

不管最後是否平安無事的存活下來，當我在自己寢室裡醒來時，仍會留下上次經歷的後遺症。例如在經歷過整隻手臂被咬斷後，醒來時會抓著正常的手臂在床上痛到打滾；還有腿被倒塌的重物壓碎後，有很長一段時間腳不敢踩在地上。

我漸漸產生了懷疑，這真的是現實嗎？會不會我以為的現實，實際上是惡夢一場，甚至只是三流的動畫片或電玩遊戲？每當陷入這種思緒裡時，我都會想到快發瘋。

為了迴避像影子一樣緊跟著我的絕望，我更執著於鄭護現。再怎麼討厭也沒辦法，因為他是解決這種局面的唯一鑰匙。

他的每一個細節都刻印在我腦海裡。還留有淡淡絨毛的臉頰、會笑的眼睛、左眼下如淚珠般的痣，我只要閉上眼就隱約可見。比起我對自己最後一次照鏡子的模糊記憶，他的臉更清晰。

實際上鄭護現對別人漠不關心，真的是這樣。或許第一印象會覺得他對所有事都很熱心，愛管閒事，但令人意外的是他完全是個以自我為中心的人。

面帶微笑的打量對方，腦海中卻在盤算，如果認為對自己沒有什麼好處，就會依然帶著笑臉轉過身。即使不樂意，必要時還是會在形式上適度軟化，迎合對方。凡事最怕麻煩，所以常常很快就妥協，這樣的個性讓人看了更煩躁。

他只有在我第一次回來時，反應很強烈，當時看到突然闖進房間的我，就像看到精神病患殺人魔一樣。但之後每一次就像是初次見面，親切地打招呼問好，自然而然地關心我。

但我對鄭護現來說，只是個雖然很不願意，但迫於情勢而必須一起行動的傢伙；是脾氣不好、動不動就生氣的學長。他會關心我，對我畢恭畢敬，但僅此而已，絕不會再更親近。

這不公平，我連那傢伙內褲的顏色都知道，知道他東西放哪裡。我還記得他流著血時如何痛苦的呻吟，呼吸停止時是什麼表情。

但即使如此，他也從未表現出任何委屈或氣憤。

我憎恨鄭護現，勝過他討厭我幾十倍。

這次失敗了。

當時我正和鄭護現一起穿過宿舍走廊逃跑，還沒來得及甩開後面跟著的東西，前面就出現了新的怪物。馬的，選錯了路線，但為時已晚，四處都有屍體爬出來。

我們不久就被逼到絕路了。

那是最頂樓，背後的走廊、樓梯，都擠滿那些東西，根本就是進退兩難。鄭護現一臉蒼白轉頭看著我，一瞬間，那些東西就接近了，其中一個傢伙抓住了鄭護現的手腕。

「呃！」

鄭護現嚇得拚命掙扎，我伸手想去幫他，但同時我的腿被抓住了。那些東西圍繞著我們，好像等了很久似的，張大著嘴，腐臭的唾沫嘩啦啦流下。完了，一切都結束了。絕望侵蝕我的腦袋。

那些東西貪婪地撲了上來，鄭護現的身影很快就被遮住，看不見了。伴隨著可怕的痛楚，我的身體有一部分被撕咬。

「學……學長。」

在許多蠕動的胳膊和腿之間，我和他視線相交。鄭護現的眼神急切地訴說著：與其就這樣被怪物撕裂，還不如……

我們用最後一點力量奮力掙脫那些怪物，飛身撲了出去。身體懸空了，那些搖晃著越過欄杆想抓住我們的影子逐漸遠離。從最高處一路墜落到地面，再也沒有任何東西阻擋我們。碰！可怕的衝擊傳遍全身。

「呃——呃——」

我費力地在地上蠕動，腿完全沒有知覺，難道神經都斷了嗎？不，說不定是整條腿都支離破碎了。不管是什麼狀況，我都不大想確認，反正遲早我的心臟又會停止跳動。

鄭護現就倒在我面前，沒來得及閉上的眼皮下，模糊的褐色瞳孔直直地望著天空，和著血的淚水順著他的眼角流下。我伸出顫抖的手，想幫他擦眼淚。但就在我的手觸碰到他臉頰的瞬間，血肉模糊。我的手也被沾滿了血。

突然，鄭護現的眼神移動。我本以為他已經失去知覺，沒想到他卻慢慢地轉動眼睛看向我。無力的嘴角微微上揚，像微笑一樣。接著，他微微地動了動嘴唇。

「……」

聽不到他說了什麼。我心裡又悶又急，好想叫他再大聲的說一遍，但隨即從喉嚨裡湧出了鮮血，我僅剩微弱的呼吸，把血塊噴了出來。

那是最後了。鄭護現看著我，嘴唇微張，再也沒有動過。

「呃——」

慢慢地吐出最後一口氣，眼前鄭護現的臉龐逐漸模糊。不久，整個世界都沉入黑暗中。又是一個壞結局。

毫無例外地，我又恢復了意識。

手臂上都是冷汗，還蓋著熱呼呼的被子。我不耐煩地推開被子，用汗濕的手掌摸著額頭。尖銳的耳鳴幾乎要把耳膜刮破，我反射性地捂住耳朵。這回耳鳴換成了滋滋滋的噪音，腦子裡好像裝了一臺故障的擴音器。

躺在對面床上的室友痛苦地呻吟著，我捂住耳朵蜷縮著喃喃自語。

「安靜一點……」

幻聽不但沒有減弱，反而更嚴重了。我心裡一陣翻騰，猛然抬起頭來。

「我叫你安靜一點！」

我出神地看著他的後背，突然，血從空中像噴泉一樣噴出，灑在他身上，就像血腥大屠殺電影一樣誇張。不僅如此，一個地方看久了，視野就扭曲了。牆壁和天花板融化了，被我殺死的怪物浮現在空中不停晃動，觸目所及宛如置身地獄。

老實說我現在已經不再感到驚訝了。死人復活，想吃掉我。每次死的時候，過去經歷過的場面，都會讓我產生幻聽、幻覺。我搖搖晃晃地站起來，耳邊仍然傳來窸窸窣窣的白噪音。

「你不覺得煩嗎？每次都這樣。」

對面的床上沒有回答，只傳來了痛苦的呻吟。我皺了皺眉頭。

「不回答是吧？」

「咳、咳。」

「如果不想回答，就安靜點吧。」

「咳……」

「是啦，你掛了吧，所以才沒辦法回答是吧？」

我找到桌上的雕刻刀，緊握著靠近床邊。室友尚未完全變異。也許等一下會變，但現在仍是個人類。是個患了無法治療，而且致死率百分之百的新型疾病的人。

我毫不猶豫地把刀插在他的脖子上。

「呃！」

反正他就像電玩遊戲一開始會出現的怪物之類的，負責示範基本操作方法，任務完成後就會死去。不管在變異前死還是變異後死，結果都一樣。

「不是叫你安靜點嗎？喂！聽不懂？你這傢伙，安靜點！」

我舉起雕刻刀毫不猶豫地劈向他的脖子，現在連砍敵人的頭也有了訣竅。

人類的脖子出乎意料地堅硬，常常用斧頭或鋸子猛砍也不見得可以砍斷。光是朝被肌肉和骨頭保護的脖子中央下手是沒用的，相反地應該將刀從下巴刺入，再沿著肌肉紋理劃開，這才是最簡單、最快的方法。

真沒想到很久以前，在基礎繪畫課上學到的東西，竟然會在這種情況下派上用場。

「呃──呃──」

我用手腕蹭了一下下巴，站了起來。手臂和臉都濺滿了血，室友已經停止不動了好一段時間。由於刺得超出必要範圍，四處都是血。但是我並未因此感到害怕或噁心，就像透過螢幕看到的一樣，沒有任何感覺。

「……」

我癱坐在床上喘氣，凶惡的衝動絲毫沒有平息。被染紅的視野扭曲了，倒下的室友的後腦杓上出現了頭骨，像低畫質的圖像一樣模糊。頭骨被對角切成兩半，很快就消失了。連幻覺也看得出來像發瘋了一樣。

「哈哈……啊哈哈哈。」

我突然放聲大笑，這種情況本來就很可笑，不笑我會發瘋，繼續不斷傳來的噪音也隨著我的笑聲滋滋地沸騰起來。

突然止住笑，我站了起來，指尖還滴著血，我進入浴室。無論如何都要出去，我得出去見鄭護現。想要假裝是個普通的大學生，什麼都不知道待在宿舍寢室裡突然被嚇得跑出去，就要先把血沖乾淨。

站在不斷湧出水的蓮蓬頭下，每擦一次臉或手臂，水中就會出現淡淡的紅色，狹窄的浴室裡瀰漫著腐臭的血腥味，剛流出來的水像冰塊一樣冷，現在漸漸變暖了。我發了瘋似地不停搓洗身體。

忽然想起過去的死亡記憶。眼睜睜看著我的鄭護現，失去光芒的褐色瞳孔，蒼白的臉頰上被我的手拂過的紅色血跡。

「……」

我低頭看了看已恢復為膚色的手，然後像著了魔似的舉起手放在我的臉頰上。臉頰和手都因長時間淋水而麻酥酥的，但沒有什麼特別的感覺。

我輕輕地把手放在嘴唇上。指尖碰觸到鄭護現的臉頰時是什麼感覺？他在最後一刻是如何揚起嘴角微笑的？水不斷從頭頂澆淋，我努力回想過去。

因為看過很多次血肉模糊而死去的鄭護現、尖叫的鄭護現、驚恐的鄭護現，現在只要看到他的笑容，心裡就會感到一陣揪心。這回他又會祈求要死得多快？我已經習慣了他不喜歡我，對相反的反應卻完全無法習慣。

「呃——」

下腹部緊緊的，我不經意地往下一看，那根已經站起來一半了。久違的感覺又恢復了，反覆的死去又復活，連最基本的性慾都遺忘了。一旦意識到興奮，就控制不住內心的熊熊烈火。

絲毫沒有羞愧的感覺，我一隻手握住生殖器，背靠在瓷磚牆上，用力揉搓了幾下。用手指揉捏溫濕的前端，然後順勢往下。布滿青筋的敏感皮膚幾乎要搓破了，整根迅速充血，我的背脊不由自主地挺了起來。

嗒、嗒、嗒，我接連摩擦濕漉漉的分身，在我腦中的不是別人，而是鄭護現，我想著他自慰，想像著他拒絕，然後我一把將他按在床上，撲上去脫掉他的白色短袖T恤。

想把那可愛的薄荷綠色的內褲拉到腳踝，拿出他那根，貪婪地狼吞虎嚥地狂吸。雖然沒有想像過吸別人的，但如果是他的，我可以。鄭護現的那根就和他的臉一樣好看。

我要把頭深深埋進他的腹股溝，然後用力地吸，他會發出喘不過氣的聲音，嗚嗚地哭。接下來怎麼辦呢？要不要把舌頭伸進後庭裡頭，使勁地揉一揉？還是讓他來吸我的？把他渾圓的屁股張開，把我的東西塞進去？

不管我怎麼做，他都會哭得連左眼下的痣都濕透。他會掙扎抵抗，也許還會憎恨我，不，他一定會恨我。那樣似乎也不錯，那麼我們就終於可以扯平了。

要是鄭護現反抗到底怎麼辦？死也不肯就範？那樣的話……要不要殺了他呢？

反正就算殺了，他也會再復活，而且不會有任何記憶。我之所以現在會落得這樣不堪，都是因為鄭護現，殺了他應該合理吧？

「嗯、嗯。」

牙縫透出喘息的熱氣，不知不覺間，我像隻被套住的野獸一樣喘氣。濕透的頭髮貼在額頭上擋住了視線，但是我連撩撥頭髮的閒暇都沒有。

不知道自己死了，然後又死而復生睡在自己寢室裡的鄭護現，如果看到這樣的我會有什麼想法？在與現實相距甚遠的淫蕩想像中，我腦海中只有對我不屑一顧的鄭護現。

他會不會眼裡藏不住厭惡，卻仍然嘴角上揚，強顏歡笑呢？然後盡力裝作若無其事地轉身，從此以後再也不把我當人看待。他就是那種傢伙。

「我叫鄭護現，經營學系三年級。」

「這不是蘋果嗎？……我喜歡蘋果。」

「好痛……我好害怕……我不想死……」

「學……學長。」

鄭護現不斷在我腦海裡竊竊私語，有時帶著虛偽的微笑，有時又傷心地哭著。我分不清是不是幻聽，手越來越用力，粗暴地搓動那話兒，結實的腹部和大腿肌肉都抽搐了。手動作越來越快，呼吸越來越急促。

我緊閉雙眼，閉著的眼皮上透出浴室的淡黃色燈光。我一陣頭暈目眩，忍住了呻吟，仰起頭。

「呃——呃——」

找不到洞可以鑽的大根在手中毫無意義地蠕動，陰囊中堆積的精液像等待許久似地噴了出來。我機械似地揉捏著射精，腦海中間歇性地迸發火花。這是空虛又狂野的快感。

完事了。我鬆開握著生殖器的手，水流沖刷噴出的精液，白濁的液體啪啪地掉下，混入水中，流到排水孔。我愣愣地看著，心想：

是啊，這果然不是現實。如果是現實，不可能如此可怕。如果是現實，怎麼會這樣……

這一切都不是現實，這樣一想，頭腦就清醒了。一切都整理得清清楚楚。

我不再忌諱殺那些傢伙，為了生存要犧牲他人也不為過，反正只要重置，就會恢復原狀。就像錄放影機，只要按下重播鍵，同一個場面要播放幾次都可以，所以沒有必要非得被罪惡感折磨。

就這樣，我漸漸麻木了。拿著菜刀切入某人的胳膊和腿時，比起厭惡，我更擔心切太多刀刃會變鈍。眼前有人死了，我第一個想到的是屍體會擋路，很煩。

更別說其他人的名字了，我連長相都不記得。不知從何時開始，除了鄭護現之外，其他人的臉就像灑了墨水一樣，看起來黑漆漆的。說話的聲音裡也常夾雜著滋滋的噪音。

我更堅信這不是現實。

我像玩探索遊戲一樣四處奔波，一想到反正死也不是真的死，心裡就輕鬆不少。起點是宿舍，必須先從這裡開始選擇，是要繼續待在宿舍，還是要到別的地方去。

留在宿舍並不是什麼好選擇，餐廳和便利商店已經亂成一團，很難找到糧食。更重要的是這裡太擠了，隔著薄薄的牆，數十間狹小的房間緊挨在一起，防禦能力非常薄弱。

走出宿舍，最近的地方就是學生會館和中央圖書館。學生會館位於陡峭的山坡上，如果下雪，很容易會被孤立。中央圖書館所在位置較平緩，雖然寬敞，但內部情況並不利，已經有幾個人組成集團拿武器把其他人都趕走，占領了圖書館。

在宿舍，主要是會被咬到要害，導致出血過多，或從高處墜落死亡。

餐廳裡還發生過爆炸，會被大火吞沒而死。

在其他地方，死的方式更多樣。與占領中央圖書館的集團對抗，被亂刀刺死、被打破閱覽室大門出來的怪物咬死，還有在施工中的體育館內被鋼筋砸中穿身而死。

在七十週年紀念館，鄭護現自殺身亡。當時，他利用地下室天花板的管子垂吊的繩子上吊。除了第二次重置時他縱身墜樓之外，在七十週年紀念館裡是他第一次自殺。

本以為對死亡已習以為常，但那次我卻一度失魂落魄。在鄭護現完全斷氣，我的心臟停止跳動這短暫的時間裡，我一再用沒有焦點的眼睛看著鄭護現。

另一方面，我也覺得很慶幸。還好是鄭護現先死，我才能夠不增加傷痛地回去。既然要重置，乾淨利落一點不是比較好嗎？

經過無數次戰鬥、逃跑和死亡，我逐漸掌握了要領。當別人被突如其來的災難嚇得魂飛魄散時，我可以目不轉睛地輕易砍掉那些東西的頭。看那些人被嚇得驚聲尖叫，我一點都不會憐憫他們，反而感到寒心，想說演技還真好，反正都不是真的。

但是那些人對我都像看到怪物一樣。怪物不是我，是那些傢伙啊，真是讓人鬱悶，都是一群沒本事，又幼稚，遇到事情只會哇哇叫的小癟三，乾脆全都給我閉嘴，老實待著就好。如果比喻成電影，他們就是沒有名字的臨時演員；如果比喻成電玩遊戲，就只是無限複製貼上的NPC（Non-player character，非玩家角色）而已。

堆積如山的煩躁終於爆發了。當時正與在人文館見到的人聚集在空教室裡，討論今後的計畫。在這裡可以取得的物資似乎用完了，因此為了轉移到其他建築物，或是繼續留在這裡，意見出現了分歧。

我主張移動，其他人則主張繼續留下來，他們認為外面不知道隱藏了什麼樣的危險，所以寧願留在人文館撐到有人來救援為止。

但我知道再怎麼堅持也不會獲救，對他們異想天開的想法只覺得蠢。

「哪怕只有幾天，還是待在這裡吧，現在移動很危險啊。」

「沒錯。還有沒有吃的東西不知道，但現在水還有很多啊。」

「六樓好像還沒去找過，那裡不是有教授研究室嗎？不如去看看吧。」

「還是等情況比較明確之後……」

「我覺得現在還是應該先……」

大家你一言我一語，呱噪的說話聲夾雜著噪音，聽了就頭疼。我低下頭，手用力按壓眉間。

「閉嘴！」

他們似乎沒聽見我說話，仍繼續吵吵嚷嚷的。我火冒三丈，一抬腳使勁踢旁邊的椅子，碰撞的聲音響徹教室，大家都嚇了一跳，轉頭看我。

「叫你們閉嘴沒聽到嗎？」

我氣仍未消，繼續把椅子和桌子踢翻，有人被桌子撞到，但我一點也不在乎，反正又不是真正的人。

「吵什麼屁啦！反正很快就會掛了，我說出去就給我出去！」

人們都瑟縮了起來。我環顧四周，與一個長得很抽象比例不對稱的小子對視。他哆哆嗦嗦地往後退，結果腿一拐，跌了個四腳朝天。

「啊，不是……怎麼突然這樣嘛。」

「突然怎樣？啊？」

「你是因為大家沒聽你的才這樣嗎？那個……」

他根本就嚇得要死，但還是勇敢地提出抗議，其他人也投以認同的眼神。不聽話？笑話，你們算什麼東西，敢這樣對我說話？要不是我，你們一個個早就掛了。

「好啊，既然那麼想待就待在這裡吧，餓著肚子再互相殘殺。這個寒假社團活動就去陰曹地府辦吧，晚會活動是集體自殺體驗嗎？哇，馬的可真有意思啊。」

他們聽得臉都綠了，我扭曲著臉瞪著他們。

「幹！看什麼看！」

「學長，不要這樣。」

一直沒有開口旁觀的鄭護現突然說話了。

「大家並不是無條件反對學長的意見，只是你也應該說個理由讓我們能接受啊。」

他總是那樣，既然旁觀就旁觀到底啊，那小子直到最後一刻也沒退縮，雖然態度消極，但一旦越過某種界線，鄭護現就會放棄凡事差不多就好的原則，提出內心近乎道德潔癖的觀點。

「什麼？」

他在我面前總是一張臭臉，但面對別人卻笑咪咪的。馬的，如果我用刀在其他傢伙臉上劃幾刀，看他還會不會笑咪咪。

「學長一直都不說理由，只是一味地要我們跟著做，這樣大家怎麼能接受呢？」

「……」

「大家都是第一次見面啊，當然對彼此不了解，也不是那麼有默契，所以應該多溝通啊。」

聽到那句話的瞬間，我忍不住翻了個白眼。回過神來，拳頭已揮向鄭護現，啪！鄭護現的頭一下被打歪了過去。他倒在空蕩蕩的教室地板上，周圍響起尖叫聲。

「第一次見面？」我說。

好不容易穩住身體的鄭護現抬頭看著我，眼神裡完全無法理解我的突發行為，一邊的嘴角裂開，滲出了血。

「想死是吧？」我冷冷地說。

他愣住了，微張的嘴唇輕輕閉上，因受到打擊而晃動的眼睛裡充滿了各種不同的情緒，有憤怒，還有敵意。

鄭護現一把抓住我的衣領，然後毫不猶豫地揮拳打我的臉，我一個沒站穩，他又使勁推了我一把。我的背撞到牆感到一陣劇痛，但我也沒有忍著，抓住鄭護現也給了他一拳。

我們扭打成一團，像野獸一樣糾纏在一起。

他嘴角流血，我仍拚命地撲了上去，彷彿只要咬了他的臉頰就能嚐到奶油味，但拳頭卻毫不留情，好歹我對自己的體格也有自信。

「啊！」

「這……怎麼辦？」

「誰去把他們拉開？」

人們陷入恐慌，個個不知所措，但沒有人敢介入我們中間勸架。

我抓住鄭護現的頭髮，粗魯地拽了一下，把他的頭壓在地板上。他連尖叫聲都發不出來，我騎在他身上，為了不讓他移動，用身體的重量壓制他，雙手掐住脖子。

「……」

鄭護現咧著嘴痛苦不已，白皙的臉通紅，凝結著血的嘴唇之間爆發出迫切的呼吸。再這樣掐著脖子，他肯定會沒命，如果他死了，那我也會死，然後又會在寢室裡醒來，一切重新開始。

再次，從頭開始。

「我們不是第一次見面嗎？」

他這麼說。至今我已數不清見到鄭護現多少次了，但是對他來說，我一直都是第一次見面的陌生人。我，為了活下去而掙扎的我，沒有留在任何人的記憶中。

我頓時害怕起來，太害怕了，腦子裡一片空白，透不過氣。在我下方的掙扎似乎漸漸變慢了，我回過神來，我的指尖和腳尖都僵了。

「啊——啊——」

我嚇了一跳，立刻鬆開掐住脖子的手，但是鄭護現沒有動，他的眼皮無力地閉著，我顫抖著雙手捧著他的臉頰，心臟狂跳。

護現啊，我開口想叫他，但就在這一刻……

話音未落，頭被重重地打了一下，模糊的視野中閃過拿著鐵椅子的人……

我被監禁在教室裡，手腳都被電線綁著。教室外面的走廊上正在召開關於處分我的會議。

「現在應該馬上把他趕出去吧。」

「真是瘋了，跟神經病一樣，我們怎麼能和那種人在一起呢？」

「我剛才真的雞皮疙瘩都起來了。」

「待會等護現醒來再問他吧，受害者的意見很重要。」

全都聽見了，一群白痴。我強忍住呻吟，在心裡嘲諷他們。被椅子打到頭，正一陣一陣地刺痛，電線緊緊紮進手腕和腳踝。

我側頭靠在冰冷的牆上思考著，關於剛才發生的事，我對自己試圖殺死鄭護現並不感到驚訝，真正讓我意外的是，為什麼我會那麼害怕？老實說不管是我動手還是被咬死，反正鄭護現最後還是會完好如初重新復活啊。

這是在我突然冒冒失失衝進寢室，吵醒熟睡的鄭護現，害他受到極度驚嚇而跳窗一事學到的慘痛教訓。

每當我從死亡回來，再次見到鄭護現時都會演戲，裝作什麼都不知道，假裝一切都是第一次。因為就算我說我可以死而復生地重複同樣的時間，也只會被當成瘋子，被藐視而已。幸好到目前為止我的演技奏效，鄭護現並不害怕我，只是因為尷尬和沒什麼興趣而保持距離。

但這次是最糟糕的，我不只打了鄭護現，還想殺了他。我拚命地掐住他的脖子，直到他昏迷不醒。現在鄭護現一定會鄙視我、厭惡我，他一定會的。我腦中又浮現驚恐萬分的他離我越來越遠，然後跳向窗外的畫面。

恢復意識的他會拚命要求，不能再讓那個令人毛骨悚然的傢伙待在這裡，快把他趕走吧。其他人就等這一刻，他們會異口同聲地附和，那麼我就再也見不到鄭護現了，他會死在我的視線之外，那麼我又會害怕黑暗不知什麼時候再度降臨……

「……」

我低下頭把臉埋在被綁得緊緊的手裡。算了，這次就這樣結束吧，下次再約定就好。

「喔？護現同學。」

「你好一點了嗎？」

外面傳來一陣騷動，看來鄭護現終於清醒了。

「呃——」

他發出輕微的呻吟，接著咳了好幾聲。

「你還好嗎？」

「要不要喝水？」

「我沒事。」

「呃。」

傳來他低沉的回答聲，聲音聽起來有氣無力。接著傳來沙沙的聲響，可能是鄭護現想站起來。

「你怎麼了，哪裡不舒服嗎？」

「剛才手沒撐好，手腕好像扭傷了。」他低聲說。

「你的手都腫了……」

「現在可以動嗎？」

又是一陣騷動，我聽到鄭護現頻頻說「沒關係」、「不用在意」安撫大家。

「那個人現在要怎麼辦？我們大家都認為應該把他趕出去，護現同學也贊成吧？」

「什麼？你們說誰？」他問道。

「奇永遠啊。」

「學長？學長現在人在哪裡？」

「我們先把他綁起來關在裡面了，不能讓他再傷害別人啊。」

「什麼要趕走他……」

「當然要趕走啊，他是很會找路沒錯，也知道怎麼殺殭屍，但實在不能留他了。」

「總之，我們已經討論好了，護現只要說出你的想法，我們馬上就行動。」

鄭護現沒有立即回答，隔著牆我看不到他現在是什麼表情，不過看到表情又能怎樣？反正不用想也知道他會怎麼選。雖然怎樣都是死，但奇怪的是現在我有一種悲慘的感覺，紛亂的情緒在心裡翻滾。

「我……」鄭護現開口了。

外面很安靜，他停頓了一下又接著說道：「我希望……能再給他一次機會。」

眾人一致驚愕。

「什麼?!」

「護現同學，你現在是清醒的嗎？」

「是，我很清醒。」

「那你怎麼會說出這種話？那個人不正常啊，剛才把你打成那樣，他還掐你脖子啊。」

「剛才我也有不對的地方，是我激怒了他，而且我也不是只有挨打而已啊。」

「不是，不是那樣啊！現在是什麼情況？那個人只會給我們帶來麻煩啊！」

「就因為現在狀況特殊，所以我希望這次就算了吧。」

鬱悶的人們提高嗓門反對，但鄭護現也沒有退縮。

「不能那麼輕易拋棄別人啊，因為個性不合就拋棄、因為受到傷害就拋棄、因為覺得對方是累贅就拋棄，那將來會怎麼樣？只要稍微添點麻煩就想切割，那要如何能互相信任呢？」

「……」

「你們也知道，在這種情況下一個人被趕出去，誰都無法生存啊。」

「不管是會成為殭屍的食物還是在哪裡死了，反正我們都管不著啊。他那個樣子你能容忍嗎？他根本就不把我們當人看，為什麼我們還要接受他？」

「我也不是說學長什麼都好，當然也不是包庇他所有的事。被學長打的是我，被掐脖子的也是我，身為當事人，算我拜託你們，就這一次，如果下次再發生同樣的事，我會二話不說地聽從你們的決定。」

「我本來不想這麼說的，說實話，有那個人在對大家都是麻煩。你也知道，本來因為他知道如何殺殭屍才讓他加入我們，現在我們反而成了冤大頭似的，他真的不能留啊。」

「……」鄭護現沒說話。

「總之，我們無法容忍他。本來想盡量尊重護現同學的意見，但如果你還是那麼固執，那我們也無法再顧慮你了。」

我聽了這話無聲地笑了，真是太無語了，根本就生不了氣。我聽到噗哧一聲的氣音，鄭護現似乎也笑了。

「那麼我也是麻煩嘍？手腕成了這個樣子，要做什麼都無法了不是嗎？」

「什麼？」

「現在要怎麼樣？連我也一起趕走嗎？」

真的是個讓人頭疼的傢伙，竟然包庇這個向你揮拳、勒頸，甚至害你手腕扭傷的傢伙。是啊，這才是鄭護現，不那樣做就不是鄭護現了。

我靠在牆上，像瘋子一樣笑了。我的笑聲可能會傳到外面，但我一點都不在意。

鄭護現始終堅持自己的想法，最後我們一起被逐出去，確切地說，是他選擇帶我離開。

雖然只有我們兩個人，但關係也不會有進展，我們之間的關係仍然很糟。除非必要，我和鄭護現絕對不會交談。不，有時連必要的話都不說，就連看到對方的臉、聽到對方的聲音都覺得很討厭，心裡很不舒服。在摸黑走出人文館的路上，我們遠遠地保持距離，只專注走自己的路。

離開同伴以後，情況變得更惡劣了。直到目前為止，雖然有很多糧食，但都是共同財產，是和其他人一起收集的，如今空手而出，勢必很難再弄到吃的東西。

還有守夜，只能一個人睡，另一個人必須一直醒著注意狀況，敏感緊繃到極限的神經，加上睡眠不足，我們連爭吵的力氣都沒有，憎惡都放在眼裡，互相迴避。

鄭護現偶爾會後悔。啊，我到底是為了什麼要護著那個傢伙呢？他雖然沒說出口，但臉上是那樣寫著的。可是我知道，如果再重來一次，他還是會做出同樣的選擇。

我也同樣不願意讓他感到不寒而慄，每天光是要忍住對鄭護現的殺意就夠累的了。反正這些都不是現實，一切都會再重置後重新啟動。明知道沒有希望，卻還得堅持苟延殘喘等待遊戲結束，這狀況讓我覺得很窩囊。

最終，我們還是陷入了危機。從人文館出去的路上，敵人比想像的要多很多。這一段重來的次數不多，所以我沒料到會是這種場面。

手裡緊緊攥著水果刀，在教授專用休息室的櫥櫃找到馬克杯、托盤、盤子等器具，到目前為止都還算堪用。為了防止手滑，我把膠帶纏繞在刀柄上。

啪！一刀砍向撲上前來的怪物的脖子，要多砍好幾下，把脖子砍斷才不會動，但是沒有時間，我轉過身，另一個怪物在後面盯著我。

躲避攻擊為時已晚，我只能先抬起胳膊擋住。因為穿了厚衣服，怪物的牙齒沒有直咬進肉裡，但怪物死命地不肯放開我的胳膊，眼珠子都翻過去了，想盡辦法要啃我的肉。

我舉起水果刀劃破那怪物的嘴，它兩頰的皮膚橫裂開來，嘴裡的肉都露了出來。現在對這種場面早已習慣了，一點也不意外。

「咯——」

「看什麼，真噁心。」

一邊嘲諷一邊把刀刺進對方嘴裡，一陣亂攪剁下舌頭的爛肉，將刀子從下巴刺向脖子。

「學長！」

鄭護現大吼，他有多久沒跟我說話了，我沒時間思考，身體反射性地移動。他揮動手中的金屬棒球棒，擊中了我身後那個怪物的頭。再晚一點，我的脖子就會被咬了。

「嘶！」

球棒從他手上掉了下來，原本就受傷的手腕關節更紅腫了，可能是韌帶斷裂，讓原本就腫脹的部位更嚴重。鄭護現用沒受傷的那隻手勉強拿起球棒，咬著下唇調整呼吸，舉起手背擦去額頭的冷汗，一眼就能看出他的狀態很差。

門敞開著，在走廊兩旁林立的教室裡，一群新的怪物蜂擁而至，它們在變異前原本是借空教室辦社團聚會？還是參加補考的學生呢？

我一言不發拉起鄭護現的手，他強忍住呻吟跟在我後面。我們拚命拉開與怪物的距離，穿過筆直的走廊，然後來到T字形的轉角，只要過了這裡就可以從大門出去，只要過了這裡……

「……」

腳步越來越慢，前面其他走廊上也聚集了很多怪物。

如果只有後面追趕的那群，就還有勝算。那些怪物耐力無限，但智力不足，如果反覆上下樓梯或繞圈圈擾亂，它們很容易會中途絆倒或摔成一團。但是現在三條路中有兩條已經被敵人占領了，若如果敵人從前後包夾，那我們就完蛋了，在逃出包圍之前恐怕會先被咬死。

看到T字型延伸的通道，我才想起來，之前進入人文館那次，最後就是死在這裡，我居然到現在才想起來，自己都感到心寒。

不得不承認，這次我錯了，我不應該貿然想著離開人文館，應該好好計畫過再出去，或是乾脆先留在樓上。

這回就到此為止了嗎？我本來還以為這次可以撐得比較久呢。瞬間沒有力氣。想到等等又要回到聖誕節的早晨，在寢室床上重新起身，再一次假裝與鄭護現初次見面……心裡就覺得累。我已經疲乏了。

「錯了。」我不禁脫口而出。

「什麼？」鄭護現問道。

「我說錯了。」

我低頭歇斯底里地笑，鄭護現轉頭看我。

「沒有錯。」

「我們馬上就要被那些傢伙咬死了。除此之外還會有什麼？一切都結束了。」

「還沒結束！學長不要說那種話。」

他勃然大怒地大聲反駁，臉部肌肉都扭曲了，為了忍住疼痛，他的臉色蒼白，全身都充滿細小的傷口，但眼睛卻炯炯有神。

他把我拽到轉角的牆上，目前尚未感覺到後面追上來的傢伙的動靜。還有一點時間，雖然只有幾分鐘。

「知道嗎？我們不會死。不，學長不會死的。」

「你說什麼？」

鄭護現閉上雙眼，又再度睜開，原本急促晃動的眼睛變得平靜。

「學長沿著這條路一直走，不要回頭。」

「鄭護現！」

「你就直直往人文館的大門跑。」

「馬的，你在說什麼鬼話啊？」

「學長活下來的機率比我高，你會打架，四肢健全，而我的手臂已經這樣了……」

「……」

「我會過去那邊的走廊盡可能阻擋，那些傢伙只要盯上一個目標就不會管別的了，學長你就趁機趕緊逃出去吧。」

我這才勉強理解鄭護現在說什麼。我渾身發冷，好像被扔進又深又黑的冰水裡。

「所以……你要當誘餌來替我爭取時間？」

「不然還能怎麼辦？繼續在這裡我們兩個人都會死，我去阻擋他們，至少學長可以活著。快點，沒時間了！」

「你要去送死是吧？」

鄭護現搖搖頭，舉起手上的球棒。

「我不是去送死的，我還有武器啊。我會盡量拖延時間，找到機會就逃出去。」

「你這樣跟去送死有什麼兩樣？」

到底在說什麼屁話啊？反正你死了，我也會死，根本就沒有你犧牲、我活命這種選擇。我本來想這麼說的，本來想盡情嘲笑鄭護現。但事實並非如此。

我看著鄭護現的手，顫抖的樣子連我都覺得可憐，抖得如此厲害，他連手上拿著的球棒也在抖動。我快喘不過氣了，明明一副堅毅的臉龐，說要自我犧牲，但其實他很害怕。

他怕死，他其實很想馬上逃跑，但是因為有我在，讓他覺得即使自己死了，也要讓我活下去，所以拚命忍住心中的恐懼……

他確實如此，不管多麼討厭、憎惡我，但是遇到這種情況，還是會毫不猶豫地想救我。不管個人好惡，只堅持做自己認為正確的事，這就是到目前為止我所看到的鄭護現。

一時不知如何解釋我的反應，鄭護現淡淡地笑了，雖然努力露出笑容，但仍無法掩飾嘴角微微顫抖。

「為什麼用那種表情看我？一點都不像學長，你不是每次看到我都像要把我吃掉一樣，現在怎麼變了？」

「……」

「學長，你要平安無事地逃出去，如果還有機會，再請你回來接我。」

他哽咽得話都說不清楚，話音一落，他咬緊嘴唇，眼神漸漸扭曲，透明的褐色眼睛裡噙滿了淚水，「就算我不記得了……也請學長要記得我。」

我愣愣地站在原地，什麼話也沒說。他靜靜地摟著我，第一次和鄭護現擁抱，感覺非常溫暖，透過相連的胸膛感受到他的心跳，像發了瘋似地劇烈跳動，就像在吶喊著不想死，想活下去。沒來得及好好感受，溫暖就遠離了。留下羽毛般輕盈的擁抱，他轉身離去。我恍然大悟，現在這一瞬間不是電影、遊戲、漫畫，對鄭護現來說，這個世界就是現實，對我來說也是現實。鄭護現既不是電影中的人物，也不是電玩遊戲裡的角色，按下開關就可以隨意殺死，又再重新復活的虛擬化身。他的體溫會沸騰、心臟會跳動、血液會流動……他是活著的人。

我對自己產生了疑問，到目前為止，我到底對鄭護現做了什麼？

腦海裡出現強烈的衝擊，所有感覺都破碎了，然後重新組合。不知從何時起，視線開始動搖，像霧一樣隱隱約約的形體悄然融化。

「鄭護現……護現啊。」

我伸出手抓住他，抓得手都發白了，開始胡言亂語：「你不要走，這樣下去你會死的。我經歷過。我知道聽起來很瘋狂，但是我……以前也去過那裡。」

「……」

「那個走廊裡的怪物太多了，你根本連動手的機會都沒有就死了。第七次還是第八次？第十一次也是，對不起我沒有說，我只想說要是你死了就算了。那件事也很抱歉。你不要走，好嗎？護現，拜託，我錯了……對不起，你不要走，走了你就死定了，你真的會死啊。」

鄭護現停下腳步，回頭直視我的眼睛。我的臉被眼淚弄得一塌糊塗，他微微一笑，然後一個字一個字用力清楚地說。

「不試就不會知道。」

他溫柔而堅決地甩開我的手，我的手無助地張開。他毫不猶豫地向前跑，背影越來越遠。我不經意地把胳膊伸向空中，但直覺已經晚了，在轉角另一側的走廊裡，傳來怪物們發現獵物高興的哭嚎聲。

「咯——嘎——喝——」

身體一下無力，我癱倒在地，跪了下來。額頭撞在地上，發出像被勒住喉嚨的野獸般的聲音，眼淚撲簌簌掉落在冰冷的走廊上。

鄭護現馬上就要斷氣了，伴隨著劇痛，心臟停止跳動，而我的天譴，像刑罰般的黑暗將會到來。但是在那之前……

我把掉落下來的水果刀握在手中，在袖子上抹了抹，把刀刃上黑乎乎乾涸的血擦掉。刀刃上映照出我的臉，模糊不清。

那些怪物基本上不會那麼容易死，即使胳膊和腿被砍斷，腹部被捅了個大洞，身體斷成兩半，內臟嘩嘩流出，還是會堅持不懈地移動。不過如果砍頭就能置它們於死地，把刀刃深深地刺進去，一次切斷神經和肌肉用力地劃開……這個無限循環的惡夢應該也會結束吧。

我把水果刀反拿，刀刃面向我的喉結。一手抓著刀柄，一手包覆在後面支撐，灌注力氣，以確保能刺進去。

在雪白的日光燈下，刀刃閃得令人毛骨悚然。我沒有猶豫，冰冷的金屬刀刃撕開皮肉塞進氣管裡的感覺非常鮮明。

和鄭護現死的時候比起來，沒那麼疼。

我呆呆地看著天花板，就這樣看了半天，發現天花板的一角有一小塊污點，那是夏天時室友用原文書打蚊子的痕跡。我轉過頭去，看到躺在對面床上的室友的背影。

我想都沒想開始行動，像以往一樣砍下他的脖子，在蓮蓬頭下清洗血跡斑斑的身體，換衣服，用房裡的吹風機把頭髮吹乾。

之後的記憶就不清楚了，我好像找到消防斧頭，在宿舍到處亂跑，只是漫無目的地走，等到回過神，已經坐在走廊中間的行李箱上。

我為什麼在這兒？剛才在做什麼？我的腦子裡一片空白，什麼也想不起來。洶湧的思緒似乎把想法一掃而空。

從走廊那邊傳來急促的腳步聲，我無意中回頭看了看，感覺很面熟，鄭護現正朝向我跑過來，後面好像還跟著什麼東西晃啊晃的。我本想跟他打招呼，但發現他的表情不大好，準確地說，他的臉因極度驚恐似乎喘不過氣來。

後面不過才一個傢伙，幹麼嚇成那樣？想想你一個人站在幾十個怪物聚集的走廊上，不是很沉著嗎？真是個搞笑的傢伙。我靜靜地站了起來，揮動斧頭砍了跟在鄭護現身後那個東西的脖子。

那個東西流著黑色的血，不停蠕動，斷了半截的脖子上起了血泡，應該乾淨利落一刀砍斷腦袋才對，真可惜。

「唉……還沒死啊。」

但第二次還是順利地砍下頭顱，還好我的功力沒有退步。

鄭護現一直處於驚恐狀態，臉上的表情彷彿看到了惡魔。

「嗨，學弟，你來了。」

還是先打了招呼，但鄭護現不僅沒有接受我的問候，還嚇了一大跳。

「什麼？」

為什麼突然這麼生疏的感覺？不是彼此互看不順眼嗎？今天怎麼特別奇怪。

突然間我想起來了。

對了，鄭護現應該死了，為了救我，一個人跑出去，結果被咬死了。當時連那些發現他的怪物貪婪的嚎叫聲我都聽見了。

「命大喔，還活著啊。」

但是為什麼還活著？你為什麼還活著？為什麼？為什麼？為什麼？為什麼？為什麼？

「你怎麼活下來的？」

鄭護現面露驚慌的神色，支支吾吾的，最後開始逃跑。我看著他的背影，與甩開哀求他不要走的我，毅然轉身的背影重疊了。

我對他不禁心生埋怨，死了的人還活著，我不過是好奇問問，你是怎麼活下來的？沒必要那麼拚命地逃跑吧？連我的名字都裝作不記得的樣子。

另一方面，我又覺得這是理所當然的事，因為鄭護現原本就非常討厭我，加上為了我不惜犧牲自己，甚至去赴死，他應該不想再看到我吧。

這樣看來，以前好像也有過這種情況。我只是跟他說話而已，就那麼害怕……他是怎麼說的？為什麼要這樣？我要去報案？他簡直嚇壞了，最後從窗戶墜落而死。

即使為了袒護我而甘願被人們趕出去，但不知何時又會突然把我當作陌生人對待。之前為了讓我活命狠狠甩開我的手自己跑出去，現在卻又為了躲我而逃跑。真是令人討厭、煩躁、傷心，讓我感覺往返於天堂和地獄之間。

「對不起，我怎麼敢沒認出學長呢。那個，不是……因為我一時忘了。不是，是搞混了。」

最終鄭護現不再逃跑，他結結巴巴地辯解，整個人縮成一團，卑躬屈膝地嘀咕著，那樣子真是非常可愛。想到這就先原諒你了。

這時在他身後看到了一個慢吞吞的傢伙，好像聽到我們的聲音而來。久別重逢看到護現既害羞又可愛的樣子，怎麼可以因為那個東西而破壞氣氛？我一怒把斧頭猛舉起來砍了那個東西。

「啊！」

鄭護現嚇得魂飛魄散，尖叫了一聲，癱坐在地上。奇怪，反應太奇怪了，剛才是，現在也是，我只是砍了一隻怪物，他幹麼大驚小怪？那個拿著金屬球棒，狂砸怪物腦袋的傢伙呢？

我陷入了沉思，看著倒在地上的屍體，看著鄭護現，頭腦裡的一團迷霧逐漸散去，這才了解狀況。我最終還是死而復生了，當時那麼悽慘的劃開脖子，血從被截斷的氣管湧出的感覺歷歷在目。

這回，我依然被帶回聖誕節的早晨，回到鄭護現完全不記得我的時間。

一切又從頭開始了。

我每次回來都裝作是第一次見到鄭護現，隱瞞知道還沒有去過的場所的事實。他察覺到異樣，在忌憚和厭惡我之後，他寧願死在我身邊。

但是這回從一開始就錯了，我把過去的記憶和現在弄混了，抓住什麼都不知道的鄭護現，說了很多不知所以然的話。

他看著我的眼神裡夾雜著驚慌、錯愕和恐懼，雖然後來才想起來，但為時已晚。

是啊，我好像瘋了。他會覺得我精神不正常，時不時令人毛骨悚然，是絕對無法相處的人。我並未特別生氣，因為他想的沒有錯。

又要這樣虛無地結束了嗎？現在已不記得死過多少次了，只有我一個人承擔所有的記憶和疤痕，又要再回到最初嗎？就像之前的每一次一樣。無力感壓垮了我全身。

我早已放棄了，反正很快就要死了，想發洩一下再死，把壓抑已久的感情片面發洩出來，對那個什麼都不知道的孩子說了些至今未說過的話。不管他會如何看我。

可是有點奇怪。

──「學長，對不起。」

他向我道歉。

──「學長說的話，我並沒有全部聽懂，但是在某種程度上還是接受了。沒錯，是我太壞了，一直躲在學長後面，就是因為我不想有負擔，所以才隨時想逃。」

我都不知道我為什麼會這樣，原本過著平凡的生活，突然被拉進災難裡。我也很混亂，很害怕，而他就像理解我的痛苦一樣。

──「我無法理解，學長要我做什麼，為什麼會對我發火，我到現在還是不知道。但我想或許我在不知不覺中，真的對學長犯了足以讓你生氣的錯誤，所以我要向你道歉。」

我緊緊握住了鄭護現的手，為了探知他的心思，把眼睛瞪得圓溜溜的。他沒有抵抗，沒有把我推開，也沒有因為陷入恐慌而試圖自殺，沒有像當時那樣甩開我的手，只是靜靜地看著我。

太奇怪了，鄭護現討厭我，他從來都不關心我的想法和情緒。雖然無數次迎接聖誕節的早晨，無數次與鄭護現相遇，但每次結果都一樣。

原本冰冷僵硬的心因期待而開始動搖了，這次會不會和之前不一樣？在經歷數十次死亡之後，我第一次有了希望。

軌道歪了，我所熟悉的東西一個接一個地錯開了。

——「那些傢伙已經死過一次了，所以心臟不會跳，但是你的心在跳，你活著，讓我很放心。」

一直對我感到尷尬的鄭護現乖順地抱住了我，擁抱的身體依然很溫暖，就像在轉角分手之前短暫被抱住時一樣。只是與當時不同的是，現在心臟撲通撲通平穩地跳動。我不想放開他。

——「學長，如果能離開這裡出去的話，你有沒有什麼最想做的事？」

他第一次想了解我，與基於禮貌只詢問名字和年齡，對我連最起碼的關心也沒有的以前不同。

——「我喜歡。」

離開燃燒的宿舍逃到中央圖書館時，鄭護現這樣說道。含著滿眶的眼淚，不接吻根本受不了，就算鄭護現這次真的會像以前一樣憎恨我。

但他沒有拒絕，接受了慌慌張張的我，他張開了雙唇，用胳膊摟住了我。我們的心臟重疊快速跳動，就算這樣死了也不錯。

不，不要，我不想死，我不想失去不討厭我的鄭護現。我想再次看到在社會科學館前吸菸區與朋友閒聊打鬧的鄭護現，平凡地笑著鬧著的鄭護現。直至目前為止，我從未如此迫切地想活著。

然後，終於……

──「你看見我死了嗎？」

鄭護現找到正確答案。冷靜的眼神，毫不猶豫地一下就打中了要害。

直到現在還留在視野裡的噪音在那一瞬間消失了。

所有的幻覺都碎成碎片消失了。

浮在腦海裡的沉澱物也消失得無影無蹤，光芒照亮了漆黑的世界，我什麼話也說不出來，只是看著他，連呼吸的方法都忘了。

「……嗯。」

我像告解聖事般困難地回答。

「看到幾次？」

「二十次……數著數著就忘了……」

一直獨自珍藏的祕密，誰都不敢相信的不現實的故事……終於說出來了。

不知不覺時間已經過了午夜、凌晨，接近破曉了。

透過七十週年紀念館巨大的玻璃門，可以看到夜色漸漸消逝。

我語無倫次胡言亂語，重複著殘酷的死亡，我的記憶變得一片混亂，有前後不一致的部分，也有怎麼想也想不起來模糊不清的地方。但是鄭護現一直默默地聽我說。即使聽起來像是瘋子的妄想，不切實際的故事，但他既沒有反駁也不提問，只是靜靜地聽著。

「學長，我們，」

鄭護現終於開口說話了。他說到一半，把頭轉向外面，我也不經意地跟隨他的視線。

漫長的夜晚過去了，太陽正冉冉升起。

光線照射在冰冷的大理石地板上，蒼白的冬日陽光從他的身後透射下來，淡淡如美式咖啡般的眼睛瞬間閃現出金光，臉頰和耳朵上殘留的絨毛也顯得雪白。

「一定會安然無恙逃出去的。」

他堅定的說，沒有絲毫猶豫，我像著了迷似的側耳傾聽。

「學長不會再……回到過去了。」

離下課還有五分鐘左右，但是教授仍在唸著螢幕上出現的文章，沒有要提早結束的跡象。好無聊啊，我用筆尖輕點書桌，桌上出現胡亂的黑點。突然想起來了，站在窗外的那個男孩。菸也抽完了，聊也聊夠了，人們一個接一個離開，但是他仍然站在原來的位置，向遠去的人時而揮手，時而彎腰鞠躬。

不一會兒就只剩他一人，他嘴角平易近人的笑容慢慢消失，瞬間表情變了，枯燥乏味的臉上閃現出疲勞。原以為他是喜歡和一堆朋友一起熱鬧的人，但看起來好像不是。

他背靠著紅磚牆，呆呆地望著寂靜的冬日天空，把剛才放進盒中的菸拿出來，一手塞在口袋，吸了口點燃的香菸，從嘴唇縫隙中吐出嘆息般的煙氣。

「好，接下來看下一張幻燈片。你們聽說過『Dead Man's Switch』這個詞嗎？對於這門課的學生來說，可能是一個比較陌生的名詞。簡單舉個例子吧，如果我死了，我希望硬碟可以自動格式化，希望我在社群網站活動的痕跡能自動刪除。大家都有過這樣的想法吧？嚴格說來，這也可以說是一種 Dead Man's Switch。」

教室前面還在上課，四處傳出零星的笑聲，但是我的視線始終無法從他身上移開。

「像高鐵或地鐵列車上也有感知司機狀況異常會自動停止行駛的裝置，因為如果駕駛員在運行過程中失去意識會很危險，容易造成重大事故。」

他現在在想什麼？啊，那些學長真是難討好啊。他會有這種想法嗎？還是因為上課太累，所以才嘆息呢？也有可能其實他根本什麼想法都沒有。

身邊沒有別人，他逐漸放鬆了。微微皺起的眼眸變得鬆弛，感覺很奇妙。

我不抽菸，但周圍吸菸的人不少。有時整晚待在藝術館地下室做作業，偶爾會出去透透氣，四周都會看到不少老菸槍，每個都是一臉快死的樣子在吞雲吐霧。每次看到那些傢伙就覺得煩，但他看上去怪性感的。

我不記得是從哪裡聽過，吸菸時的心情與射精後的餘韻有相似之處。

他有情人嗎？是女人還是男人。從他全身裝扮看來從未脫離過社會主流的樣子，似乎只和女人交往過。

當他在床上翻雲覆雨，精疲力盡縱慾過後，還會有那樣的表情嗎？當達到高潮時，那白淨的臉會扭曲成什麼樣子呢？在做愛之後，會裸著身子抽菸嗎？我托著下巴無聊地想像著淫亂的畫面。

「那麼，我們正在學習的機械美學的時代是怎樣的呢？雖然不像現代精巧，但第一次世界大戰和第二次世界大戰之間，也就是一九二〇到三〇年代也有類似的裝置。大家可以看到幻燈片的右邊……」

現在連上課的內容都聽不進去，我一直凝視著窗外，直到他把菸抽完離開。

我們從未見過面，但我知道他。習慣性地露出微笑，疲憊時無表情的臉，奇怪的是讓我有酥麻的感覺。

那是我第一次見到鄭護現的瞬間。

PART 三

。

曙光

我一手握著蘋果，在學長面前哭得上氣不接下氣。

苦惱了無數次要不要說這句話，但是現在似乎時機已經成熟了。

「我喜歡……。」話音剛落，淚水湧出浸濕了臉頰。

學長沉默了一會兒，低聲問道：「喜歡蘋果嗎？」

「不是。我，我喜歡學長。」

CHAPTER 7 ▽

自覺

整個七十週年紀念館都停電了，水和天然氣也全都中斷了，但這並非是完全沒有預料到的事，據說在事件發生幾個小時後，Wi-Fi和有線網路全都中斷，接著電話和收音機也被切斷，後續發展顯而易見。

室內的照明全部熄滅，一片漆黑，唯一的光源就是辦公桌上裝電池的LED時鐘。現在想想，手電筒遺落在地下室真是太可惜了。

我向學長提議過，讓我去把手電筒拿回來就好，我不會做多餘的事，進去拿了手電筒後馬上就出來。學長沒有回答，而是滿面笑容地看著我，但他的眼睛像在說「好啊，你想去就去試試看吧，如果想看到我死或你自己死的話」。最終我還是含淚放棄了手電筒。

我們直覺現在該離開七十週年紀念館了。當然，即使去了別的地方，情況也不會有什麼太大不同，那麼多建築物，不可能只有這裡斷水斷電。可是，越是這樣，越要往外走，因為我們的目的不是苟延殘喘，而是要活著逃離。

必須制定計畫。首先拿出一樓大廳公告欄上掛著的校園地圖。我把手指尖從玻璃板下伸進去，推呀推的，地圖就拿出來了。

地圖詳細顯示了校園內所有設施，打開地圖鋪在辦公室的地板上，把LED時鐘當作照明放在地上，我們就跪坐在寬敞的地圖前。

「一開始我們是在這裡。」

我手指著宿舍，宿舍在數十棟建築物聚集的校園裡位於最北方。

學長在我身後，越過我的肩膀看地圖的他心不在焉地點了點頭。

「接著來到這裡。」

手指往下移，指著中央圖書館。有了連接點和點的線，從緊鄰山腳的外圍往中間，再往下走，我們一點一點地朝學校大門移動。

七十週年紀念館下方出現了巨大的空隙，那是大運動場和網球場。運動場旁邊是體育館，事態發生之前體育館正在進行維修工程。

突然想起了學長說過，曾在體育館被鋼筋貫穿身體，頓時背脊發涼。

「要直接穿過運動場嗎？或者繞到旁邊的師範大樓……」

我陷入苦思，但總覺得有點奇怪，我身後的學長不知不覺間越靠越近。胸口悶得慌，學長的手沒有像我一樣指著地圖，反而放在莫名其妙的地方。

「等一下，可不可以請你離開一點。」

我費力地把學長的手拿下來，但是他反而更得寸進尺，一直放在身上的手悄悄地上來，緊緊抓住我的胸口。

「呃！不要……學長。」

「幹麼這樣……」

他把下巴靠在我的肩膀上撒嬌，在專注中受到干擾，我的神經變得有些敏感。

「我正在思考啊，現在是很嚴肅的。」

「我也認真在思考啊，我在思考該怎樣把我們小學弟吃掉呢？」

「蛤？」

突然冒出了莫名其妙的淫言穢語，我發出一聲反射性的低呼。

「你在說什麼啊？」

「因為突然心情很差，你知道的，我不大會控制憤怒。」

他說著，但是表情一點都沒變，而且手法更誇張了。他一隻手捏胸，另一隻手悄悄地爬進我的大腿內側。

「從剛才開始學弟就無視我，只顧著看地圖，你說我的心情怎麼會好呢？啊？」

「不是，當然要看地圖，要看地圖才能制定計畫啊，現在不是做別的事情的時候。」

「是嗎？那好吧，你等一下，我先把這個爛地圖拿去燒了再回來。」

「對不起，是我錯了，我不看地圖了。」

我立刻道歉，學長是絕對會說到做到的人。

「不，你看啊，我又沒叫你不要看，你想看就盡情看吧。聽說那個地圖的碎片比我更好看，當然要看了。」

學長的心情絲毫沒有緩解，我回頭看他，相距不到幾公分的距離，我們四目相接——我現在起不看地圖了，你消消氣吧。

我在心裡小心翼翼的祈禱，學長瞪大了殺氣騰騰的眼睛。

「馬的，我叫你看啊。」

「……」我緊閉著嘴，把視線固定在地圖上。

我這麼做絕對不是因為害怕學長，絕對不是。

但是地圖上的內容根本無法映入眼簾。不知不覺間，學長的手已經越過大腿，伸進了腹股溝。他似乎從後面開始抱住我，漸漸地，我的背上承載了他的體重。我手撐在地圖上努力堅持著，但最後還是撐不住向前倒下，我趴在地圖上，他好像等了很久似的，爬到我上面。

在褲子上摸索的手瞬間解開鈕扣，拉下拉鍊，然後伸進裡面。我嚇得身體僵住了。他像要安撫我似的把嘴唇緊壓在我的脖子上，就在我脈搏跳動的地方，電流彷彿貫穿全身。

「呃——啊——」

我癢得忍不住搖頭晃腦，他一下子抓住我的後頸，像在抓小貓小狗似的，接著學長把頭湊上來吻了我的嘴唇。

「專心一點，不是很嚴肅嗎？」

我像著迷似地呆呆向前看，在LED時鐘發出的光反射下，地圖上的建築物圖示反射出光澤。

「所以……你想去哪裡啊。」他大大的手連內褲一起抓住了我的性器。

「啊——」我不自覺的呻吟爆發。他一手包覆住我未勃起的陰莖及下面的陰囊，慢慢揉搓。

「運動場？師範大樓？國際館？不管你要去哪裡我都可以。」

「我……呃……我……」

「你不是說過嘛，一定要離開這裡，不會再讓我回到過去。所以就照你的意思引導我吧。」

他的大拇指隔著內褲蹭我的前端，我不由自主地漸漸勃起，原本軟軟的東西慢慢變硬了，彷彿一股熱氣流過，大腿緊縮了起來。

「這麼喜歡啊？讓你看地圖，你就起立了。啊，好吧。既然都站起來了，乳頭也要立起來，這樣才公平。」

他的手伸進我的上衣裡，長長的手指順著腹部、肋骨，啪！彈了彈乳頭。上下同步，我發出了呻吟。

「**現**，頭暈眩了吧？快想想要去哪裡啊。」

「我……要想……可是……」

「嗯？可是什麼？」

「學長……老是摸奇怪的地方……啊——」

學長突然拉下褲子和內褲，赤裸裸的部位碰到冷冰冰的地板，我的聲音不受控地拉長，連我自己聽了也覺得像是在叫床，臉一下子紅了。

他一隻手在上半身，一隻手在下半身，我的身體好像被他的胳膊纏繞著，越是想掙脫，就越被困在他懷裡，動彈不得。我就這樣被他壓著，因為體格上的差異，若從上面看可能完全看不到我。

他又長又結實的手粗暴地揉搓著我的下體和胸部，站得直挺挺的乳頭被他手指的老繭刮得有些疼，褲子褪到膝蓋，上衣被拉到鎖骨下方。

我大口喘氣，臉貼在冰冷的地圖上，有光澤的地圖表面覆蓋著我吐出的氣息。現在完全無法思考接下來的計畫。

「快說啊，不是說現在不該做別的事嗎？不是說得頭頭是道要離開這裡嗎？現在為什麼不回答啊？難道想拖拖拉拉地在這裡被幹掉嗎？」

他半強迫地催促著我，我遲疑了一下，費力地轉過頭，看著他的眼睛問道：「學長，你生氣了嗎？因為我一直在看地圖？」

他連否認的想法都沒有，直接忽視我的問題。

「不知道，不告訴你。」

「對不起。」

「只要道歉就可以了嗎？學弟每次都這樣。」

「學長……」

「不要叫我學長，誰是你學長？」

他一咬牙，在我下體的手也猛然用力了一下。

「啊！」我痛得眼前一片白，瞬間還以為要被捏爆了，腦海中閃過萬般想法，其中一半是辱罵和嘆息。我卑屈地抓住他的手腕。

「大哥……啊……嗯……大哥……」

「……」

「我錯了，拜託……拜託你把手拿開……好痛……」

「……」

「我不會再這樣了，不會再無視你，也不再看地圖了，好嗎？」

他看著我，停頓了一會兒後問道：「真的嗎？」

「是真的。」

他往上瞟了一眼，接著涼森森地直視我說道：「那你跟我說，**永遠哥**，我心裡只有你。」

「……」

我強忍著控制臉不要扭曲，勉強擠出微笑。他握著我生殖器的手並未放鬆，我有點急了，這樣下去，恐怕組織會壞死，嚴重的話可能發生無法挽回的憾事。

「呃……永遠哥……我……心裡只有你。」

「嗯，我心裡也只有護現。」

前輩抓住我的下巴，粗魯地把我的頭轉過去，下一秒我的嘴唇幾乎被吃掉了。

我身上的體重和強伸進我幾乎無法呼氣的嘴裡攪動的舌頭，都讓我感覺很吃力，我以俯臥的姿勢被壓在他的下面，喘著氣無力地掙扎。

學長的舌頭在我嘴裡翻騰，我一不小心輕輕吸吮了一下他的下唇。他抓住我下巴的手更用力了，我的腦子裡一陣暈眩，不知何時，學長把頭抬了起來，舔著油光光的嘴唇站起身。

「會幫你吸的也只有我吧？」

在我還沒意會過來之前，我的腹部忽地離開地板，因為學長用胳膊攬起我的腰。我變成趴在地上，屁股翹起來。他毫不猶豫地把我的屁股撐開，我整個精神都清醒了，下一秒他的舌頭貼上我的肌膚。

我上身猛然抬起，他好像等了很久似地伸出手把我的背往下壓，我又趴倒在地。

「呃……不行……不要……不……」

他結實的胳膊繞著我的大腿固定住，頭抵著我的臀部，像撕開獵物肚子嚼碎內臟的野獸一樣，舌頭野蠻地吞吐，吧唧吧唧的聲音赤裸裸地響了起來。

滑溜溜的舌頭在緊閉的洞口蹭了蹭，把乾巴巴的皮膚都弄濕了，突然一陣刺痛，小腹不由自主地一縮。每當高高翹起的臀部快要失守時，他的手臂就會用力，我怎麼樣也躲不掉，又羞又愧不由得啜泣了起來。

「嗚……上次也是……我說不要……啊……為什麼……」

他猛然抬起頭來，我濕漉漉的洞口感受到冷涼的氣息，一下子縮了起來。

「再怎麼舔洞還是太小了，真不知道該怎麼辦，只要把舌尖放進去，就會縮得很緊。這麼小的洞上次到底是怎麼放進去的啊？」

學長完全無視我的抗拒，只顧著說自己想說的話。一想到他正看著的景象就感到羞愧得無地自容。在他的視線下，我裸露的大腿顫抖著，他用大手輕輕拍了拍我的屁股。

「不要一直扭屁股啊，會讓人更興奮啊啊。」

學長又再次將臉貼近我的腹股溝，緊貼著臀部執著地吸吮洞下面的會陰部位，一隻手忙著揉搓我的生殖器，又咬又舔又吸吮，連陰囊都含在嘴裡，我繃得緊緊的陰囊直吸進他又熱又濕的嘴裡。

「呃……啊……嗯……」

除了生殖器外，其餘部位的刺激均勻而無情。為什麼不吸吮陰莖呢？這話還沒到嘴邊就又吞回去了。這點理性我還是有的。

眼眶裡噙滿了淚水。嚥下酸溜溜的呻吟，仰起頭來，我本能地挺起腰。大根彷彿勃然大怒般啪嗒啪嗒地晃動，前端滿滿的精液滴落。

「真難纏啊……」

學長用一隻胳膊摟著我的腰緊貼在我身後，屁股中間夾著肥厚的生殖器，難不成就這樣放進去嗎？想起了上次的記憶，在他進來的過程中，不，就連進來再退出去之後，都感覺像快要死了，現在竟然要重新再經歷一次，光想到就背脊發涼，我慌忙之中伸手往後把學長的大腿用力推開。

「學長……學長……等一下！」

「幹麼？」

聲音在慾望中低吟。

「我想過了……」

「哦，想到什麼了？不是說我摸了奇怪的地方，無法思考嗎？」

「那個……我……這個好像不大對。」

「……好吧，說來聽聽，這次又怎麼了？」

他咬著牙一個字一個字的說，聲音裡流露出殺氣。我拚命轉動腦子。

「放進去會不會死啊？」

「上次不是沒死嗎？」

「上次沒死，也無法保證這次不死……」

「鄭護現，你真的想死嗎？沒想到我們護現這麼急著想爽到死啊。」

「嗯，嗯，那個……那個男人嘛，學長也是男人……不管怎麼說，這樣還是有點……」

「有點怎樣？被我頂到爽死的傢伙。」

正如他所說，在幾次肌膚之親還達到了高潮，現在卻拿性別取向當藉口拒絕，自己想想都覺得可笑。我不知道接下來該怎麼說了，學長噗嗤一笑。

「好，下次呢？下次你還想找什麼藉口？」

我閉上眼睛大喊。這是最後的王牌了。

「保險套！」

「……什麼？」

「No Condom, No Sex. 沒聽過嗎？我有一定要遵守的原則。」

「嗯，好吧。我知道了，知道。No Condom, No Sex.」

學長用滿是煩躁的語氣敷衍地回答，我根本沒有時間追究下去，因為他粗魯地抬起我的骨盆，把他的前端抵住我的洞。

我突然喘不過氣來，連尖叫聲都無法發出。即將到來的痛苦令人恐懼，但是下一瞬間，他粗壯的分身沿著臀部曲線滑落。我的洞口和會陰都濕透了，所以一下就滑走了。

學長疊在我背後，接連把他的大根想頂進屁股洞裡。啪！啪！啪！啪！凶狠的性器在我大腿之間撞擊，陌生的感覺使大腿蜷縮起來。我無意中向下看了看，從緊繃的大腿間他的大根觸及我的前端無數次一進一退，將積聚的液體塗滿在上面。

「嗯——嗯——」

腹股溝熱呼呼的，我的陽具到屁股洞都像要被弄破了。我握拳撐著地板艱難地支撐著。滴在地上的尿道球腺液越來越多，地圖上的建築積滿了清亮的水珠。

我的下體已被我們兩人的體液弄得一團糟，每當他的肉棒有意無意地拂過時，我的屁股洞就會縮起又放鬆。學長抱起不時快軟癱的我。

「到現在還是那麼害怕我的老二嗎？」

「……」

我慌慌張張地搖搖頭，被他的生殖器摩擦的大腿火辣辣的疼。好像可以射了，又好像還有一點不夠。我的腦子裡一片混亂，真的要瘋了，還不如直接放進去算了。

「我現在真的要進去嘍……」

他悄聲說道，一邊把分身以一定角度有節奏地滑動，他不知不覺稍稍挺直了腰，只用腰部的力量把前端對準了洞，直接斜著插了進去。

「嗯——」

學長簡短地嚥下了呻吟。突如其來的插入，內部一下子緊縮。他每一次呼吸時，我都會感覺到裡面切切實實被強頂。

我受不了衝擊，把鋪在地上的地圖抓破了。

「啊！啊——啊！」

「連一半都還沒進去……怎麼這麼快就受不了了呢？」

他輕輕地呼氣，把深入的性器抽出，不，他本想抽出的，但可能是因為我太緊張，不自覺縮得更緊，咬住不放。

「現啊，放鬆一下，我的鳥要炸了。」

我也一樣痛苦，感覺整個下腹部要爆了。我哭著急切地搖了搖頭。

「不……不行……嗚……學長，我要死了……我真的要死了。」

「又哭？真是，不管你在上還是在下都一樣哭得稀里嘩啦的。」

他伸手握住我的生殖器，我在暈頭轉向之餘仍不住地呻吟。腰一往前，生殖器就會壓向學長的手，如果向後，等於是讓他的大根更深入……我簡直要瘋了。

「嗯——啊——啊——」

學長低沉的笑聲傳了過來。

「本想摸一下讓你放鬆，結果變得更緊了。」

斷斷續續地抽動，好不容易稍微放鬆，學長卻趁這個機會把他的分身猛地又頂進洞裡，一下子緊閉的內壁幾乎要被拆了，直插進深處。

「……」我張開嘴，沒有尖叫，而是發出像洩了氣一樣的聲音。把發抖的手臂向後伸直，搞不清楚是為了推開學長還是想抓住學長。他抓住我的手腕，再度挺腰向前，生殖器把濕潤的內壁繃得鼓鼓的，感覺就像一個巨大的火球塞進我的小腹裡。

像這種東西塞進來沒好事，這樣下去，我的腹部會像不停灌水的水球一樣爆炸的。我突然覺得害怕，捧著小腹，連聲呻吟。

「你……為什麼……呃，嗯……怎麼突然……」

語無倫次，我的額頭蹭在光滑的地圖上啜泣。學長一臉興奮地笑著，親了親我的耳垂，又摸了摸臉頰。

「本來就是粉紅色的，現在變得更紅了，真可愛。再頂進去，你恐怕真的會死，可是又好想頂……哈啊……該怎麼辦呢？」

他咬著牙用力抽出了性器，那根東西上凶惡的血管在裡面撓動的感覺全傳了過來。前端出了洞口，又隨即直撞進去，直到再也進不去為止。他的生殖器緩緩壓著一處，我肚臍下面的某個地方感覺瘆瘆的。

「啊——啊——」

我像觸電似地打顫，啪嗒啪嗒聲音傳來，同一個地方接二連三受到刺激。

「好怪，等一下……這裡好奇怪……啊！不要這樣。」

每一次撞擊，腰漸漸扭曲，頭也無力的晃動。他的前端啪地撞著內壁，我的腳尖縮了起來。

「啊，喜歡這裡是嗎？要再用力一點嗎？」

果不其然，這次學長也無視我的話，他擺好姿勢，騎在我的上面用力地撞。我夾在地板和前輩的身體之間，腹部被壓住，他的大根一進一出的感覺更深刻。

「我討厭前輩……呃，怎麼這麼大……」

我掙扎著手指在地上抓，奇怪又可怕的感覺，腹部老是有力量進來。裡面被他的肉棒塞滿了，每次只要一撞我的身體就不由自主往前，學長攬住我的腰拉回來，我像被套住的獵物一樣，虛弱地進行抵抗，但一點用處也沒有。

「好可怕。我不喜歡這樣。我不要……」
「你不喜歡？有這麼討厭我嗎？」
「……」
不是，我不是那個意思。心臟噔噔地塌了下來。我抓住他拄在地上的手腕。
——我不是討厭學長，是不喜歡學長的大根，準確地說，我不喜歡學長的尺寸。
我想那樣說，但無法說出口。那根東西一直撞向我體內深處，似乎要撞到脖子了。我的肩膀一聳一聳，急促地喘著氣。
「嗯？護現啊，你討厭我嗎？」
他從後面抱住我問道。他也同樣氣喘吁吁，當然，在這之間力道沒有絲毫減弱，我使出吃奶的力氣搖搖頭。
「不討厭嗎？」
這回我用力點頭。學長噗哧一笑。
「好吧，那我繼續嘍。」
他在我身後粗暴地頂。他緊緊抱住我，沒有向前推，結實的大腿壓住我的臀部。
「呃！」
沿著內壁傳來熱刺刺的電流，稍不留神差一點就射精了。我就知道會這樣，眼眶裡是痛恨的淚水，滴落在已經被體液弄得一塌糊塗的地圖上。
「為什麼哭？不是不討厭我嗎？」
「那個……嗬……不是那個意思！」
「沒關係，盡量哭吧，你哭起來也很美。」
他像野獸一樣緊貼在我身後又用力再頂，同時不停地輕咬我的臉頰、脖子和嘴唇。我迷迷糊糊的，當他把光滑濕潤的生殖器長長地抽出又塞進去時，嘴裡發出「呃！呃！」的氣音。他深深地頂進去，根部還緊貼著胯下摩擦揉搓，內壁全都被攪亂。

我的小腿一下子彎起又一下子放下，用顫抖的腳尖瘋狂地拍打地板，體液從他跪著的雙膝間滴落下來。

再繼續這樣下去真的不行，我生起想擺脫的念頭，拚命想往前爬，慌慌張張地想盡辦法從他身體下逃開。

「你要去哪兒啊……嗯？不要走啊。」

學長一把扣住我的手腕，他口氣慵懶，手掌的力量卻無比凶惡。他把我揣回自己的懷裡，原本抽出一半的那根東西又頂了進來，我的眼淚止不住地流下。

「我好像要射……呃，嗚……」

「你可以盡量射。」

「你總是撞在奇怪的地方，呃嗯……我一直跟你說不要……」

「好、好。」

「拜託，永遠哥……」

他吸了一口氣，抱住我的胳膊肌肉硬了起來，往裡頭頂的頻率越來越快，每當他猛往內頂時，就會有陣陣電流通過直達腳尖，快感增強到讓我快忍受不了的程度了，加上維持著大腿彎曲、骨盆蜷縮的姿勢也快到極限了。

「呃啊——」

我咬住嘴唇，眼淚嘩嘩地湧出，最終還是哭了。與此同時，精液自動從我的陽具噴出。這時前輩突然停了下來。

「啊——啊——」

脊椎好像都燒焦了，達到高潮的內壁咬緊他的性器，但是他並未再給予更多刺激。

「為什麼……啊、啊、啊……」

在射精的過程中，洞裡頭則像要裂開似的，我簡直要瘋了。要是能再用力頂一頂就好，要是能在裡頭攪動也好，但他卻停住了。學長真是太狠了。

我摸索著抓住他的手，像哀求又像撒嬌似地用額頭在他手腕上揉了揉，接著又把臉頰湊過去，擺動臀部催促著快感，看起來像自己笨拙地扭腰擺臀，想觸發塞滿內壁的生殖器再給予刺激，但是遠遠不及學長的技術。

射精終於結束了，留下無法消除的溫熱，緊繃的分身漸漸放鬆。我累得癱軟在地上，一方面對剛才自己獨自在高潮掙扎，感到羞恥又哀傷。

啪！原本靜止不動的大根突然又向內用力地頂，內壁正是極度敏感的狀態，我瞬間精神一振。

「啊！」

速度漸漸加快，剛剛才射完，現在只覺得痛苦。生殖器根部總覺得癢癢的，好像有點麻酥酥的，有點奇怪……不對！

「學長……呃……嗯……不要！不要！」

「唔——唔！」

我費力地回頭，學長俯視著我的眼睛黑壓壓的，一點理性的痕跡都看不到。

「不行！等一下。」

也許有聽到我的話吧，他的嘴唇在我的額頭上輕碰，同時擺弄腰部，他的恥骨無數次撞擊我的臀部，感覺都發麻了。我拚命地想推開他的肩膀和手臂，但根本沒有用。最後他一舉抽出又瞬間進入，頂到了最深處。

「呃，呃，啊！不行！不要……」

難以置信，才剛射精完，好像又射出了什麼東西，像水一樣透明的液體。此時正好學長開始射精了，我可以感覺他精液飽滿的大根在內壁蠕動，他的精液分好幾次射出，填滿腹內。

同時，我的分身前端噴出像水一樣的液體，嘩啦啦氣勢磅礴地湧出。快塞爆內壁的大根一退再一進之際，湧出的力道就更強。剎那間地板就像灑了一地的水似地一片狼籍。我連喊都不敢喊出聲，瑟瑟發抖。

收縮到極限的內壁，完全感受得到來自他分身的陣陣壓迫，彷彿貪婪地接過他源源湧出的精液吞下。學長「嗯！」了一聲，短促地嚥下了呻吟，然而他結實的大腿和下腹肌肉似乎未有任何鬆動的跡象。

時間似乎過了很久很久，從我身體裡湧出的液體停了，我好一段時間動不了，癱在地上，雙手捂著臉。我好想死。

「學弟，小可愛，讓我看看你的臉啊。」

「不要。」

「看一下嘛。」

「你走開。」

「你好像也不弱啊。剛才我還以為室內突然下雨了呢！學弟的量也蠻多的嘛。」

他一邊說一邊嗤嗤地笑，我更想死了。

「可以不要說了嗎？」

「不好意思是吧？沒關係，現在我知道你動不動就會流出來。」

他把垂頭喪氣的我托起來抱著，他的肉棒還在洞裡懶洋洋地晃動，感覺不大舒服，但我連要求他抽出的力氣也沒有。

「所以，剛剛在爽的時候，你想好了嗎？要去哪裡呢？」

大樓。

分更是沾滿了我的精液，已經分辨不出哪裡是哪裡了，唯有一處乾淨的建築圖形映入眼簾。是行政

我呆呆地看著亂七八糟的地圖，上面到處都是不明液體，就算擦掉也不能再用了，而校徽的部

「……」

我們學校的結構是從登山入口的大門進入，沿著山路往上要走好長一段才會看到校園。從空中俯看形似扇形又像一個倒放的瓶子。

山路上除了間隔頗遠的路燈之外別無他物，獨自走個幾十分鐘感覺還蠻可怕的。說好聽點是山上空氣清新、風景秀麗，說得不好聽就是樹林裡好像隨時都會有山豬跳過欄杆跑出來，所以不管怎樣，學生們都會乘坐接駁車。

不知是因為外部人士會頻繁進出，或是因為具有代表意義，所以建在校園中交通最方便的位置。在扇形的頂點，從大門一直往上走就會看到宏偉的行政大樓。以我們的立場來看，行政大樓既是通往學校大門的關口，也是很好的據點。

「我……」

仔細思考後我開口了，但學長打斷我的話。

「不，你不用現在說，再考慮一下。」

「什麼？」

那是什麼意思？我愣住了，直到學長摟著我的腰貼了上來，我還是一頭霧水。

「哈……」

他甜甜地吐出一口氣，還殘留精液，進入我體內的性器漸漸膨脹，瞬間恢復堅硬的前端又頂向內壁。這下我才了解情況，有一種被背叛的感覺，但為時已晚。

前輩微微一笑，在我耳邊竊竊私語：「再射一次吧，護現。嗯？」

到行政大樓最快的路徑是橫越大運動場和網球場，當然這非常危險。雖然在建築物內可能會遇見感染者，但至少可以躲避，但是在四面開闊的運動場上是不可能的。一旦被發現了，就逃不了。

為了安全起見，也可以利用其他建築物掩護，就像我們從宿舍到中央圖書館，再從中央圖書館到七十週年紀念館一樣。

但是，如果採取這種方法，不知道何年何月才能逃離此地。而且在輾轉於各棟建築物之際，剩下不多的物資可能會很快消耗光。

我們準備離開七十週年紀念館，走之前翻遍抽屜和櫃子，找尋吃剩的糧食和可以帶走的東西。為了對付外面的天氣，還拿了掛在辦公室衣架上的羽絨外套，以防萬一還帶條圍巾。

「……啊。」

正在翻找書桌抽屜，我忍不住低呼了一聲，學長轉頭看著我。我從抽屜裡拿出一個東西給學長看，是汽車智慧鑰匙。

校園中宿舍和中央圖書館是學生最常出沒的地方，當然也有自己開車來的大學生，但畢竟是少數，所以一直都沒有想到，在這裡工作的教職員大部分都自己開車上下班啊。

「我們開車衝向學校大門怎麼樣？」

「但知道車停在哪裡？」

「這種鑰匙不是找到車子會發出嗶嗶聲嗎？這裡，按這個應該就行了。」

學長沒有特別反駁，只是聳了聳肩，不知道是好還是不好，他的反應不冷不熱。

「那不然就試試看吧。」

我們穿過大廳出去。上回雪花還飄落在我流著血的大腿上，自從走進七十週年紀念館之後，這個大門一直緊閉著，現在又再度打開了。許久未感受過的戶外空氣撲面而來，冰涼刺骨。我仰望天空，下了好幾天的大雪已經停了，我們走入薄霧瀰漫彷彿末日的校園中。

周圍沒看到感染者，幸好沒有一出來就被襲擊。但其實只要將視線轉向稍微遠一點的地方，就能看到在校園各處緩慢徘徊的形體。下了那麼大的暴雪，那些東西還是存在，看來除非完全被燒成灰，否則就算被火燒得焦黑還是可以到處移動，這點低溫不可能會凍死它們。

走出建築物後，鋪著人行地磚的步道全都變成白色，林蔭樹和灌木上也落下雪花。路邊積雪看起來還挺浪漫的，但結冰的斜坡路就讓人看著都覺得暈眩，要是在那邊摔倒，最輕微的傷大概是骨折吧。

「路都結冰了。」

「因為沒有人掃雪。」

他戴著黑色口罩說。

「所以才想盡可能在宿舍待久一點。因為如果冒然出來遇上下大雪，就真的進退兩難了。」

「……」

「要不然就是一開始就要迅速行動，逃到其他地方去……不過這很難。你不可能剛見到我就可以信任我，聽我的話吧？」

自從向我吐露了一切之後，學長現在已經可以毫無顧忌地說出不現實的話，那是我們經歷過無數次，只有他記得而我卻忘了的平行世界的過去。

「你來過這裡幾次？」

「三次？四次？不知道，我不記得了。」

「你去過運動場嗎？」

「一次……」

「那時也是打算去行政大樓嗎？結果呢？」

他把目光轉向偌大的運動場，看著在那裡到處走動的東西，暫時陷入了沉思。

「在七十週念紀念館地下室看到那個景象後……就直接跑出來了。我們拚命跑，但運動場太大，跑到一半就沒力了，然後就被抓住……」

我想像著無數感染者撲向倒在運動場中央的我和學長啃食的情景，令人頭皮發麻。我把用雙腳橫越運動場的想法從腦海中刪除，緊握著不知車主是誰、車型為何的車鑰匙。

「得找代步工具。如果想穿過運動場的話。」

我們在建築物附近轉來轉去尋找，雖然有幾輛被雪覆蓋停在路邊的車，但都對我手中的鑰匙沒反應。如果我是理工科學生的話，就可以砸碎車窗進去，把電線接起來發動引擎……不過真正的理工科學生聽到可能會不屑地說我在講鬼話吧，總之現在無技可施。

我們繞到建築物後面的停車場，那裡幾乎沒有車，通常在教授研究室或外賓會進出的會議廳這類建築外，一定會停一、兩輛高級進口車。

我突然想起在中央圖書館聽到的話，病毒傳播的時候，學校高級主管都已經不在了，只剩下基層員工和什麼也不知道的學生遭殃。現在我更堅定地相信這句話是真的。

嗶嗶！停車場的角落傳來悅耳的聲音，停在柱子後面的一輛汽車閃爍著橘色的燈光。

「學長，那裡，好像是那部車。」

「嗯。」

我急急忙忙拉著學長說，他心不在焉地點點頭，看起來一點期待都沒有，我感到莫名的不祥。

進入車內，坐在駕駛座上按下發動引擎的按鈕，瞬間不祥的預感具體化了。車子怎麼也發不動，只有嘈雜的噪音，轟隆隆的噪音，儀表板上閃爍著各種警告信號。

「電池沒電了。」

「好像是。」
「……」
一片寂靜，我只能失望地看著儀表板，坐在副駕駛座的學長嘆了口氣。
「學弟，你應該沒開過車吧？」
「哪有機會啊？」
「是啊，說的也是。」
他很自然地虧我，我一股火氣上來，差點衝口問「那學長又有車嗎？」但還是忍住了。現在不是為有沒有車吵架的時候。我把毫無用處的車鑰匙扔在車內，兩人就下車了。
難道要放棄穿越運動場嗎？那要如何重新安排路線呢？國際館？多媒體教育館？師範大樓？體育館？頭好痛。這時有個東西映入眼簾，一輛自行車靠在停車場的牆上。
「學長。」
他也看到了我看到的。
「雖然有點那個……不過，不一定非汽車不可吧？只要能比感染者更迅速就行了……」
「所以……你要騎那個？」
「……是的。」
他捧腹大笑。
「哇，真是妙計啊。」
我也跟著尷尬地笑了笑。突然前輩皺起了眉頭。
「搞什麼，這是什麼他馬的鳥想法。」
「……」
我的嘴角的笑容頓時消失。

「真正重要的時候，我們小學弟的腦筋怎麼就轉不過來呢？剛才流了太多眼淚、消耗太多精力，所以大腦都乾癟了嗎？要不要去吃幾口雪清醒點再回來？」

「不是，學長，我是說……」

「在結冰的路面上騎自行車？從這裡踩一下踏板，就會一路溜下去，瞬間就到大門口了。怎麼？看到下雪了想去玩雪嗎？想滑雪？還是把自己當雪板啊？哇，一定很有意思。」

「請你先聽我說完。」

「好啊，我們護現想說什麼就說吧。再怎麼鳥的事情我也會答應你，你說吧。」

學長瞪了我一眼，我也沒退縮，直視著他。

「不是在結冰的斜坡上騎自行車，是穿過運動場，運動場應該不像鋪了人行道地磚的步道那麼滑。要繞運動場邊緣走那樣太費時了，反而會更危險。」

「……」

「學長不是說過嘛，上次在運動場因為跑到沒力所以才被抓住，這次就不要重蹈覆轍了。」

「萬一途中摔車怎麼辦？」

「剛才你也看到了，感染者在運動場上稀稀落落地分散，要發現我們再追上來還需要一段時間，在這段時間我們可以趕快上車繼續騎，不然就算丟車用跑的也會比他們快吧。」

「唉，學弟真是……」

他嘆了口氣。

「有時候想一堆沒用的想法，有時候卻又一點想法也沒有。」

「我現在學會了如果光想卻不行動，就一點用處也沒有。」

「所以當時才會不顧一切為了救我而自己跑出去送死嗎？」

他突然說起另外一件事，淡然的語調，彷彿那段可怕的回憶只是普通日常。

「你對誰都一樣吧？即使當時在你身邊的不是我，就算再討厭的傢伙，再怎麼不值得救的垃圾，你也會同樣對待吧？」

「我不記得了，所以無法明確地回答你，不過也許在當時我覺得那是最好的選擇。」

「……」

「不可能兩人都活，但與其兩人都死，當然至少有一個人活下來比較好。我當時受了傷，學長安然無恙，所以你活下來比較有機會。」

「……」

「我想我當時應該不是毫無想法就跑出去，我一定是考慮過後才決定的，希望學長能連同我的部分一起存活下來。」

他目不轉睛地盯著我看，一口氣說完突然覺得自己有點裝模作樣，不禁有點不好意思。事實上我根本不記得當時的我怎麼想、有什麼感覺。

「反正……我猜當時的我應該是這麼想的吧。」

我尷尬地轉過頭去，眼角餘光感覺學長仍定定地看著我的側臉，好像要把我的每一寸都記在腦海裡似地。

沉默了好一會兒，他泰然自若地開口問道：「那誰來騎車？」

鐵管插在感染者的腿上，雙膝關節完全被打碎的感染者在地上呻吟，他原本還試圖用胳膊拖著身子爬過來，但因為地面濕滑，只能在原地掙扎。

「清理完畢。」

學長一手拿著鐵管，縱身跳下看臺。在他身後，一張棒球部的比賽加油布條映入眼簾，「達成目標！爭取勝利！」悲壯的文句下方印著巨大的校徽。

運動場從混凝土看臺下開始，最外圍是田徑用PU跑道，裡面是鋪有人工草皮的競技場，經過防滑處理，雖然積雪了但不影響走路。

確認學長過來了，我騎上自行車，迎面是寬敞的運動場，這裡曾是學生揮汗熱情追逐奔跑的地方，如今場上感染者遊蕩，身體腐爛，臉凍得發青。

我們屏住呼吸觀察周圍的動靜，幸虧那些感染者距離我們還很遠，所以沒有發現我們，學長坐上了自行車後座。

「學長。」

「怎麼了，學弟，這回又有什麼問題？」

「為什麼我要在前面？我……有點疼。」

「哪裡？」

——被你頂到差點死了的地方。

我很想這樣說，但我和學長不同，是有羞恥心的人，所以忍住不敢說出口。

「那我來騎吧，一手握龍頭一手拿鐵管收拾那些東西，要這樣嗎？」

學長不耐煩地嘲諷，我果斷回答。

「沒事，是我錯了。」

「嗯？反正我無法控制憤怒，途中要是被我看到那些東西，說不定龍頭一轉，直接撞上，一起同歸於盡。」

「學長請坐好，我會好好地騎到對面去的。」

我乖乖地握住自行車龍頭，寬敞的運動場，對面的行政大樓隱約可見。確認目的地後，我把腳

愛呦文創
愛呦文創
非賣品NOT FOR SALE
DEAD MAN
末日校園
SWITCH 2
아이제（Eise）/ 著
©《Deadman Switch：末日校園2》아이제（Eise）◎著、Zorya◎封面繪圖、sima◎海報繪圖、愛呦文創◎出版

踩在踏板上，學長用沒拿鐵管的手臂猛然摟住我的腰。

冷空氣掠過臉頰，我逐漸加快速度。走來走去的幾名感染者發現了我們，但是反應速度過慢，當他們搖搖晃晃地回頭時，我們早已遠去。

「等一下……」

感覺有點奇怪，原本抱著腰的手臂不知不覺間滑到別的地方。我緊張地直視前方猛踩踏板，情急之下連忙低頭看了一眼。

「等一下，呃，學長。」

他的大手正亂揉我的大腿和臀部。學長若無其事地說道：「怎麼了？」

「你在做什麼？」

他口罩上露出的眼睛微微彎起。

「怎麼辦，護現，我站起來了。」

「什麼？現在？在這裡嗎？」

「你踩著踏板屁股一顛一顛的，真是討厭，怎麼辦？你再把屁股抬起來一點，我就可以直接進去了。我好想進去啊。」

「不是……」

「啊，誰讓你長得那麼性感啊。臉像糯米糕一樣軟乎乎的，大腿越用力越結實了，真是男人味十足啊……」

我決定無視他的話，我們身後已經有五六名感染者追了過來，只要稍有鬆懈，很快就會被趕上的。摸大腿的手毫無預兆地伸進了腹股溝，瞬間，我握住龍頭的手一扭，在運動場上筆直馳騁的自行車，一瞬間不住地搖晃。

「呃！」

「哎呀，我的小學弟，怎麼這樣騎車，要好好看著前面啊。才走不到五分鐘，我還想跟你一起走五十年呢……」

「拜託你那隻臭手……」

我根本沒有空可以甩開學長爬上我衣服前襟的手，好想哭。而就在我們暫時分心之際，感染者瞬間拉近了距離，貪婪的嚎哭聲就越過肩膀傳來。

「咔啊——」

學長放開我，轉身向後。自行車搖晃得更厲害，後面響起了巨大的聲響，我咬緊牙關加快速度，氣喘吁吁的。

「不要回頭看。」

學長吼著。我聽他的話，雖然很想知道有多少感染者？距離多近？但還是忍住堅定地看著前方。背後不斷傳來令人毛骨悚然的哭聲，還好幾次聽到被鐵管擊打的聲音，我們身後的動靜一直沒有停歇。

「咯，咯咯！」

眼角餘光瞄到黝黑的手。看樣子他們之中的一個傢伙居然追上來了，我背脊發涼。

「哈……」

學長神經質地笑了一聲，他搭著我的肩斜站了起來，驚險萬分地揮舞著鐵管。啪！把手伸向後輪的傢伙無力地摔倒了。

「騎快一點！」

「嗬！嗬！在這裡……要怎麼……」

「快！」

後輪好像卡到什麼東西，就像沒來得及減速就踩下剎車的汽車一樣，自行車整個都彈起來了，眼前一陣天旋地轉，心臟驟然緊縮，我以為我們完了。

「壓到一個傢伙的胳膊。別管了，快走！」

學長大聲說，刺骨寒風吹拂著我們的頭髮和衣角，原本遙遠的對面看臺越來越近，距離目標還有二十公尺左右，自行車突然戛然而止，像陷入泥坑一樣無法前進，看來是有人鑽到輪子底下了。

「學長！」

我急忙先跳下車，學長也立刻站到一旁，定睛一看，眼前出現了可怕的景象。

五隻，不，六隻嗎？一輛自行車上擠了好幾隻感染者，有的身體卡進車輪裡拚命掙扎，看到我之後更是瘋狂地扭動。

我本能地產生恐懼，但都到這裡了，不能被抓住，僵住的手腳硬是動了一下。抓住自行車架猛然推倒，金屬車體沉重，他們之中有個傢伙臉被撞個正著，門牙從腐爛的牙齦上穿出還流膿。

我們毫不猶豫地轉身。

學長握住我的手，他的手心滲出了汗水，又大又硬的手拉著我向前奔跑。我們邁開大步，三步併作兩步登上看臺，積雪讓看臺濕滑，學長用力撐住我。

「小心！」

行政大樓就在前面，我們已經可以看到側邊的玻璃門了，但鎖著，而且鐵捲門還拉下來。那道門平常就不開放，所以還擺了黃黑色管制進出的柵欄。但我們沒有時間去找尋其他入口。後面只有少數幾個感染者，居然可以爬上看臺追趕我們。

「那邊！」

情急之中選擇看起來結冰較薄，甚至有地面裸露出來的路徑奔跑，越過齊腰的柵欄跳進去，因為一時來不及減速，硬生生撞上鐵捲門，背和肩膀都受到劇烈衝擊，但一點都不覺得疼。

「喃——喃——」

我們背靠在像窗格般的鐵捲門上，一、兩個感染者還在拚命地追過來。柵欄可以暫時阻止它們靠近，它們沒有智慧，不懂如何越過障礙物。但即便如此，也撐不了太久，得趕緊把那些東西處理掉，逃到別的地方去。學長大口喘氣，手緊握著鐵管。

從背後傳來解門鎖的聲音，學長和我同時回頭。鐵捲門和玻璃門的另一邊閃動著黑色的輪廓，不一會兒就有人開門出來了。乍看之下對方體格高大，他雖然打開了玻璃門，但似乎不知道怎麼打開鐵捲門。他在門前猶豫了一下，接著發生就算親眼看見也難以置信的事。

鐵捲門下面突然出現一根曲棍球杆，接著響起了震耳欲聾的聲音。雖不確定能不能這樣形容，但我覺得那根曲棍球杆似乎充滿了怨恨，狠狠地敲擊鐵捲門。

我一時失了魂，隨即又清醒過來。

照這樣下去，在鐵捲門敲破之前，周圍的感染者都會蜂擁而至。

「按鈕！鐵捲門按鈕，就在旁邊！」

我拚命喊，粗魯地擊打曲棍球杆的動作停止了，過了一會兒，嘎吱嘎吱的聲音響起，已經慘不忍睹的鐵捲門慢慢升起。

對方頭髮理得極短，身材魁梧，比我甚至比學長還高大，整體給人沉重的壓迫感。這樣形容或許有點失禮，但他給我的感覺比那些感染者還令人顫慄。

他穿著棒球外套，上面大大的「S」映入眼簾，袖子上繡著陌生的標誌。

他不是我們學校的學生。

「你們沒事吧？」

帶著這方言腔調的生硬口音，他的聲音聽起來很穩重，我不自覺差點想回答「是的，大哥」。

此時鐵捲門還在上升中，他彎腰把手伸過來，我無意識地也伸出手，但學長動作更快，從我背後推了一把。

我連滾帶爬地往裡頭栽了進去。哐！還沒站穩就聽到身後響起很大的聲音，學長還在外面和感染者對峙。看來那些東西越過柵欄到了鐵捲門前，要不是學長迅速把我推開，我可能就被那些東西抓住了。

聲音真的太大了，把其他感染者也引來，在柵欄外探頭探腦，這麼緊急的情況下，鐵捲門的上升速度緩慢得令人鬱悶。

學長手沒停止動作同時指示道：「放下鐵捲門。」

「學長怎麼辦？」

「我自己會看著辦。快放下！」

按下旁邊的按鈕，上升到一半的鐵捲門停住，然後開始下降。學長仍然和敵人對峙中，從他的臉、脖子、肩膀逐漸被下降的鐵捲門遮住，這樣下去，感染者進不來，但學長也會進不來啊。我不能坐視不管，我向拿著曲棍球杆的男子伸出手。

「可以借我嗎？」

「……」

他上下打量我，然後搖了搖頭。我的心臟緊縮了一下。但下一秒他拿起曲棍球杆，自己上場。堅硬、沉重的曲棍球杆猛刺向鐵捲門另一側的感染者的腿。

「咔——咔！」

那隻腳拐了個奇怪的角度，失去重心搖搖晃晃地倒下。學長趁機用鐵管擊打頭部，黑色的血淤積在地上。鐵捲門已經降到膝蓋的高度，還可以看到其他感染者四肢掙扎著想越過柵欄。我急得快要瘋了。

「學長，快！」

我從逐漸變窄的縫隙中急忙伸出了手，學長扔下手中的鐵管，抓住我的手，我用力把學長拉進來，順勢張開雙臂把他擁進了懷裡。

在鐵捲門完全降下之前，所幸他的腳尖也進來了。我抱著他一起倒下，砰！隨後趕上來的感染者們撞上了關閉的鐵捲門。男子趕緊跑過去把門鎖上。

我們一度維持倒下的姿勢，學長就壓在我身上，心臟跳動的聲音很大，而我自己的心臟也快要爆炸了。

漸漸地覺得有點不舒服，壓在我身上的學長很重，而且他的腳纏在我的腿上。因為身高差，他的腿比我長，我一意識到這點就感到不自在，於是輕輕拍打他的後背。

「學長。」

「幹麼？」

他悶悶不樂地回答。除了呼吸有點急促以外，其他一切都很正常，我本來還擔心他會不會太累，看來是白擔心了。

「可以請你起來嗎？我快喘不過氣了。」

「不要。」他有點賭氣似地說，把頭深深地埋進我的頸間。

「你真好看，很溫暖，我不想起來。」

這句話完全不加修飾，若是只有我們兩個人就算了，但現在並不是。我不由自主地轉過頭看了看旁邊，男子一臉淡然地抓了抓後腦杓。

「起不來嗎？兩位要一起進來嗎？」

和男子進入行政大樓的大廳。這裡面也是一片漆黑，白天外面的光線可以透過玻璃門進來，但

第七章
自覺

到了晚上就幾乎伸手不見五指了。

男子沉默寡言，學長也是，畢竟學長只在我面前話才比較多。兩個高個子、大塊頭，看起來與善良溫柔相去甚遠的男子都緊閉著嘴，空氣讓人窒息。他們兩人根本就不像普通大學生，比較像是在黑暗世界中打滾的人。

夾在他們中間察顏觀色，最後還是我先開口，正好看到男子外套上的學校名稱。

「你是世民大學的學生嗎？」

「是的。」

「可是你怎麼會到這裡來？」

世民大學在市中心，他們學校的學生到我們這個偏僻山中來會有什麼事情呢？是把仇人殺了埋在山上嗎？雖然說不該以外表評斷一個人，但我怎麼想也只有凶殘的想像，就像我無法把學長跟氣質優雅專注於藝術活動的藝術學院學生聯想在一起是同樣的道理。

「因為在這裡進行冬季聯合訓練，還有我也順便申請跨校短期學分交流。」

出乎意料之外，非常正當的理由。冬季訓練加上跨校修學分，他顯然比我更認真。我一放假只想先睡個飽，然後再收拾行李去鄉下奶奶家玩。

「你是體育系的吧？幾年級？」

「我是一年級的學生。」

「什麼？一年級？你是新生？」

「是的。」

「二十歲？過了年就二十一歲了吧？」

「是的。」

「……」

我陷入了混亂，比我小四歲？才剛剛高中畢業不久，可是那個長相？那個塊頭？那個聲音？他要是穿黑色西裝，戴上耳麥，要說他是哪間保全公司的組長也不為過。

「我叫做韓彬。」

他報上姓名，並向我們點頭略略彎腰。受到鄭重其事的問候，覺得有些尷尬。在現在這種情況之下，什麼年紀、年級都沒有用。我轉移話題。

「這裡還有其他人在嗎？」

「有，在樓上。」

「在樓上？這裡也斷電了吧？」

「是的。」

「啊，對了。我是這所學校經營學系的學生，我叫鄭……」

「**現**。」

一直保持沉默的學長突然開口了。

「你也問問我吧。」

「什麼？」我反問道，覺得學長有點無厘頭。

他皺了皺眉，「你為什麼都不問我？你跟我說話的時候總是不知道在緊張什麼，只會說不要、不行。你對那個傢伙為什麼那麼好奇？你是要採訪他嗎？」

「……那，要問什麼好呢？」

「隨便，你想問什麼都可以，喜歡的顏色或者想嘗試的體位也行。啊，對了，我可以告訴你我的尺寸。」

「學長！」

我整個驚恐。乍聽之下好像沒什麼問題，但那語氣一點都不健康，這不是可以給初次見面的第三者聽的話。我緊張地看韓彬的臉色，幸虧他似乎沒聽清楚學長說什麼，又或者是聽到了但不理解，表情僵硬。

我們沿著扶手小心翼翼地爬上漆黑的樓梯，從一樓到二樓，二樓到三樓。四周靜悄悄的，如果沒有牆壁和地上的黑色血跡，這裡就像一般下班時間過後關閉的大樓。

離大廳越遠，光線越暗，我有點擔心要是受到突襲恐怕無法及時反應，這時腳邊出現了紅色的光，是以免洗杯為底座的蠟燭，沿著臺階擺放。

來到三樓安全門前，韓彬輕輕敲門，咚咚咚，不一會兒從裡面傳來了咚咚的敲擊聲。

「我回來了，還帶了在一樓遇到的兩位倖存者。」

門內沒有任何反應，過了一會兒，才傳來了沉悶的聲音。

「狀態怎麼樣？有受傷嗎？」

韓彬回頭看了看我們，無論是學長還是我，經過狂踩自行車穿越積雪的運動場，在冰面上奔跑，還從鐵捲門下鑽進來，現在絕對不是乾淨整齊的模樣，但也沒有受傷。

「沒有。」

門內的人可能在討論，隱隱約約聽到了嘀咕聲。接著門打開了，看來是決定接受我們了。

行政大樓是學校的象徵建築物，走廊非常寬敞。

也許是出於防禦目的，或為了防止寒風吹進來，所有窗戶都關上，還拉起窗簾，以稀疏的蠟燭照亮室內。在昏暗的走廊上閃動著紅橙色的燭光。

好幾對目光投向我們，那些人各自以舒服的姿勢或坐或站，甚至還有人伸直雙腿坐著，正在燭光的照耀下看書。

他們全都衣著整齊，沒有受傷，其中一人走向前來，一個穿著舒適運動服的男人。

「在外面受苦了吧？快點進來。」

學校變成這個樣子，一路上得到的大多是敵意和警戒，這樣受到陌生人歡迎還是第一次，感覺怪怪的。

「這裡是……」

「啊，不用擔心，這裡沒有殭屍，我們從一樓開始都清理過了，我們一直都待在這裡。」

「清理過了？」

「是啊，要逛逛嗎？」

男人自稱宋昌珉，他一手拿著手電筒，自然地引導我們進去裡面。行政大樓三樓有辦公室、值班室和會議室。我們順著走廊緩步前進，他簡單向我們介紹。

「剛開始我們在別處，但覺得繼續那樣下去真的會死，於是大家齊心協力把行政大樓奪回來。因為這個建築最大，而且位於校園中央，所以被救援的可能性也最大。三樓是我們主要活動空間，一樓和二樓是空著的，但我們會定時巡邏。」

我一邊聽他說，一邊透過敞開的門望去，曾經是教務處辦公室的地方擺滿了看似生存者們收集的物資，還有鐵撬、木棍、錘子等武器。

不知不覺我們來到走廊的盡頭，左右各有幾間小會議室。

宋昌珉指著其中幾扇門，「從這間到這間都是空的，兩位可以隨便挑一間，都是男人就一起住好了。我們其他人也是兩、三個人共用一個房間。」

學長是不會回答的。我說道：「什麼？還可以有自己的房間？」

「因為在這裡沒有什麼危險，反正空會議室那麼多，大家如果一直聚在一起，也只會增加壓力，不是嗎？」

太不可思議了，我以為來到飯店了。整個校園斷水斷電，外面死了無數的人，這裡卻像太平盛世。之前蜷縮在宿舍浴室和閱覽室的地板上、在中央圖書館機房的箱子上睡覺、坐在七十週年紀念館辦公室椅子上睡得腰痠背痛的日子從我腦海中閃過。

「還有什麼來著……對了，每天中午十二點會在走廊分水。看到那邊的掛鐘了吧？以那個為準。水雖然不是很多，但是大家飲用加上簡單的洗漱還是夠的。」

「怎麼可能？」

「在斷水之前我們就先儲水，還派人輪流出去鏟雪收集起來，等融化用煤氣爐煮一下就可以喝了。」宋昌珉很平靜地解釋。

我想起剛才進來時在走廊上瞥見的人，他們看上去都很正常，很難相信他們也曾在可怕的情況下逃難。

我不禁笑問：「你們真的很有系統啊，簡直難以置信。這麼多人，難道都不會起爭執嗎？」

宋昌珉睜大眼睛，好像在反問我怎麼會問這種話。

「怎麼會呢？又沒什麼缺的，大家各自發揮自己的作用，有什麼好吵的，越是這種時候越要團結啊。」

一臉不情願地環顧周圍的學長突然噗嗤一聲笑了，雖然聲音很小，但因為很安靜，所以聽得非常清楚。他打從進三樓以來第一次開口。

「真是屌啊。」

「……」

「……」

空氣急劇凍結，我一瞬間忘了呼吸，宋昌珉臉上的微笑逐漸消失，我覺得眼前發黑，但無論如何都要收拾被搞壞的氣氛。

「啊，我……對不起，他不是壞人，沒有別的意思。」

宋昌珉恢復笑容搖了搖頭，一副沒事發生的樣子。

「我理解，情況這麼嚴重，人難免會變得比較敏感，待會我叫他們拿些基本生活用品給你們。你們應該很累，先休息吧，有什麼事以後再說。」

他微微點點頭，轉身回到其他人聚集的走廊中央，我看著他遠去的背影，比起剛才騎著自行車飛車穿越運動場，此時此刻反而更沒有現實感。

「學長。」

在緊急出口照明燈柔和的照耀下，學長面無表情的臉顯得有些發青。整棟建築物都斷電，只有緊急出口照明燈和樓下的鐵捲門有不斷電設備能維持電力。

「沒事，我們先進去吧。」

我拉著他隨便去一間空的會議室。走廊上有蠟燭和緊急出口照明燈，但在房間內沒有任何光源，一關上門，就什麼都看不見了。

「現在只剩我們兩個人了。」

學長在黑暗中竊竊私語，我不由自己地後退，背碰到軟綿綿的牆，這間會議室內有音響設備，所以牆壁做了隔音處理。

「我有問題。」

「你終於想到問題問我了嗎？想知道什麼？」

他向我貼過來，衣服摩擦的聲響特別明顯，我不自覺嚇了一跳。

「那個，我想問的是……」

「說啊，學弟。」

「你剛才為什麼那樣說？你認識他們嗎？」

「……」

學長沉默著，我咬了咬牙。

學長一會兒才開口：「馬的，我還以為你怎麼這麼識相。是啊，一定要搞這種氣氛再讓人幻滅是吧？這才是鄭護現啊。」

「請你告訴我，這裡的事你原本就知道了嗎？」

「不知道。我有必要知道那些傢伙嗎？」他氣呼呼地說。

我又問道：「那你之前來過這裡嗎？」

「沒有。」

「……」

「但你見過他們？在體育館嗎？」

體育館趁寒假進行維修工程，正在施工中，所以應該處於閒置狀態。學長說他在那裡被鋼筋貫穿身體而死。

「剛開始不大確定，但看到那件髒兮兮的衣服就知道了。」

「什麼衣服？」

「剛才那傢伙穿的，像腐爛的海藻搗碎的顏色。」

我想起宋昌珉穿的衣服，是一整套的深綠色運動套裝，又想起在走廊上好像也有幾個人穿著同樣的衣服。

「啊……那不是體育系的系服嗎？」

話說回來，什麼爛海藻，我一直以為是深卡其色呢。不知道是不是因為唸藝術的關係，學長的表達方式總是與眾不同，從執著於我身上特定部位的顏色就看得出來。

我追問：「事態發生時在體育館，因為那裡情況不妙才轉移到行政大樓？那個世民大學的學生也是嗎？」

「誰知道，不過我在體育館的時候，看到他們圍著一個傢伙拚命打。」

「什麼？」

「那些傢伙現在就在這裡，什麼？大家要團結？你說我聽到他這麼說會不會覺得好笑啊？」

學長若無其事地隨口就把可怕的回憶說出來，但跟剛才宋昌珉帶著笑容的臉一點都搭不起來。

「雖然上次是那樣，不過也許這次會有什麼改變吧？」

「我到現在體會到的是……不管時間如何倒流，無論情況如何變化，人永遠也不會變。我可愛的護現都死了幾遍了，每次復活，都還是為了維護那什麼狗屁道德在做白日夢，那些鳥樣的傢伙每次都還是那副鳥樣。」

我很想反駁，但卻無話可說，最後還是選擇不開口。

「這次是運氣好，看起來比之前還遊刃有餘的樣子，但是那些傢伙從骨子裡本性就是那樣，現在看起來好像人很好，但只要時機到了，隨時都會露出本性。那種人能相信嗎？」

「不相信。」

我不知不覺脫口而出。學長靜靜地等著我說下去，我把心裡想的都說出來。

「我剛進來的時候就覺得奇怪，現在聽了學長的話之後更確信了。」

我回想門打開後踏入走廊時，宋昌珉毫不猶豫地走過來說要帶我們參觀，一切就像安排好的，現場十幾個人，誰也沒有提出異議。照理說看到陌生人會好奇，會打招呼或問些問題，但大家都只是默默做自己的事，像是任由他主導一切。

還有他剛才最後一句話說「叫他們拿些基本生活用品給你們」，這不就是命令下屬接待客人的主管會說的話嗎？

「有個領導人並不奇怪，畢竟要有個統籌的人。在宿舍的閱覽室，年紀最大的人也擔任領導的角色，但是像宋昌珉……已經超越了單純統籌的程度，感覺是已經有了階級之分了。」

這裡的人沒受傷也很奇怪。現在校園裡到處都是想啃人的怪物，他們若從那些東西手中奪回行政大樓，卻沒有一個人受傷，這不是很奇怪嗎？像學長身經百戰就算了，即便是我，也免不了被刀刺傷啊。

「沒有人受傷可能有兩種原因，一是他們真的戰鬥力超強，軍紀嚴明，所以奇蹟般的沒有人受傷。另一個就是一旦受傷，就不能留在這裡了。」

學長沉默了一會兒，屋子裡黑沉沉的，我看不到他的表情。感覺我好像說錯話了，開始不安。

「我想錯了嗎？」

「沒有、沒有。你想得很好，推理得也很有理，我的小學弟雖然有時會傻傻的，總是把注意力放在沒用的地方，但你原本頭腦就很好嘛。」

他是在誇人還是在罵人？算了，這次肯定也是罵人。

「你想怎麼做就怎麼做，我都可以，只要你不拚命找死就好。」

「那是什麼意……」

「你是主角啊。」學長笑著笑著又正色說道：「護現，你死我就會死，你活我就能活，在我的世界裡你就是主角。」

對我來說正好相反，學長是無所不知、無所不能的人，我什麼都不知道，就氣喘吁吁地跟著主角走，我才像臨時演員。

從什麼都不知道的情況下走出寢室，在走廊上第一次見到他的時候就這樣了。

到現在為止，從未向其他人敞開心扉，我只是適當地應對。對我來說，那些人只是為了生存的共同目標而臨時集結在一起的他人，我有自己的生存課題，我對他們一點都不好奇，對他們各自的故事和苦惱不感興趣。

但學長不同。他意味深長的每一句話都深入我心，我很好奇他隱藏的祕密。

因此，不知不覺間，我也深陷進去，哭、笑、接吻、做愛，露出真實的底線，互相碰撞。若要問我怎麼會變成這樣，我不知道該怎麼說，只是打起精神一看，發現已經走到這裡了。

「為什麼偏偏是我？為什麼我死了學長就會回到過去？」

「我也不知道，看來你是非常重要的人吧。如果你死了，世界就會滅亡之類的。要想阻止滅亡，你必須活著，世界才會重置。」

「那是什麼話？該不會是人家說的什麼如果真心渴望某件事，全宇宙都會來幫你之類的。」

緊張氣氛一下子放鬆了，我笑了笑，在看不出表情的黑暗中，學長也笑了。

「不管你是什麼，我都沒關係。」

他伸手捧著我的臉頰，堅硬的指尖掠過耳後敏感的皮膚，他的氣息輕輕散落在我的上唇，我還沒意會過來他就吻了上來。

「嗯——」

他輕輕咬住我的下嘴唇，揉搓著，把舌頭伸進去，我忘情地張開嘴伸出舌頭吸吮，一時頭暈目眩。他自然而然把身體貼過來，我反射性的挪動了一下，他用一隻手摟住我的腰，大腿粗魯地從我兩腿之間卡進去，結實的肌肉赤裸裸地蹭著腹股溝。

他的手滑下托住我的屁股，就那樣輕輕挪動腰部，下體互相碰撞。帶著露骨的意圖，把前端揉搓得黏糊糊的。

「啊——」

我用顫抖的手抓著他的肩膀喘著氣，脫離他濕潤的嘴唇，他在我的嘴唇正上方低聲呢喃。

「抖什麼呀，更讓人受不了啊。」

啪、啪，大腿內側連續被壓迫，粗大結實，痛感襲來。

「學長……不要……」

「不要停嗎？嗯，我知道了。」

「不是……嗯……呃……你聽我說……」

「又要擺出食物被搶的倉鼠表情嗎？不看也知道。你就算驚慌害怕，也可愛得要命。」

食物被搶的倉鼠……我一下子沒了力氣，這是對身強力壯服過兵役的男大生說的話嗎？就連最疼我的奶奶，頂多叫我小狗狗，但從來沒有叫我倉鼠過。

「我想把你撲倒吸你的鳥，吸到你一邊哭一邊射精為止。」

無時無刻的淫言穢語弄得我暈乎乎的，簡直要瘋了，在這種情況下，我的身體居然也做出了反應。只是親吻和揉搓身體而已，這樣下去內褲要濕透了。說不定更瘋狂的人是我。

「可以吸吧？好嗎？我吸嘍。」

不給我回答的機會，學長自顧自爽快地下結論。揉著屁股的手朝前伸去。

「啊！」

我尖叫了一聲急忙抓住他的手腕。這時，背部傳來震動。咚咚咚。有人在外面敲門。

「新來的朋友們在裡面嗎？因為其他房間都沒人。」

隔音牆外傳來了又鈍又重的聲音。

「你們在嗎？我拿東西來了。」

「是……我們在。」

我趕緊轉身把門打開。雖然對外面的人充滿疑心，但此刻能看到他們我很開心。燈光從門外射入，漆黑的會議室內部顯露出來。

「馬的。」

學長不耐煩地撩了撩頭髮，拿著東西的人站在門口臉上沒有表情。

他只把生活必需品交給我就走了。他只是接到指示才來這裡的，態度堅定，沒有意思要進行多餘的交流。我先點燃蠟燭放在桌子中間。只有桌子、椅子、投影幕的會議室，一瞬間充滿了違和的溫馨氣氛。

生活必需品有毛巾、洗漱用品、裝滿水的塑膠瓶，甚至還有新的內褲和襪子。這到底是從哪裡拿來的？一樓 ROTC（儲備軍官訓練團）辦公室嗎？還是職員的值班室？

「他們為什麼對我們這麼好？」

我有點不安，因為到目前為止的經驗告訴我，沒有先付出代價就不會有善意回應。

「應該是對我們有所期待吧，如果想幹掉我們，就不會給這些東西了。」

「那樣只要給吃的東西就好啦，就算只給一餐，也足夠讓人放鬆警惕了，但卻給我們生活用品……」

蠟燭在桌子上靜靜地燃燒，透過紅橙色的燭光，我們四目相交。學長微微一笑。

「意思是會一直使喚啊。」

晚飯時間，有人敲我們的房門，我們跟著到走廊中央。所有人都緊挨在一起坐著，燭火在中間燃燒。若不說，看起來就像什麼營火晚會一樣。

宋昌珉看到我朝我揮了揮手，示意我到他旁邊坐下。

「到處都有蠟燭啊。」

「行政大樓的每間辦公室裡都備有停電時用的蠟燭。手電筒是為了日後有特別需要時才使用，現在先用蠟燭。」

「不過白天應該可以打開窗簾吧？蠟燭一直點也很浪費。是擔心開窗室內溫度會變冷嗎？」

「是的，那也是原因之一。不過如果想透透氣的話，打開一會兒是沒關係的，只是不能開太久。窗簾會拉上自然是有必要性。」

似乎沒辦法再多問下去了，我默默地收下分配給我的食物。今天的晚餐是肉丸子罐頭。

不久便在安靜的氣氛中開始用餐，我一邊吃一邊偷偷觀察。除了學長和宋昌珉之外，其他人都是陌生面孔，有男有女，年齡分布似乎很廣。有人穿著體育系的系服，也有人不是，突然想起了什麼，我轉頭問宋昌珉。

「韓彬呢？」

「什麼？」

「那個世民大學的學生。帶我們來的，怎麼沒看到他？」

「啊，那位啊。他不吃飯，現在正在整理倉庫。」

「那是什麼意思？」

「一樓的鐵捲門壞了，他坦承是因為自己的失誤。」

「這樣啊。」

我的心臟不安的跳動，瞟了一眼對面，學長直勾勾地望向這邊。可能是為了警戒，他沒吃，罐頭連蓋子都沒打開。

「因為他弄壞了阻止外部入侵的珍貴鐵捲門，所以應該反省一下。」宋昌珉帶著笑容泰然自若的說。

「就因為那個理由不能吃飯嗎？」

「這不是理所當然的嗎？事情沒做好憑什麼吃飯呢？」

我眼睜睜地看著他，因為我的反應，宋昌珉開始滔滔不絕。

「在這種災難的情況下知道為什麼會搞到同歸於盡嗎？因為那些搭順風車的人，他們的加入只是加速浪費物資而已。就因為有那種人，原本團隊中努力做好份內之事的人才會覺得委屈。」

「……」

「我們不容許那樣，不工作的人就別吃飯。這很合理吧？」

乍聽之下，這句話並沒有錯，因為大家都是冒著生命危險與感染者對抗、尋找物資，要與什麼都沒做的人分享的確不公平。但是有必要在這種時候堅持這種原則嗎？他又不是故意破壞鐵捲門，他是冒著危險奮不顧身地救人啊。

「那是為了阻擋殭屍，鐵捲門只是稍微變形了一點，但功能並沒有影響。」

反駁的話不是我說的，而是來自另一個角落，一個吃肉丸的男生怯生生地說，瞬間宋昌珉臉上的笑容僵住了。

「什麼？馬的，現在是哪裡在放屁？你們直屬學長姐是這樣教的嗎？」

「呃……不是的，對不起。」

「等一下叫你上頭的給我過來。」

「……」

「沒聽到嗎？你上頭直屬的是誰？誰啊？」

所有人都停止動作，對面有個剪短頭髮的女生猛然舉手站了起來。

「是我，對不起，學長。」

「好好教育底下的人，聽到沒？如果不想死就給我聽話一點。」

「是，我知道了。」

再沒有人敢開口了，燭火一樣溫暖地燃燒，但室內溫度卻直直下降了好幾度。

我知道像藝術和體育學院學長姐制很重，體育系和戲劇系不說，就連沒那麼多規矩的藝術系也還是有一定程度的學長姐制。之前崔多彬一直對學長畢恭畢敬就可見一斑，他們兩個甚至不是同一個系的。

但現在這狀況有點太過分了。新生、插班生、復學生，一個專業課程有二百人上課，根本搞不清誰是學長誰是學弟，這在我們系上是完全無法想像的事。

宋昌珉扭曲得像惡鬼一樣的臉上重新恢復了從容。他轉頭看我，有點尷尬地笑了笑。

「啊，你嚇到了吧。有些人就是比較散漫，偶爾需要凶一下，這是我們自己的問題，我們會好好解決，你不要放在心上。」

他說得婉轉，但另有重點，你是第三者，別多管閒事，閉嘴，就當沒看見。真是令人無語，都什麼時候了，還分學長姐制？學校變成這樣了還要分內部人士和外部人士？

學長打開礦泉水瓶蓋，嘴唇貼在瓶口噗嗤地笑了，宋昌珉聽到聲音視線射向學長。

「請問你有什麼話要說嗎？」

學長看都不看他，心不在焉地擺了擺手。

「沒什麼，繼續啊，我只是難得看到神經病覺得很好笑。」

「……」

氣氛再度降到冰點，我靜靜地低頭用手抹了抹臉，沒有勇氣去觀察別人的反應。

本來想避免引起不必要的關注，這下看來是做錯了。

在行政大樓的第一晚過去了。

我跟學長商量好，先暫時待在這兒。雖然很多地方令人懷疑和不滿，但也不能輕易放棄能保障基本需求和安全的環境。再加上他們在這裡生活了一段時間，或許知道一些重要訊息，在取得有用的東西之前，盡量保持低調。

第二天天亮，我們又被叫到走廊中央，這次是為了分配工作。我並不意外，只是覺得該來的終於來了。

「除了找糧食和水，在樓下巡邏之外還有個最重要的工作。」

宋昌珉指著緊閉的門，門後面有樓梯。

「這裡是三樓，這棟一共有七層樓。我們每天分組去樓上搜索、處理殭屍，找到可用物資就拿回來。這個工作本來是按照順序輪流做的，但如果有新人加入，那麼就由新人負責一個禮拜。」

「為什麼？」

「為什麼啊？我們給你的生活必需品價值多少啊？至少應該付出同等代價吧。四樓有教授研究室，已經搜索了一半，再加把勁就可以了。等到確保安全之後，就可以把四樓當作基地，再往上探索五樓。」

這下真相大白了，為什麼那麼好心為初次見面的我們準備生活必須品，雖然沒有事先告知，但實際上那些東西都是債務，要豁出性命還的債。又不是搞什麼直銷，手法有夠卑劣。

我悄悄回頭看學長，他不管宋昌珉說什麼，還是一副無聊的表情看著其他地方。他完全是看我決定怎麼做，不願服從就走，不然就是乖乖地去樓上探險。

我在腦海中迅速盤算，即使試圖從這裡逃走，能成功嗎？放眼望去有幾個四肢健全、力氣很大的體育系學生。而且就算出去了，外面還有積雪和殭屍啊。

更何況對韓彬很過意不去，他是為了救我們才砸壞鐵捲門。他其實可以把罪推到我們身上，但他沒有，默默地接受了不合理的懲罰。我們必須確保他的安全。

「好吧，我知道了。」

我擠出笑臉回答。反正先退一步，觀察狀況再做打算。

「不過護現同學。」

宋昌珉也跟著露出笑容。

「你幾歲？」

「什麼？」

「我想了想，好像沒問你年齡。既然大家現在同在一條船上，問一下年齡應該不為過吧。」

他的意圖很明顯。我跟他不同系，所以他想用其他條件來壓制我，強調階級。

「我不久前還是二十四歲。」

「比我小一歲，那麼哥哥我就不用那麼客氣了，應該沒關係吧？護現啊。」

一聽到我報的年齡，宋昌珉像期待已久似地笑著說。

我也露出燦爛的笑容反駁：「好啊，昌珉哥，你高興就好，不過就差一年而已也想占人便宜啊，怕別人不曉得你是韓國人嗎？」

「什麼？」

宋昌珉的表情完全變了。他朝我大步走來，綠色運動服袖口下露出的拳頭握得緊緊的。我本能地緊張了起來，他雖然個子和我差不多，但身材卻很結實。如果真要幹架，老實說我沒信心獲勝。

「喂！」學長突然說話：「就是你，哥什麼哥啊，長得像戈壁大沙漠的傢伙。」

「蛤？你剛剛說什麼……」

「比我小一歲，那麼哥哥我就不用那麼客氣了，應該沒關係吧？啊？你這個小癟三。」

前輩微微地歪了頭，面無表情地說。話說他之前說話也沒多客氣啊。

宋昌珉的臉脹得通紅，氣氛變得極為惡劣，這樣下去我們會不會兩手空空就被趕到樓上去啊。我剛才也是一時衝動，雖然挫了對方的銳氣，但現在才開始擔心。

「我們回來了。」

後面傳來別人的聲音，韓彬和另一個沒見過的男子。韓彬看到我，立刻低下頭，在昏暗的燭光照耀下，也看得出來他臉色很差。

「現在要去樓上搜索的人都齊了。昨天新來的兩位從今天開始進行為期一週的搜索任務。原本的人已經進行了四天，還剩三天。」

宋昌珉努力恢復平靜，拿出各種工具。

「這些是武器，你們每人拿一個吧。這些是大家要一起用的，所以不能弄壞。從樓上回來之後要歸還，知道了吧？」

韓彬默默點點頭，拿起了大錘。他原本就沉默寡言，但現在顯得特別無力。

學長拿了鐵撬。上次在中央圖書館他好像也用那個，鐵撬似乎很順手。還沒弄清楚對方的音樂取向、飲食取向，先知道了武器取向。我心裡感到苦澀。

「怎麼辦，我沒有力氣，拿不了重的……」

穿著格子襯衫的男子慌慌張張地拿了扳手。我沒有選擇，只能拿剩下的，是一把剷雪用的鏟子。最後，宋昌珉像大發善心似地遞給我們一個手電筒。

走廊盡頭的門開了，綠色的緊急出口照明燈照亮了毫無人跡的樓梯，我們猶豫了一下，最終還是跨過了門檻。

「一路順風。」

在宋昌珉的笑臉面前，門關上了。

「昨天本來想問候的，但好像沒有機會，你們是新來的吧？我叫作李敬煥。」

我拿著手電筒走在前面照亮前方，其他人跟著我默默地走上樓，這當中只有那個陌生男子壓低了聲音嘰嘰咕咕的。

「那裡氣氛真是恐怖，一句話都不敢說，年紀小的有樣學樣。他們排外超級嚴重，我和韓彬都非常……啊！對了，兩位是這所學校的學生嗎？」

「是的。」

學長完全無視他的問話，我就代表回答了。

「那大家也不要太見外了，韓彬是別的學校的學生，而我也是這裡的學生，只不過我是研究生，大學在別的學校唸，然後考上這裡的研究所。哎喲，都什麼時代了還這樣排外，真是太令人難過了。」

那男子似乎不知疲倦地嘟囔著，如果夾在宋昌珉那些體育系學生中間，他肯定是連大氣也不敢哼一下。

我適度地應和：「啊，唸研究所啊？」

「嗯，那邊不是有研究大樓嘛。在事態發生之前，我什麼都不知道，一直待在實驗室裡。」

「請問，是不是實驗出了問題……」

「好像是生物技術那邊出事。我是唸電動汽車工程學，在隔壁棟。」

「那裡到底發生了什麼事？」

李敬煥說道：「詳細情況我也不大清楚，我自己都忙得要死，哪還管得著別人實驗室的情況呢？凌晨時分好像不知道是誰把溫度還是照明調節裝置弄錯了，病毒突然發生變異，導致異常增殖？大概是那樣。」

對於非本科系的我來說很難理解，他也說得不清不楚，其實也是從其他研究生口中聽來的，所以不大準確。

「最後我還看到新聞報導，說百一大學研究室裡發生具有殺傷力的病毒外洩事故，校園全面封鎖禁止進出……什麼受害者人數正在調查中……後來網路就斷了。我想想不對，繼續待在那裡會死，所以就逃到行政大樓。」

記得在寢室醒來確認手機時，收到了很多訊息，從家人到朋友都有，然而現在才明白，他們一定是在外面看到新聞報導，擔心我也被病毒感染所以急著聯絡。

「韓彬呢？你還好嗎？」

「我沒事。」

「聽說你去整理倉庫，一定很辛苦吧。」

「……」

整理倉庫。聽到這句話的瞬間，韓彬的表情一下子僵硬了。他咬緊牙，直直看著地板，搖了搖頭。我不忍追問。

聊著聊著，我們不知不覺間已到達四樓走廊。從手電筒燈光延伸出去照耀在漆黑的走廊上。牆上和地上到處可見血跡斑斑，有的窗戶被打破，寒風吹了進來。看到頭被砍斷倒在一旁的感染者屍體，我牙一咬轉過頭去。

「這裡只有教授研究室，幾乎都空了。有傳聞說，事情一發生教授們就私下互相聯繫，逃之夭夭。我的指導教授跟其他教授沒什麼交情，也沒有地緣關係，沒能及時逃跑，現在不知道怎麼樣了，是死還是活……」

李敬煥緊挨著我，不停地竊竊私語。學長不愛理人，韓彬的狀態也不是很好，所以他似乎把我當成唯一的聽眾了。

「入口這裡幾天前我和韓彬就清理好了，應該沒什麼……呃啊！」

他的話還沒說完，感染者就好像躲在走廊拐角處等著我們接近跳了出來。在思考之前身體先動作，啪！鐵鏟插在感染者的脖子上，差點抓住李敬煥的手臂在空中無力掙扎。

「咔、咔。」

鐘子沒有那麼容易拔出來，我握住把手用力拉，那個東西的身體也被拉了過來，我正好接觸到那灰濛濛的眼睛，令人毛骨悚然。

我牙一咬，狠狠地踢了它的胸口。腳有一種沉沉的感覺，感染者脖子的傷口流下黑血，摔了下來。學長在一旁似乎等了很久，豎起鐵橇砍下它的脖子，結束這一局。

「呃——呃——」

腿軟的李敬煥坐在地上大口喘氣，他戴的眼鏡歪了，我慢慢走近，他反射性地仰望著我。

「……」

我指指他，又指指我的嘴，然後橫著劃了一下，像拉上拉鍊的手勢，李敬煥失魂落魄地點點頭，現在總算安靜多了。

穿過黑暗，隱隱約約看到那些東西，似乎沒看到教授。那些東西不是從樓下辦公室逃上來的職員，就是看起來像是助教的人，正如李敬煥說的，教授們似乎早就走光了。

用手電筒照亮了排列在走廊左右的研究室門，先觀察裡面的動靜，確認是否還有感染者再打開門，研究室內一片漆黑，裡面擺放著巨大的原木書桌，占據大半牆面的書架上擺滿了專業書籍。每個研究室裡都有小冰箱，裡面有飲料和餅乾。

「快點收起來吧。」

「我有包包，裝在這裡吧。」

李敬煥打開了背包拉鍊，我們兩個連忙裝袋，而韓彬和學長在走廊上把風。嘶、嘶、嘶。地上傳來拖行的聲音，兩個感染者從走廊的另一邊爬過來，在手電筒微弱的燈光照耀下，腐爛的四肢吱吱作響。

還沒來得及反應，韓彬就大步往前走。他毫不猶豫地揮動錘子，沒幾下感染者的頸椎和神經全都被搗碎，癱軟在地。錘子不是刀刃，居然能把感染者搗碎，他還真不是普通的力大無窮。

「哇，不愧是體育系的。」

我不由自主地喃喃自語，同時，旁邊傳來像砸西瓜一樣的聲音，一個被砍斷的頭朝我滾來。

「呃！」

我嚇了一跳，可怕的情景看過很多次，本以為應該已經習慣了，但是很難適應在黑暗中腦袋滾來滾去。一抬頭學長正直勾勾地凝視著我。

「我做得好吧？」

「什麼？」

「也稱讚一下美術系的學生吧。」

「稱讚？」

「快點！」

他催促我，韓彬在旁邊一臉淡然地警戒著。

我只好低聲說道：「真是了不起。」

學長揮動著鐵橇，上面沾了黑血滴落，他咧嘴笑著。

我一時忘了身處在哪裡，被他的模樣迷住了。

後來我們依次翻遍了所有研究室，有些研究室裡除了幾個綠茶茶包之外就沒什麼東西了，有的居然還找到洋酒。冰箱斷電許久，但因為天氣也冷，所以裡面的東西狀態還不錯。酒除了喝之外還有很多用處，所以一定要拿走。李敬煥的背包裡多了一瓶巨大的威士忌酒瓶。

我們一步一步前進繼續搜索，正如李敬煥所說，走廊和研究室都很安靜，與感染者密密麻麻的宿舍餐廳和中央圖書館一樓閱覽室相比，這裡寥寥無幾。

但突發狀況就發生在四樓快完成搜索時，我們只要帶著找到的物資回到樓下就可以了。

我正翻找最後一個冰箱，李敬煥蹲著翻抽屜，我看到冰箱角落有幾瓶五百毫升的礦泉水，隨即轉身找李敬煥。

「那個……」

就在這時看到了，從李敬煥旁邊的桌子下面爬出來的黑色身影。

剛才進來時沒發現，這是莫大的失誤。桌子前面有椅子，而我們做夢也沒想到下面有人。看來是被咬後直到心臟停止跳動為止，都一直躲在桌子下面，然後變異成殭屍。

是不是應該發出聲音引開，還是應該先發制人地攻擊？要是草率地揮動鏟子會不會傷害到李敬煥？短短幾秒鐘我腦中思緒萬千。

黝黑、扭曲、如枯骨般的手觸碰到李敬煥的背包，哐、哐，威士忌的玻璃瓶與其他東西碰撞發出聲音。

「咦？怎麼了？」

李敬煥一手拿著指甲刀組一邊回頭，看到的是張大了嘴可以直視喉嚨深處的感染者。

「咔——」

「呃！呃——」

他整個大驚，當場跌坐在地，感染者爬了過去，李敬煥連滾帶爬地躲避。

「這邊！」

李敬煥朝我過來，但感染者襲擊的速度更快。

「啊！」

幸好他背了背包，沒有直接被咬到。感染者一時失去重心，撲倒在背包上，不停掙扎，李敬煥的手臂和腿都被抓得血跡斑斑。

「快！」

李敬煥搖搖晃晃地急忙後退，他的背碰到書架，咚！原木書架搖搖晃晃，架上的書不安地晃動。緊跟上來的感染者也用力撞到書架，晃動更厲害了。

聽到巨響的學長和韓彬快步走進來，但為時已晚。沉甸甸的書架傾倒在李敬煥和感染者的身上，笨重的聲響震動了整個樓層，書架上的東西全都嘩啦嘩啦掉落，有花瓶、金屬雕像、數百本硬殼精裝專業書籍……都是沉重的物品，研究室裡亂成一團。

「啊！不行……」

我腦子裡一片空白，想也沒想就撲向倒塌的書架，我一個人當然不可能把書架撐起來，但還是奮力撐著，手關節都發白了，數度想把書架推回去。

「嗬！嗬！」

徒手不行，我把鏟子插進去當作槓桿，想藉此把書架抬起來。木製手柄的老舊鐵鏟因承受不了書架的重量而折斷了，不知什麼時候來到我身旁的韓彬試圖幫我，和他凶惡的長相不同，現在的他手足無措地勸阻我。

「大哥，你的手受傷了。」

「李敬煥還在下面，和感染者一起被壓，快點，把這個抬起來。」

我聽不清楚他跟我說什麼，只知道不久前跟我閒聊的人，現在被壓在下面，我怎麼可能冷靜。雖然被殭屍咬到的人等同是無法挽救了，但被書架壓著的人可以救啊。如果我動作快一點，就能救他。好不容易把書架抬起來，李敬煥的生命就掌握在我手裡。

突然身體被人從後面抱了起來，是學長抱住我，強行把我從書架上拉開。因為過度用力，我的雙手、胳膊、肩膀都在發抖。

「放手，不然你也會有危險。」

「學長……」

「我來，你閃邊點。」

我們四目相對，我的臉扭曲得不像話，而學長卻始終面無表情，我無法看出他在想什麼。

看著他的黑眼珠，我逐漸恢復了理智。呼、呼，不安定的呼吸漸漸平息。我顫抖的手好不容易握住學長的手，我的手腕上都是紅紅的血，但我絲毫感覺不到痛。

學長和韓彬各抓住書架的一邊，對兩個健壯的青年來說也很吃力，但畢竟比我一個人好太多了。書架慢慢一點一點被抬了起來，最先露出的是感染者，我舉起揚起前腳的馬型雕像毫不猶豫地砸下去，感染者的頭凹陷了，但即使如此還是不斷掙扎。

學長重重地踩踏它的脖子，因為兩手還撐著書架，只好用腳把它踢到外面。

「處理掉。」

他用下巴示意，地板上放著他用過的鐵撬，我拿了起來，學長的體溫還在，很暖和。我怔怔地舉起鐵橇，用力擊打感染者的後頸，然後拔出來再擊打。

「咯——咯——」

它拚命扭動身體試圖想抓傷我，但一點用也沒有，我一次一次地擊打，機械地重複同樣的動作，直到感染者完全不動為止。

「救出來了。」

韓彬說。我抬頭望著他，李敬煥被他抱在懷裡，血從眼、鼻、口流下來，滿臉都是血，連原本的長相都看不出來了。

「心臟還在跳動，現在快點，帶他去治療……」

他的眼裡流露急切的目光，不能再耽擱了，我們離開亂成一團的研究室，穿過走廊，朝通往樓梯的門奔跑。四樓的探索結束了，今天的探索帶回了破碎的威士忌酒瓶和比酒瓶更悽慘的傷者。

去搜索的人受了重傷回來，其他人卻異常平靜。有人小聲閒聊，有人在燭光下看書，有人還在做伸展運動，好像什麼事都沒發生似的。

韓彬和學長把李敬煥移到房間，我這才知道韓彬和他住同一間房。他們兩個，還有學長和我，很明顯，他們將外部人士都安排在角落。我找到宋昌珉，向他報告狀況。

「所以，你們只找到這些東西？」

宋昌珉用指尖拎起李敬煥的背包，威士忌酒從濕透的背包滴了下來。我大口喘氣，我的臉被血汗浸透了，但是現在不是顧慮這些的時候。

「我們需要藥品。」

「什麼藥品？」

「李敬煥的狀態很不好，就算無法進行專業處理，起碼也要消毒。有消毒藥水嗎？」

「當然有，但為什麼要給他？」

宋昌珉若無其事地回答。我一時說不出話，他怎麼能那樣說？剛才李敬煥被抬進房的樣子，他肯定也看到了。李敬煥的骨頭斷了，胳膊和腿以奇怪的角度彎曲，整張臉都血淋淋的。

我眼前一陣暈眩，不知道是因為極度緊張的身體頓感疲憊，還是因為宋昌珉的話感到憤怒，我用力咬著嘴內的肉，讓自己打起精神。

「我們不是找到糧食了嗎？」

「找糧食是本來就應該做的事。藥品是特別稀有的物資，必須盡量省著用。拿一粒藥丸必須追加一天到樓上探索，藥膏一盒要追加一個禮拜的探索，所有人無一例外，這樣才公平啊。」

「這算什麼公平？」

「那個人以受傷為藉口，該做的事沒做好就躺下來了。帶回的只有壞掉的背包和幾瓶礦泉水，這不是讓明天工作的人頭大嗎？為什麼要把珍貴的藥給那種人呢？為什麼？」
「如果不管他，他可能會死啊。而且他是在找物資的時候受傷的，什麼叫那種人啊？」
「所以咧？不管是工作的時候受傷，還是一個人的時候受傷，反正都成了無用的飯桶。」
「……」
「護現啊，你才剛來沒多久，所以不大清楚。沒有業績就沒有報酬，你那麼想救他，那你能多做點什麼嗎？」
「等一下！」
「喂，哥哥我在說話，居然敢打斷我？沒禮貌。」
現在李敬煥還沒恢復意識，命在旦夕，他居然還說那種話。我嘴角一歪，笑著譏諷道：「你對年紀還真是執著啊，如果沒比我年長的話，你豈不是要嘔死了？嗯？昌珉哥。」
「我看你到現在還沒搞清楚狀況，所以才會在外面吃了那麼多苦頭。還有你解釋一下，剛才給你的東西是怎麼回事？啊？我說鏟子啊，鏟子。」
鏟子沒來得及帶回來，木柄被折斷，就丟在倒下的書架下面。
「我不是說過，那是大家一起用的東西，所以不能弄壞，要歸還的啊。可是你把那個東西丟了，空手回來？你是在耍寶嗎？」
他不屑地笑，那是占了上風的狡猾從容，但在下一秒，他的臉因震驚而扭曲，瞪大眼睛看著我，準確地說，是看著我花花綠綠、傷痕累累的手臂。
「等一下！」
他一把抓住我的手腕，雖然我們兩個人個頭差不多，都仍無法抵消肌肉力量的差距。我痛得連叫都叫不出來，他粗魯地扭轉我的胳膊。

「你……」

我的手為了抬起沉重的書架過度使力，不僅手掌和指關節，連手腕上也出現了瘀血，還有自己難以確認的手腕外側，被撞到……不，被劃傷……不……

「被咬了？」

齒印！

耳中響起了耳鳴，我的視野變窄了，聽不到宋昌珉胡言亂語的聲音，也感覺不到手腕彷彿要被抓碎的力道，只覺得混亂。

我手腕上的傷口又淺又小，頂多就是一節小指頭的大小。與其說是咬掉一塊肉的痕跡，不如說是門牙磕了一下。如果被咬得很厲害，一眼就能看出是齒印，那我還會這麼正常嗎。

真的是被咬了嗎？如果是的，那到底是什麼時候被咬的？撿起前輩的鐵橇，清理書架下面的感染者的時候？我是怎麼做來著？當時的記憶斷斷續續，我只記得自己無視下面的感染者，只顧著瘋狂地舉起鐵橇，連砍它的脖子。

「這瘋子竟敢厚著臉皮回來，想把無辜的人也殺了。」

宋昌珉轉過頭，大聲喊道。

「集合！緊急情況，這裡有人被咬了！」

氣氛一下子變了，原本一片平靜，各自做自己該做的事的人們，像火燒屁股一樣突然站起來。腳步聲在走廊四處響起，我愣愣地看著宋昌珉，想從他的手中抽出手臂。

「放開我……」

宋昌珉一隻手抓住我的手臂，另一隻手不由分說地舉起拳頭。我的頭被打得甩了過去，失去重心搖搖晃晃的。拳頭再次飛過來，這次是腹部，我幾乎無法呼吸。

「不要動！」

有人從後面推了我一下，我撲倒在冰冷的大理石地上，無情地踢了我的肋骨，踐踏我的背部。

「啊——咳——」

眼睛幾乎睜不開，矇矓中看到有人拿繩子纏在我腳上，勒緊，然後我的胳膊向後彎，手腕和腳踝上的繩子綁在一起。

「只要新來的人一起上去，就一定會發生這種事。上次也是，那個傢伙一上樓就被抓走了。」

「現在都還沒撈回本呢，真是太可惜了。」

「是啊，這次兩個一起掛，明天要派誰上去啊？」

「看來只剩下兩個人了。」

「世民大學那個，還有跟這傢伙一起來的那個，就他們兩個人？」

「是啊。」

聽到他們提起學長，我一下子就打起精神了。我勉強抬起頭來，但馬上有人揪住了我的頭髮。

「啊！」

禁不住痛楚地叫了一聲，接著嘴裡被塞了一坨布，然後還纏上粗繩。

「學長，現在要動手嗎？」

宋昌珉用膝蓋壓住我的胸口，抓住我的下巴。我恨恨地瞪著他，塞在嘴裡的布上滲進了各種熱氣。他把我的頭轉來轉去，撐開我的眼皮，然後搖了搖頭。

「不行，感染好像還沒有完全進行。如果在這裡下手，血會濺得到處都是，很難清。」

「那怎麼辦……」

「先關在倉庫吧。等他斷氣後變異再復活。讓他腐化一下，之後再處理。」

第二次聽到宋昌珉提到倉庫，第一次提到時是讓韓彬去整理倉庫。

新加入的人必須被編入探索小組一週，每天冒著生命危險去樓上搜索，奇怪的是沒有一人受傷。韓彬因弄壞鐵捲門而被罰不能吃飯去整理倉庫。還有剛才宋昌珉親口說，要把我關在倉庫裡，之後再處理。

乍聽之下似乎彼此無關的文句一一拆開，再重新組合，現在我似乎明白了。用宋昌珉的話來說，倉庫是安置「飯桶」的地方。還有整理倉庫是指……把手腳被捆住，嘴被封住，變異成殭屍的人處理掉的意思吧。

他們會有那麼多物資的原因也頓時明朗了，不可能會不夠，因為他只管使喚人不停冒著生命危險去樓上搜索，一旦被咬或受傷就毫不留情地拋棄，不給飯吃，連藥也不給，任憑傷者走向死亡。

韓彬為了救學長和我毫不猶豫地出手，鐵捲門壞了不是他的錯，但是他連辯解都沒有，一個人默默地接受了懲罰。

無論塊頭有多大，長相多麼凶惡，他也不過只是個大一新生，去年這個時候還是高中生的孩子在陌生的學校裡面對其他學生會有多痛苦啊，還被瘋子拿年紀、年級來打壓。

我什麼都不知道，還問韓彬整理倉庫是不是很累？我什麼都不知道，傻乎乎的……

「快點關起來吧，等下突然變異就糟了。」

他們粗魯地把我拉起來，我的手腳被捆住，嘴被封住，無法抵抗。像把牲畜拖到屠宰場一樣，但我並未感覺到痛苦和羞恥，我額頭上流下的汗珠滴落在走廊，就像我身上的感染者的齒印一樣留下淺淺的痕跡。

我真的被感染了嗎？我會馬上發燒、痙攣、心臟停止跳動嗎？那跟學長的約定呢？我答應學長不會讓他再回到聖誕節早晨，我們一定要活下來逃出去……

一扇門打開，有人狠狠地踢了我一腳，把我推進漆黑之中。我被扔在硬邦邦的地板上，房間裡太暗了，我眼睛轉來轉去，還是看不清周圍。此時走廊上傳來巨響。

「鄭護現！」

是學長，我第一次聽到他用這種聲音大聲喊叫。

「鄭護現在哪裡？馬的，還不放了他？」

「嗚！嗚！」

嘴被封住了發不出聲音。我費力地睜開眼睛向前看，走廊上的燭光從斜斜的門縫裡透進來。

「我要殺了你們……」

他冷冷地喃喃自語，散亂的呼吸從牙縫裡鑽出，光聽他說話的聲音就感覺得到他要發瘋了。我無論如何都要出去，我拚命掙扎，但是手腕和腳踝綁得很緊，繩子絲毫沒有鬆動的跡象。

在逆光照射下，一個看似漆黑的形體擋住了門，我隱約瞥見短髮和深綠色的運動服，是宋昌珉，他完全遮住了從門縫裡透進來的光。

突然他的上身一下子彎下去，學長將暈倒在地的宋昌珉踢到一旁，走了進來。他一手拿著鐵撬，黑黑的輪廓，每當呼吸時，他的肩膀就會聳動。

到目前為止，他有時會與人發生肢體衝突，但是從來沒有像幹掉殭屍時那樣帶著殺意攻擊人類。我心裡發毛，因疼痛皺著眉頭抬頭看他，他也俯視著我，我們四目交接。

「呵……你……這傢伙，跟瘋子一樣……」

暈倒的宋昌珉搖搖晃晃地抬起頭，被鐵撬打過的額頭上流著血，血流進眼裡，把眼白染紅了。他用手背抹了抹血，咯咯地笑了。

「呵，你知道嗎？你一直在找的傢伙，被感染了。」

他沒有攻擊前輩，反而往後退……

「如果想活命，就殺了他，自己再出來吧。」

碰！倉庫的門關上了。

就連微弱的光線也突然被切斷，完全的黑暗降臨了。學長向我走來，單膝跪在我面前，他的手碰觸到我嘴上的繩子，我一時就清醒了，萬一我是真的被咬了，那麼解開好不容易封住我嘴的繩子無疑是自殺行為。

「嗚！」

嘴裡還塞著布，我發出沉悶的聲音。手腳被捆住，我挪動身體拚命後退，想和學長拉開距離。肩膀上好像碰到什麼東西，是堅硬而沉重的物體，不一會兒，鬆鬆垮垮長長像線的東西落下，把我的脖子弄得好癢。

我本能地轉過頭想看是什麼，結果嚇了一跳。我知道碰到我脖子的是什麼，是頭髮，曾經是人的頭髮。

我就那樣僵住了，忘了呼吸，沒來得及呼出的熱氣點燃了心口，頭痛和眩暈越來越嚴重。我本來還以為是因為太累了，再加上壓力才這樣。

「過來。」

學長一把將我拉過去，垂落在我脖子上的頭髮遠離了。學長摸索著綁得緊緊的繩結，但是在伸手不見五指的黑暗要解開繩子實在很難。他嘴裡焦急地咕噥著髒話。

「時鐘呢？」

他說的是七十週年紀念館裡的 LED 小時鐘。打包行李的時候也一起帶出來了，沒想到他會問，我慌慌張張地猛搖頭。

學長啊，現在不是解開繩子的時候，你快點找個什麼東西當武器，把我……

突然學長的手碰到我的大腿，腦中正在想的念頭瞬間中斷。與騎自行車橫越運動場時不同，絲毫沒有任何與性有關的意思。

「時鐘……幹，在哪裡……？」

他像發了瘋似地上下摸著我的大腿，還摸了後面的口袋，確認都沒有，接著拉下羽絨外套拉錸，翻遍了胸前口袋。他硬是找到那個小不拉幾的鐘，按下電源開關後，液晶顯示數字，並散發出明亮的光芒。好耀眼。

學長騎在我身上解開封住嘴的繩子，我試著扭動身體反抗，但沒有用。沒過多久，塞在嘴裡的毛巾被拿出，手腳也自由了。

「呼吸。」

我沒有反應，我都沒意識到自己沒有呼吸。他勃然大怒地大喊大叫。

「鄭護現，我叫你呼吸！」

他的話彷彿穿透被封住的呼吸，我像溺水被救起的人一樣用口喘氣。

「咳，哈——哈——」

他胡亂扔掉手中的繩子湊上來，雙手捧著我的臉頰，嘴唇迫切地疊上來像做人工呼吸一樣。我又熱又暈，又難受，下巴疼得像要碎了似的。好不容易清醒一點，發現他的手在發抖。

「真是瘋了……呵，你瘋了嗎？為什麼要解開繩子？我被咬了，繼續這樣下去，連學長都會有危險……」

他的嘴唇一離開，我就語無倫次地一直說話。學長裝作沒聽見，拉起我的手盯著傷口看。他僵住了，一言不發地看了又看，液晶時鐘流出的蒼白光線浸潤他面無表情的臉。

內心希望學長嘲笑我，說這哪是被咬的痕跡。說我和宋昌珉那小子都搞錯了，說我傻裡傻氣，異想天開。可是他半天沒吭聲，因為一句話也沒說，反而讓人更容易明白，我手上的痕跡確實是被感染者咬的沒錯。

「你走，快走吧。」

我扭動身子無力地把他推開，但是學長反而靠近我，躺在我旁邊。他的手背拂過我被冷汗浸濕的額頭和脖子，把我包在厚厚的羽絨外套裡。

「我叫你走開！」

他仍然一動不動。我被疼痛、寒冷和絕望奪走了理智，不停掙扎著。

「我拜託你走，你還想被咬嗎？你想活活被咬死嗎？」

「嗯，沒關係。」

他舉起我的手，把我那被繩子綁得留下紅通通痕跡的手放在自己的脖子上。

「你死了，我也會死。在你的心臟停止跳動又復活之前，我就會死。你想怎麼做就怎麼做，要麼把我咬死，要麼隨你怎麼把我弄死都好。」

學長微微地笑了，我的心臟撲通一聲塌陷。我緊閉雙眼，放棄抵抗。

越來越冷了，身體不由自主地顫抖，全身的血好像都流光了。餓一個禮拜再去捐血的話，會不會有這種感覺呢？在意識逐漸模糊的情況下，居然還想些有的沒的。

「不能睡著。」

頭暈得厲害，我忍不住一下就睡著了。他把我叫醒。

「不能睡。」

「但我很睏……」

我把臉埋在他的胸口，無力地哭鬧。但是他絲毫沒有手下留情，我的身體被劇烈地搖晃著，有種反胃的感覺。

「打起精神來……」

「我……真的好睏……」

「現，不要睡。別丟下我一人，你不能忘記我。」

「……」

「不是約好了嗎？你親口說要帶我離開這裡……馬的，鄭護現，你聽不見我說話嗎？」

他哀怨地咕噥著，突然又提高嗓門。我的領口被揪住，頭往後一仰，胸口無力地往上抬。他抓住我發洩壓抑的憤怒。

「說要救我那都是謊話嗎？你答應得那麼誠懇，一轉頭全都忘了嗎？你又要把我推入地獄？要讓我再從頭開始做那……那種鳥事嗎？不……不行……不是這樣，護現，你怎麼可以這樣對我。不是說不會死嗎？回答我，快回答我！」

我什麼話都說不出來，連眼睛都睜不開。我的頭被搖得快要吐了，他的手一下子變得無力。

「我不知道該怎麼辦……你每次都在痛苦來臨前就死了，動脈破裂、心臟被挖開、上吊、從高處墜落……無可奈何地死去，連最後的招呼都沒有……」

「你……告訴我……」

「……」

「告訴我……」

「什麼？」

「隨便。學長是怎樣的人……喜歡什麼……不是說想知道什麼都可以問的嗎？讓我不要睡著……請繼續說下去。」

他愣愣地看著我，然後碰到了我的額頭，我使出最後的餘力摟住他的背。

「我想告訴你，但記不清了，我忘了太多。有時候會忘記我幾歲，但是我不會忘記你的年齡，再加兩歲，就是我的年齡……這樣算就知道了。」

每當他講話時，低沉的震動就透過皮膚傳來，在我聽來就像催眠曲一樣。

「學校外面都有什麼？我喜歡什麼來著？啊……對了，現，你不是喜歡蘋果嗎？我喜歡草莓。草莓蛋糕、果汁，還有什麼來著？不管是咖啡還是香菸，只要是苦的都不喜歡……」

他想到什麼就說什麼，努力收集破碎的記憶，喋喋不休地說話，最後聲音漸漸分岔，但即使如此，他也沒有停止。

我在他懷裡聽著，雖然不知道我死而復生後是否會記得，但我會盡量把這些一一刻在腦海裡，但不知從何時起，意識逐漸模糊……消失……

睜開眼，從頭到腳一點力氣都沒有，但是不像睡前那樣快死的樣子，一直讓我精神恍惚的疼痛不知不覺消失了。

學長就在我面前，閉著眼睛，他的胸脯微微地上下起伏，胳膊還攬著我。LED鐘照得他面頰白皙，他臉上帶著初次見面的溫和表情睡得很香甜。脖子上的巨大疤痕、臉頰上點點滴滴的血跡，都未能破壞此時此刻圍繞他的平靜。

越過他的肩膀，我瞥見倉庫裡的景象。像行李一樣層層疊疊的胳膊和腿被黑暗所淹沒，為了不繼續看下去，我努力把注意力集中在學長身上。屏住呼吸等了一段時間，但是他沒有甦醒的跡象。

我為什麼活得好好的？難道被咬那件事是場夢嗎？

輕輕拉起袖子，觀察手臂上的傷口。還是老樣子，並沒有好轉，也沒有進一步惡化，凝結的血已經乾了。我站起身來，學長攬在我身上的胳膊簌簌地滑落。

我動了動手臂和脖子，眨了眨眼睛，雖然變成了殭屍，但太過於正常了。沒有想啃人的慾望，身體未腐爛，喉嚨也不會發出怪聲。我摸了一下胸口，撲通撲通，心臟規律地跳動著。怎麼會？

我被感染者咬了，感染者的門牙傷到了我的皮膚，含有病毒的唾液透過傷口進入我體內，這是很明確的，當時抓住我的手腕盯著看的學長的表情，突然沸騰的熱度證明是事實。

那麼結論只有一個，我感染了病毒，但是既沒有死也沒有變異，而是……已經痊癒了。

在學長記憶中，過去的我死了很多次，據他的說法有動脈破裂、心臟被挖開、上吊、從高處墜落……死法五花八門，但過去的我為什麼死了呢？

至今為止，我透過經驗學到了一些事，根據被咬的部位和強度，感染擴散的速度也不同。離心臟越遠，咬得越淺，進行得越慢。

如果被咬住脖子，會很快就噴血而死，再復生也不會花太多時間，在淋浴室裡朴建宇就是這樣。相反地，被咬傷腰部的尹俊錫就因發高燒多撐了幾十分鐘。

學長第一次遇到殭屍後逃到洗衣間時，那裡有人腳後跟被咬。那個人不知道自己被咬了，還在傷口上貼OK繃，還可以說話和行動，是在學長閉上眼睛睡覺的時候慢慢變異的。

而我只要受重傷，好像就會直接斷氣。學長說，我每次在痛苦來臨前就死了，莫可奈何地死去，連最後的道別都沒來得及。雖然有些苦澀，但還挺像一回事的，因為學長記憶中的我，是一個連自己身體都顧不上，愛管閒事的人。

任何人都會感冒，也很容易就痊癒，但是感冒對某些人來說卻也可能是死亡的原因。或許殭屍病毒對我來說就像感冒一樣，病毒弱一點的話會撐得久一點，若病毒強的話身體承受不住很快就會死了。

學長稍稍皺了皺眉頭，輕輕地嘆了口氣，像說夢話一樣嘴唇微微顫動。

「現……」

在我剛才坐的空位上，他垂下的胳膊一陣顫動，難道是因為發現懷裡的人不見了嗎？

「護現，鄭護現！」

他睜大眼睛，急促伸出的手在空中摸索，指尖碰到了我的手臂。

「學長，我在這裡……」

他一下子把我撲倒在地，手忙腳亂地摟住我看，就像好不容易找到遺失了很久的寶物。在他布滿血絲的眼睛裡，黑色的瞳孔映出了我，茫然的眼睛漸漸聚焦。

他看了看我，再看看填滿房間的黑暗、在我們頭上閃閃發光的 LED 鐘，然後露出安心的表情，因為現在不是聖誕節的早晨。

我們有好一陣子忘了說話，不，是說不出話來。只是將彼此銘記在心而已，依靠便宜的 LED 鐘製造的光源，在屍體堆積如山的倉庫裡，躺在滿是灰塵的地上。雖然整體處於非常慘澹的狀況，但這些並不重要。

我是唯一一個感染了病毒仍然存活的人，不管是血肉還是骨髓，我體內某個地方有了戰勝病毒的線索，至今為止沒有任何人具備的線索。如果我能夠安然無恙地活著離開這裡，治療就有方了。

這是我打破這個爛局面的鑰匙。

如果在平時，被別人聽到可能會說是什麼幼稚的幻想小說，但現在卻不同，有人因為時光倒流反覆重生了好幾次，也有人死了再以另一種形態復生，現在什麼都不奇怪了。

忽然想起前輩說的話。

「我也不知道，看來你是非常重要的人吧。如果你死了，世界就會滅亡之類的。要想阻止滅亡，你必須活著，世界才會重置。」

我這才頭腦清醒。

CHAPTER 8 ▽ 解放

倉庫門從外面鎖得緊緊的，在有人進來「整理倉庫」前應該出不去了。

我和學長為了避開滿屋子的屍體，緊靠在角落裡坐著。幸好現在是冬天，要不然現在倉庫裡會生出很多蟲子，充滿屍體腐爛的味道。

雖然努力不看，但還是不時會背脊發涼。

像大型廢棄物一樣堆積的屍體就像看不見的手勒住我的氣管，似乎在黑暗中指責我——我們冤死了，你們怎麼還活著？我們做錯了什麼，為什麼要這樣死掉？我們也和你們一樣只是平凡的大學生。我們也想活著出去，為什麼……

「不要看！」

學長乾脆把隱隱照亮倉庫牆壁的 LED 手錶轉向，完全看不到對面的景象了，然後他用整個手掌遮住我的眼角。

我靜靜點了點頭，遮住我眼睛的大手感覺很涼，心情很好。學長讓我躺下，我的後腦杓碰到了結實的大腿。

我身體的熱氣退去後仍然沒什麼力氣，就像得了重感冒一樣，身體疲憊不堪。喝點冰水應該會好一點，但是在這像停屍間的倉庫裡不可能有飲用水，那根本就是遙不可及的事。

我們什麼時候可以離開這裡呢？可以出得去嗎？進來整理倉庫的人會不會不分青紅皂白地想殺了我。我確實被感染者咬過，即使我說痊癒了，他們會相信嗎？我的腦子裡好亂。

學長彎下了上半身，視線仍被遮擋，感覺嘴唇上有柔軟的碰觸，我枕著他的大腿，唇從上到下、從下到上吻著。我不經意地微微張開了嘴，含住他的唇，沒什麼特別的理由。他好像等著這一刻，舌頭頂開我的嘴唇進入，他垂下的瀏海碰觸到我仰起的下巴、脖子，癢癢的。

「嗯哼——」

我試圖把蒙住眼睛的手拿開，但學長卻一動也不動，反而是伸出另一隻手撫摸我的身體。在接吻的過程中，大大的手突然伸進腹股溝。

「呃！」

我伸手抓住他的手腕，嘴唇暫時分離。

學長近在眼前，直勾勾地俯視我，在陰濕的黑暗中，他的瞳孔像夜空一樣黑得深沉。

「學、學長……你怎麼突然……」

「怎麼？因為你像中暑的小狗一樣張嘴呼吸的樣子太可愛了。」

「什麼？」

「平時也這樣文靜多好啊，嗯？已經筋疲力盡了，都站不起來了，嘴唇怎麼還這樣不安分。」

「那個，是學長……先開始的。」

「開始什麼？」

我想說出「親吻」或「接吻」，但隨即感到羞愧。他吻遍了我，把我全身上下都愛撫過，還把性器塞進我的洞裡，不停地頂，頂到我哭出來……總之，我們兩人什麼都做了，但還是……

「……親親。」

「嗯，親親。是啊。親親很棒吧。」

他噗哧一笑，口中覆誦著我好不容易擠出來的幼稚疊字，很明顯，他是為了捉弄我。有一股說不出口的模糊心情。

「我們護現是這樣嗎？就算全身無力也想親我嗎？哈……怎麼還有這麼可愛的小東西呢？」

我枕著的大腿抽搐了一下，變僵硬了，感覺有點奇怪，腦中突然閃過一個想法，我以為我只是把頭靠在他大腿上，但正確來說不是大腿……我想起身，但是他壓住我的額頭，我再次倒了回去。

「等一下，我現在就起來，學長不覺得不舒服嗎？」

「當然不舒服了，你躺在我的鳥上面呢！」

「但是為什麼越來越大……」

「沒辦法啊，誰叫你這麼討厭，你怎麼連全身無力軟綿綿的樣子都這麼迷人？好像做到精疲力竭，吞多了精液就會暈倒。」

「不，學長，天啊。」

我覺得自己瘋了，如果是清醒的話，不可能這樣。旁邊有幾十具屍體，現在我們被關起來，但是不知道什麼時候會有人進來。

我拚命找藉口：「我們不能這樣，說不定會有人開門進來。」

「哇，太好了，那就可以出去啦。」

「不是那個啦！」

「不是那個的話是什麼？你不喜歡有人開門嗎？你想在這裡跟那些死屍窩一輩子嗎？學弟，看不出來你變變態的啊。」

學長皺著眉，像看什麼垃圾一樣看著我。我一時不知道該說什麼。

「我……我的意思是說，有人開門是好事，但是開門的時候，萬一我們正好在做什麼……雖然情況特殊，但對我來說，這是我僅存的羞恥心……」

「要挨打還是要安靜點？」

「……我會安靜的。」

「每次這種時候才會無謂地咕噥，在我盡情咬、吸、幹你的時候，只會嗚嗚嗚的哭。」

輕輕揉捏我那根的手越來越不安分，血都聚集起來，包覆著逐漸成形的生殖器，他的手隔著褲子上面突出的前端輪廓揉搓。

「啊——啊！」

我的頭一下子仰起，他一副泰然自若的樣子捏著我的熱源，一邊把嘴唇湊過來，但因為身體晃動一時偏了點，我稀裡糊塗地門牙輕輕磕到他的脖子。

「嗯。」

他呻吟了一聲，我趕緊檢查，他脖子的巨大疤痕上隱約可見牙齒印。

「疼嗎？對不起。」

他嗤嗤笑著，頭又再壓低了一點。

枕著他大腿的我只要伸出手就能抓住他的脖子。

「不，再來，咬到皮開肉綻出血為止，要掐也行，要抓也行。」

他抓住我的手放在自己的脖子上。我的手碰到他的傷疤，觸感上與其他部位並沒有什麼區別，但不知是不是受心情影響，手指撫摸過去，皮膚有點凹凸不平。

「你就在這上面留下新的疤痕吧，你想怎麼做就怎麼做，我都喜歡。」

「我為什麼要讓學長難受呢？我不喜歡這樣。」

在我的腦袋下方，他的大根勃起得更明顯，不能再這樣下去了。我急急忙忙想起身，但是他壓住我的肩膀把我推倒，他也轉過身，我們朝不同的方向側身躺著，我的小腹能感受到他呼出的氣息，而他把我褲子拉開，突然把手伸進內褲裡。

「呃……啊……我都說不要了！」

「馬的，鄭護現。你什麼都不要？什麼東西都像垃圾是吧？」

「什麼？」

「不是嗎？你只會說不要，對你好也說不要，只挑你覺得爽的部分你也不要，現在我看連做夢也只會哭著說不要是吧？你到底喜歡什麼啊？」

「我喜歡會看時間地點的有教養的學長。」

「嗯。要做嗎？」

「……」

我好不容易鼓起勇氣說的話立刻被他無視。真是心寒，不是學長先問我的嗎？但即使如此，該澄清的還是要澄清。

「我不是討厭學長，我從來都沒討厭過學長。」

「那不然呢？」

他在下面只抬起眼不屑地看著我。

「現在不行，因為我覺得不安。可能會發出奇怪的聲音……外面還有其他人啊，還有那邊的屍體中萬一有感染者，聽到聲音過來怎麼辦？」

「那你幫我吸吧。」

「什麼？」

學長臉部表情放鬆，露出微笑。

「嘴裡含著東西就不會發出奇怪的聲音了，多好啊。嗯？」

「你到底在說什麼……」

「你會幫我吸吧？那我也幫你吸一吸。」

他把我一下子舉起來放在自己上面，我的臉突然埋進了他的大腿之間，我慢半拍才意會到，現在這個姿勢不就是所謂的……我連做好心理準備的時間都沒有，內褲就拉下去了。學長一手捏了捏我的屁股，輕輕拍了拍，便把垂在大腿之間的性器含進了嘴裡。

「啊！」

眼前劃過一道閃電，我的分身一直被吸進溫熱潮濕的嘴裡，他的舌頭靈活地逗弄還沒有完全勃起、軟綿綿的前端。

「嗯——啊——不要——嗯！」

我一說不要，學長就更用力地吸吮，我的分身前端和其他部分都被他濕潤地頂得發疼。

突如其來的刺激使我眼眶發熱、腿發軟，差點直接癱在他身上，我可以感覺到有什麼流出來，而學長連那個都吞得津津有味，甚至用舌頭尖亂捅尿道口。

我瑟瑟發抖的手握住學長的大根，他的早已盡情勃起，一大包尺寸驚人的東西像要衝破他的褲子，怎麼看都是令人窒息的景象。

褲子的鈕扣怎麼那麼難解，拉鍊、拉鍊要怎麼拉下來……啊，這樣下去要死了，真的要死了。我什麼都想不起來了……夠了，學長，又……怎麼辦？我要瘋了，感覺就要射了，現在射的話，會全射進學長嘴裡啊，不行……

我氣喘吁吁地好不容易拉下了拉鍊，感覺自己隨時會迸出呻吟所以緊咬嘴唇低下頭，在他緊繃的平口褲上流洩出吃力的喘息。學長把塞滿嘴的性器抽出一半，只留下前端在嘴裡像含著糖果一樣地腐笑，聲音透過生殖器原原本本地傳來。

「護現啊，再怎麼喜歡我幫你吸，該做的還是要做啊。你不是說擔心會發出聲音嗎？」

他的聲音含糊不清，但聽起來卻很誘人。我吞了吞唾沫，像著了魔似的把他的內褲拉下來。

「嗯——」

被困在裡面的肉棒一經解放便用力蹦了起來，差點打在我臉上。我抓著猶豫不決，見到實物更沒信心了。如果含住，我的嘴搞不好會裂開，從嘴角裂到耳朵。回想起上次性交過後，我竟然完好無損，真是太神奇了。

嗯，學長又再度把我的分身捲入口中，猶豫消失了，眼前失去焦點，變得模糊不清。

「嗯——嗯——」

呻吟止不住地漏出，再這樣下去，會越來越大聲啊。我張開嘴，狼吞虎嚥地含住雙手握著的生殖器前端，我的嘴唇在發燙。

我低頭無聲地舔他的生殖器，實在太粗大結實，如果全放進嘴裡，恐怕會一路裂到下巴，但含得太淺，我的門牙又會一直刮到他的前端。我不敢想如果使勁吸吮會怎麼樣。不管怎麼努力，就只能輕輕含著揉搓，但光是這樣就已經很辛苦了。

「呃——」

我想吐又頭暈，簡直要死了，每當學長用力吸我的熱源時，都會不由自主從齒間發出呻吟。我拄著他大腿的手哆哆嗦嗦的顫抖，身體老是沒力，最後乾脆放鬆雙腿趴在他身上。

學長也改變了方式。他用舌尖輕輕舔一下我的前端，同時手握住上下搓動，被唾液浸濕的生殖器發出咯吱咯吱的聲音。啊，真是，我要發瘋了，不管我怎麼想，喉嚨裡總是不由自主發出啜泣的聲音，腰和大腿都在抖。

「哈……護現啊……」他冷不防地開口：「你真他馬的不會吸啊。」

眼淚因委屈而打轉，本來就濕漉漉的眼角變得更濕潤了。再怎麼說我也是有努力啊。我現在沮喪得只想放棄一切。

「你怎麼連喉嚨都這麼窄？如果我的鳥被你漂亮的喉嚨卡住了，拔不出來的話怎麼辦？」

他像自言自語似的說，一邊把我的屁股掰開，我有種不祥的預感，趕緊鬆開含在嘴裡的大根，連忙回頭看。

「呃……嗯……學長，那裡……那裡……」

「怎麼？不要？」

我想起了剛才學長說過的話，再說什麼都不要這種話，他會很不高興。我流著眼淚緊咬嘴唇，然後搖搖頭。學長好像等了很久似的，把頭埋進我的屁股中間，用舌頭舔、刮、吸吮，還不忘擺動我的生殖器。

洞裡面漸漸濕了，從肚臍下方到洞口，似乎都被他的舌頭攻占。內壁緊縮成一團，緊緊咬住裡面鑽的舌頭。

「啊！嗯！嗯嗯……啊！那個地方很怪，很奇怪……」

我連要吸他的肉棒都忘了，只是趴在他身上哼哼唧唧地抗抵不斷襲來的刺激。體液胡亂滴落在他的下巴和胸口，我快要羞死了。

「不行，現在不行……學長，放開我，媽啊，我受不了了……拜託……啊！啊！」

學長不但沒有聽我的話，反而更用力地抓我的屁股，深深地把頭埋進去，不分陰囊、會陰、洞口，狼吞虎嚥，用舌頭用力舔揉，用門牙輕輕刮擦。我突然莫名其妙地想到，這樣下去屁股上可能會留下他的手印，但是很快那些想法全都變得不重要了。

「呃！啊——！」

熱電流從下面一下子擴散開來，我的眼皮哆哆嗦嗦發抖，世界扭曲了。啊啊！啊啊！啊！啊！傳出顫抖的呻吟。我像快斷氣的人，像哀求饒命的人。

我把額頭靠在學長的大腿上，腰一聳，本能地朝下撐住，生殖器劇烈地擺動了一陣，精液順著尿道一下子湧上來。他在我射精的時候還一直在騷擾我的後庭，繼續用手快速揉搓生殖器，擠出精液，同時舌頭繼續深入洞裡。內壁仍然緊繃著，盡情享受被無情的高潮折磨的快感。

斑駁的視野慢慢恢復清晰，我懷著慘澹的心情往下方看了看。學長的嘴周圍被我的精液弄得一團糟，甚至還濺到臉頰和眼角，白色液體順著他的下巴簌簌流下來。

「……」

眼前又是一片漆黑，剛才我看到的那一幕，我想從頭到尾全部剪掉，不，我要刪除那段時間。

學長舔了舔嘴角的精液，紅潤的舌頭從嘴唇拂過，非常撩人的畫面，這還不夠，他用手指沾了下巴和臉頰上的精液，再用舌頭舔……我整個精神來了，急忙勸阻他。

「你瘋了嗎？為什麼要吃那個？」

「不能把已經嚥下的東西吐出來啊，既然都吞了，就好好嚐嚐味道吧。」
「對不起……」
「真的？真的覺得抱歉？」
「是。」
「那就轉過去。」
高潮的餘韻未盡，我微微顫抖著轉過身，突然，手從腰部猛然伸過來，他把我抬起來，讓我坐在他大腿上，從後面抱住我。我剛才只輕舔過的性器已濕透，猛然從我的屁股中間頂上去。我倒吸一口氣。
「學長！」
「我還沒射精啊，只有你爽就好嗎？」
「等一下……」
「直接來吧。」
「什麼？履歷表？還是要拉麵配雞蛋？」
我嚇得想逃避現實，開始胡言亂語。
學長忍不住嗤嗤地笑，「我的老二啊，讓我直接插進去洞裡試試。誰叫你不會吸，動作那麼慢，這樣一整天都吸不完啊。」
互相幫對方吸……光想就瘋狂，但那個就算了，不跟他計較，可是現在，在這裡，這個堆滿屍體的倉庫裡，他竟然想插進去！
「你是要整晚幫我吸，一邊哼哼唧唧地哭，還是速戰速決啊？」
我腦子裡拚命轉動，他威脅性地把直立的性器頂向我緊閉的洞口，洞口的肌肉受到刺激縮起來又放鬆，這樣下去他真的會直接頂進去。我抓住學長的手臂略略抬起臀部。

「又耍小聰明，我都發現了，你別想找藉口開溜。」

「不是的。現在這裡不方便，不如等將來出去……」

「將來？出去？我不知道那些，我已經忘了什麼叫將來，出去又怎麼樣？現在的你迷死人了，如果現在不做，說不定機會永遠不再有，那怎麼辦？」

「……」

「你知道嗎？剛才你發燒昏迷時，就是在心臟完全停止跳動之前，我有想過要不要不顧一切跟你做愛，因為如果死而復生，你就會忘記我們做過什麼，忘記你在我身下哭得多麼可愛。」

我說不出話來。

學長環抱著我逗弄我的乳頭，一邊笑說：「為什麼那麼害怕，小可愛，你覺得我很噁心嗎？起雞皮疙瘩了嗎？像變態是嗎？」

我想回頭看看學長，但是他動作更快，從後面伸過來的大手遮住了我的眼睛，他是不想知道我現在是什麼表情嗎？

什麼都看不到，我摸索著抓住生殖器，把直挺挺的末端對準洞口，然後屁股往下坐。當然不可能輕易就進入，他濕潤的前端在洞口上頂了又滑落，把洞口細嫩的皮肉壓得難受。

深吸一口氣，再試一次。這回輕輕移動生殖器，想盡辦法從緊縮的皮肉之間擠入，脖子和臉頰因用力都發燙了，但是始終無法順利進入。

「呃──呃──呃。」

學長遮住我眼睛的手緩慢地，輕輕掃過臉頰和鼻梁，再往下移捂住了嘴。我的喘息聲停留在我的唇與他的手掌之間。下體用力又放鬆，費盡力氣好不容易前端一瞬間進入了。我的眼皮抽動，哼……哼……哼哼唧唧地嚥下了呻吟。

我慢慢往下坐，把體重全卸下，碩大的生殖器由下往上貫穿了我。與一開始因洞口腫脹而費了一番工夫不一樣，進去之後感覺他的肉棒輕鬆多了，而我的內壁一寸一寸被撐開，實實在在感受到了肉棒的長度。

學長一手揉搓我的生殖器，下面有巨大的東西不斷往上頂，剛射精過的生殖器又產生了刺激，我簡直要瘋了。他的大根往上頂之際，我被捂住的嘴不住無聲啜泣，無窮無盡深入的巨大生殖器碰到了內壁，厚實的痛楚順著內臟蔓延開來。

我發出了無聲的尖叫。不能再插進去了，不然我的內臟會全部被推到上面，再不然就是他的性器穿破我的肚皮。在這種情況下，下體還一直被用力搓揉，我疼得難受，急切地拍打學長的手臂。

「不行了嗎？現在才插進去一半。我們護現怎麼這麼緊啊。」

捂住嘴的手掌下發出哼哼的呻吟，他把手拿開，被困住的呼吸一下子爆發。

「我要死了，啊，呃！學長……不能再這樣下去了，我真的要死了……」

「你說不要插了，親愛的。試試啊，那我就放過你。」

來不及計較，我哭著跟著說：「不要，再，插了……親愛的。好痛，我怕……肚子會破掉。」

「嗯，知道了。」

他摟住我的腰，生殖器不再進入。這時，擔心肚皮會裂開的恐懼才稍微平息下來。雖然遭受了這種侮辱，但我的性器居然筆直地站著，這令人不敢相信。

「你看，我只是插進去而已，什麼都還沒做，你怎麼又站起來了，不是才剛射完沒多久嗎？怎麼這麼敏感啊？」

他的生殖器塞滿了我的下腹部，他擺動腰部，光憑這一點刺激就足夠了，緊繃的性器官不停碰觸內壁，我的小腹傳來一陣陣電流。

「啊！啊……啊，呃，嗯。」

「你那根，射過一次顏色就變得更深了。本來是淺粉色的，再來個幾次，應該會變很紅吧。感覺如果吸的話，會湧出果汁似的，真迷人啊。」

他用手在我的前端上揉捏，一邊感嘆道，問題是感嘆的內容無比低俗變態。

我坐在他腿上呻吟，卻怎麼樣也不敢亂動，怕他的肉棒又再頂進去。他用手緊緊抓住我的腰，抽動裡面的生殖器，我感覺內壁的肉好像黏在他的陽具上，跟著要被扯出來。不知是不是太緊了，沒那麼容易抽出來。

「捨不得放啊？這麼喜歡我的肉棒嗎？」

「呃？啊！」

「小學弟，什麼時候這麼喜歡我的肉棒了，怎麼辦呢？嗯？我們才做沒幾次啊。」

在我的屁股下，他的大腿和下腹部也充滿了力量。他先試探了幾下，啪、啪、啪，然後正式來了。他的分身還未抽出，我的身體劇烈晃動，這樣下去，肚子會不會真的被穿破啊。我越來越害怕，坐在他大腿上不自覺把我的雙腿縮了起來。

學長吸了一口氣，皺起眉頭說：「腿不要合起來，這樣太緊了。」

他抓住我的雙膝，掰開。小腹和腹股溝肌肉緊繃，生殖器推進的感覺更加赤裸裸。我搖晃得亂七八糟，每當他的分身往內頂，內壁就又痠又痛。不知如何是好，我一會兒拄著學長的大腿，一會兒抓住他的手臂，背靠在他的脖頸和胸口。

「學……學長……呃……等一下。」

「怎麼？要再用力一點嗎？還是要換體位？」

「不是，不是，不要這樣，我快不行了。」

學長大口喘氣，悶悶不樂地看著我，而我已經處於無法正常思考的狀態了。我往前趴，漫無目的慢吞吞地向前爬，他緊緊貼著我，把我的腰一下子托起來了。前列腺被粗暴地壓扁了，我差點就要射了。

「啊！呃！啊！」

「這麼大聲，讓外面的傢伙都聽……」

從後面猛然伸出手捂住我的嘴，頭粗野地仰起，學長把我往後拖，我癱坐在他身上，本來要抽出的性器又進去了。

忍不住的快感爆發了，噴出的精液點綴了半空。我努力抬起頭，無法發出任何聲音，瑟瑟發抖。學長臉上咧著嘴冷笑。

「呃，馬的，你，不要那麼緊……」

他咬著牙，一手捂住我的嘴，一手扶住腰，推到最深處，精液咕嚕咕嚕擠出來了。

「呃、呃——呃。」

我像被魚叉捕獲的獵物一樣動彈不得。自己的精液朝正面射出，後庭則原原本本接受了他的精液。我哭得眼睫毛都濕透了，未能發出的呻吟都成了眼淚。

射精完全結束前他把生殖器抽出，精液還在流淌，沾滿了屁股溝。支撐的力量一消失，我的身體就向前傾斜。他猛然把我翻了個身，我仰頭躺下，胸口承受著沉沉的體重，嘴角上方是油光光的生殖器。

「舔啊。」

他用吞吐般的聲音命令道。我摸索著，緊緊抓住他那僵硬的大腿，張嘴含住精液滴落的性器。厚實的前端頂著我的舌頭和上顎，嘴裡瀰漫著精液的腥味，快喘不過氣來了。

他一手撐在我旁邊的地板上，另一隻手抓住生殖器根部往我嘴裡推進，接著又抽出，我咳嗽連連，但還沒咳完，身體就一下子浮起來了。學長把我抱起，讓我坐在他身上，這回我們面對面，我沒來得及反抗，就一頭被壓近剛剛射精完卻依然挺立的肉棒上方。

「啊！學長……」

「怎麼了，學弟。」

「為什麼，為什麼又放進去。剛才不是才插過……」

「之前有點亂，再一次會好一點，感覺會比剛才還多。」

「不行，不能再放進去了，我的肚子會撐破。」

「不會，是用力了點……沒事的，沒關係，我不會讓你的肚子裂開的。」

學長輕輕地壓了一下我的小腹，一邊使力讓我坐下，生殖器滑進了仍滿布精液的內壁裡。

「一點都不好……啊！啊！」

學長花了點時間一寸一寸的頂進去，然後迅速反覆抽放。與之前毫無計畫地強推猛頂相比，這回顯得更執著，肚子越來越痠痛，心裡越來越害怕。

「不行，怎麼辦，怎麼辦，在這更……不要再進去了……啊！」

緊緊敲打內壁的分身終於又往更深處前進。似乎是第一次這麼深入，我屏住呼吸全身僵硬，眼前一陣白，晚了一拍帶著疼痛面具的快感一下子湧上來了。

「啊，啊，呃，呃！」

四肢亂蹦亂跳，我抱著學長額頭抵在他的肩膀上哭了，一邊又氣喘吁吁地喘不過氣來。

「現，都進到裡面了。」

「這裡好奇怪，感覺好奇怪……」

「你真的好可愛……哈啊。肚子鼓起來了。」

我用顫抖的大腿把他的腰勒緊了，不管前列腺還是什麼，像要把裡面的東西都壓扁似的，想把他的內臟擠成他的大根一般的模樣。分不清是要射精還是尿意，感覺小腹脹得快破了。

他抱著我的背部和臀部一點一點地動。每往上頂一次，精液就會湧出。我接連吞下一連串的痠痛，用力抓住學長的肩膀，直到手關節發白，忍受著全身痛苦的快感。

下一個高潮來得飛快，但這次沒有射精，可能是因為才剛射過兩次吧。

「呃……呃！呃！呃！呃……」

我被少了那麼一點不足的快感折磨著，即使筆直挺立的分身在學長腹部搓揉，也沒有射出精液。我難受得扭動著屁股，不停掙扎，到後來，連聲音也沒有了。

學長也不發一語，他咬著牙，將性器一直推進，反覆用力，後來在很深的地方射精了，感覺像是對準了心臟和肺部噴灑一樣，在胸腔內流淌。

他放鬆了抱住我的胳膊，我直接倒在地上，半天一動也不動。漆黑的天花板在打轉，意識一會兒模糊一會兒清晰。待回過神來，學長摟著我，不像我一臉疲憊快昏厥的樣子，他用毫無睡意的臉凝視著我。

「……學長。」

聽到自己的聲音我嚇了一跳，嗓子啞得厲害。

「護現啊，幸好你沒死，是吧？因為沒死，所以才能和我一起爽啊。」

他低聲細語，他的聲音也微微分岔的感覺。

幸好沒死，剛才因為學長差點就沒命了……這話到嘴邊我又吞了回去。

學長又像自言自語似地說道：「真是萬幸。」

「我們不是約好了嘛。我們兩個都不要死，要活著平安地離開。」

「嗯。所以當你燒得厲害昏迷不醒的時候，我也一直在等。因為你答應過我不會死的。」

「……」

「這是第一次，你答應我不死，你跟我說你不討厭我。很好，太好了。但我害怕。」

我也是第一次，聽他說害怕。害怕得瑟瑟發抖的人一直都是我。

我沒說出口，而是另外提出問題：「學長也是，我沒有放棄也沒有死，很棒是吧？」

我刻意笑得很開朗，接著說道：「如果到最後都不死，活著出去的話，還可以做其他事。把學長喜歡的事都做一遍，你喜歡吃的都吃一輪。我會全都背下來，我會讓你重新回憶起遺忘的事。」

他沒有回答，而是跟著我笑了，然後靜靜地點了點頭。

學長一直抱著我不放，每當在睡夢中悄悄想擺脫的時候，他就像鬼一樣察覺到，又把我拉回來抱在懷裡，我只好一直困在他的胳膊裡。

打開倉庫門的聲音傳來，外面的鎖被解開了。

像從頭潑下一盆冷水，一下子就清醒過來。

「學長，起來吧。」

我先把學長搖醒。萬一進來的人是要整理倉庫，萬一相信我們都感染了，萬一是來殺我們的……現在不是抱著熟睡的時候。

「學長！」

「我知道。」

他目不轉睛地回答，雖然看起來很慵懶，但聲音尖銳。我還以為他在睡覺呢。

「現在外面有人……」

「知道，你不用說了。」

我掙扎著想從地板上爬起來，學長一把拉起我，同時伸手把 LED 鐘關掉。四周完全被黑暗籠罩，他輕輕把我拉到身後。

我緊閉著嘴，不安地盯著黑暗的另一端，連人氣都不敢喘一下。

門終於開了。從走廊射入一道微光，不一會兒就有人進到倉庫裡，沉重的腳步聲傳來。潔白的手電筒光照著這邊，是久違的明亮，我不由自主地皺起眉頭，轉過頭去。

「大哥？」

對方似乎嚇了一跳停下腳步，燈光在晃動，聲音聽起來很耳熟。

「韓彬？」

現在眼睛可以適應光線了，韓彬一手拿著手電筒，另一隻手拿著錘子看著我。他的表情與手中可怕的工具不搭，他看起來顯得有些不知所措。雖然本來就很高大，現在看起來更高壯。不一會兒，他發現了學長，因為學長頭髮和衣服都是黑色的，所以一時沒注意到。

「……」

驚慌的臉瞬間僵硬，韓彬舉起錘子，手上青筋暴起。

我瞬間明白了，趕緊撲向他。

「等一下、等一下！」

我拚命地抓住他的手臂，韓彬沒有停下來，因為他力氣太大，我反而被他弄得搖搖晃晃，但他仍高舉錘子，眼看著錘子就要砸向學長了。他好像這才發現我掛在他胳膊上，躊躇不前。

「等等，住手。」

「可是感染者……」

「不，我和學長都好好的沒事。我們沒有感染。」

「我以為現哥被那個大哥吃了呢。」他木然地辯解。

眼睜睜看著錘子差點落在自己頭上還若無其事的學長皺起眉頭。

「什麼？馬的，誰是你的現哥？」

現在是什麼狀況？我在腦子裡回想。韓彬打開鐵捲門救我們時，學長叫我**現**，後來就沒在韓彬面前叫過我的名字，我們也沒有機會好好自我介紹，所以才會產生誤會。

「我叫鄭護現。」

「不是現？」

「不是，我叫護現。」

「我還以為你也是單名呢，跟我一樣。對不起。」

韓彬九十度鞠躬向我道歉，他的肩膀棱角分明，我連轉身的餘地也沒有，夾在兩個高大威猛的男子中間，我覺得快要死了。

「看來你今天也是來整理倉庫的。」

「是。」

「現在我們倆都成了殭屍了，所以宋昌珉派你來把我們徹底殺了，是嗎？」

我笑著問道。韓彬沒有回答，他靜靜垂下視線。這樣已經足夠了。他上次連飯都沒吃就進了倉庫，這回要親手解決掉曾經面對面交談過的人，我不知道他是以怎樣的心情踏入這黑漆漆的倉庫裡，心裡覺得苦澀。

「我沒想到您還活著。」

「不然咧？該死的傢伙還活著不高興嗎？」

「不是。」

「那是高興嘍？」

目光仍看著地板的韓彬雄壯的肩膀一顫，沉默了一會兒後點了點頭。我本來想緩解僵硬的氣氛而開玩笑，但是好像變得更嚴重了。外面的人以為韓彬進來用錘子砸死我們，所以暫時沒有動靜。我們靠著牆聊天，盡量不看堆積如山的屍體。

李敬煥至今還沒有清醒，但是因為我和學長先被關進來，所以他暫時還未送倉庫。因為他們怕貿然打開倉庫門，還沒把李敬煥搬進來，就會先被變成殭屍的我襲擊，所以先派人來處理掉我，再進行後續。而那個人就是韓彬。

行政大樓裡的人不允許無所事事、只浪費物資的「飯桶」，為了救李敬煥，韓彬連他的工作也要一起做。他原本健康有血色的臉現在明顯蒼白了許多。

「我該走了，太晚回去會讓人產生懷疑。」

他拿著錘子和手電筒站了起來。

「是要去跟宋昌珉報告嗎？」

「兩位先待在這裡，我會看狀況，趁機拿吃的過來。現在又有新人加入，有點混亂。只要小心一點，應該不會被發現。」

「你的糧食，不是還要分給李敬煥？如果都給了我們，那彬你要吃什麼？」

「……」

他沒有回答。耿直，沉默，韓彬至今在那群人的排擠之下到底經歷了什麼樣的痛苦呢？我突然覺得很生氣。

咚咚咚，外面有人敲門。我反射性地朝門口看，不一會兒就聽見有人嘰嘰喳喳的聲音。

「世民大的傢伙怎麼還不出來？比平時晚了很多吔。」

「是不是被裡面的傢伙啃了？」

「那我們要連他一起處理？一次三隻？」

韓彬驚慌失措，他匆匆挪動腳步，但我動作比他快，門旁邊放著學長之前拿的鐵管，我拿起鐵管，猛然把門打開。

「喔？」

倉庫的門是往裡開的，外面的人一時沒有立即發現躲在門後的我。

我抓住其中一個傢伙的衣領，把他拉進來，我看到了他身上熟悉的綠色運動服。

學長好像跟我事先串通好一樣，把旁邊的傢伙也拖進來摔在地上。韓彬根本就不用出手，在手電筒燈光下認出我們的人像看到鬼一樣。

「你，不是被咬了……」

「是啊，我是被咬的傢伙，怎樣？」

「呃，怎麼會……咳！」

我揪住他的衣領壓制在地，冷笑道：「怎麼，殭屍說話挺正常的是吧？」

「啊、啊、啊啊！走開、走開！」

那人被我壓制仍瘋狂掙扎，其實他只要冷靜想一想，就會知道我沒有被感染。但是失去理性的人無法做出正確的判斷，只想盲目逃跑。

很快地，人們聽到騷亂聲都蜂擁而至。反正我也沒想過可以不被任何人發現就逃脫。隨後到來的人們反應也差不多，看到好端端從倉庫走出來的我，個個大驚失色。

「那小子不是被咬了嗎！什麼呀，怎麼出來的。誰放的！」

「瘋子，不要靠近我！」

「武器，快把武器拿過來。」

陷入恐慌的人們驚慌失措，只敢遠遠的狠狠瞪著我，好像馬上要把我砍死似的，但沒有一個人敢撲過來。我們站在倉庫門前，和他們之間空出一塊空間，看起來還以為我是什麼瘟神呢。

我瞪著他們看，拿著鐵撬隨時準備攻擊，這是沒有智慧的殭屍做不到的。

那群人還在鬧哄哄的。

「不是說他被咬了嗎？」

「當時明明說被咬了。就是相信這句話才會把他手腳綁起來丟進倉庫……」

「會不會是學長弄錯了。」從人群中突然冒出尖銳的聲音。

「什麼？」

四周靜了下來，大家回頭看，是宋昌珉。他頭上纏著白色的繃帶，之前被學長揍了一頓。一顆藥丸要追加一天，那繃帶到底要抵多少天？我腦中突然冒出這樣的想法。

「剛才是誰說的？我弄錯了？」

「但是……」

「那個傢伙被咬了，我親眼看到牙齒印了。馬的，哪個沒禮貌的傢伙質疑我，嗯？給我出來，是哪個學長姐帶的？」

他歇斯底里地喊叫，但沒有人出來，大家都臉色鐵青，閉上了嘴。

他大口喘著氣瞪著我，硬是把顫抖的嘴噘起來笑了。

「是啊，雖然被咬了，但是病毒傳播得慢。被咬得淺的傢伙不是要等很久才變異嗎？即使現在看起來好好的，過不了多久就會發熱而死的。」

「可是……」

「什麼？我說錯了嗎？」

「……」

「現在在這裡，認為我錯了的傢伙舉手。給我一個一個報上名來。舉手啊！啊！」

「瘋子。」

看著宋昌珉發飆，學長噗嗤一聲笑了。穿過不安定的寂靜，他的聲音清晰明亮。

「不是說看到那些噁心巴拉的殭屍也不怕嗎？怎麼看到現在還人模人樣的鄭護現反而嚇得要死？你腦袋是裝漿糊嗎？」

宋昌珉咬牙切齒，布滿血絲的眼睛從我身上轉移到學長，還有韓彬身上。

「喂，世民大的傢伙，你在幹什麼？過來。」

也許是看準韓彬好欺負，他口沫橫飛地說：「你自己好好想想，你跟著那兩個傢伙可是死路一條，到時候那個研究生怎麼辦啊？嗯？所以趁我還肯勸你的時候快點過來吧。」

「……」

韓彬沒有回應，只是面無表情地看著他，宋昌珉更急了。

「小子，是因為我們管得嚴而覺得委屈嗎？真是小氣，你好歹也是體育系的學生，應該知道吧？這個系本來就是講規矩的啊，你們學校不也是這樣嗎？」

韓彬終於開口說話了：「我們學校才不會這樣，都什麼時代了。」

一句話改變了氣氛，遭到當面吐槽的宋昌珉臉整個扭曲了，現場籠罩著緊張的氣氛，拿著武器的人好像馬上就會向我們撲來。

這時在那群人身後傳來不符合現況的清脆嗓音：「什麼情況？」

聲音的主角被體格健壯的體育系學生擋住，但很快就撥開人群站出來了，是一個長髮紮馬尾的女孩。

「額……喔！」

她看看我，又看看學長，再看看和我們對峙的他們。

這時又有人出來了，是個手拿球棒、穿著棒球外套的女學生。

她也失了魂似地看著我們，臉上寫著：你們怎麼會在這裡？

但是沒有時間噓寒問暖，滿臉通紅的宋昌珉發號施令：「抓住他們！」

我和那兩個女學生迅速交換眼神。

我用眼睛說：他們是壞人。

她倆也用眼神回答：難怪。

金娜惠首先行動，她抬起腳用力踢了前面體育系男生的胯下。

「啊！」遭到突襲的男孩慘叫一聲倒下了，就算體格再好，被擊中要害也沒有辦法。接著吳夏恩揮動球棒，擊打一個擋在她面前的傢伙。砰！的一聲，非常利落。

那些人不知道金娜惠和吳夏恩為什麼突然發動攻擊，都露出驚慌的神色。他們在數量上占優勢，體格也很好，應該可以輕鬆制服兩個女孩子，但是一切來得太快，沒來得及攔住她們。

她們向我們跑來，那些人慢半拍才想起應該追過來。

「走吧，快點！」

我拉著似乎還沒搞清楚狀況、傻傻站著的韓彬，轉身就跑，原本緊鎖的門一下子就打開了，金娜惠一馬當先就往下跑，韓彬把手電筒丟給我，急忙拉住金娜惠。

「啊！」

好像只是想阻止她，但力道太大讓金娜惠的身體都騰空了。我看到這情景瞬間想到剛才我吊掛在韓彬胳膊上的樣子，莫名地與金娜惠有同病相憐的感覺。

「那個，下面，巡邏。」

韓彬慌張之際講話也結結巴巴的，他好像也覺得自己講得太簡短了。

「有人下去巡邏了，下樓會被抓到。」

我們匆匆轉往樓上跑。宋昌珉等人在後面追趕，樓下有人巡邏，能去的地方只有樓上，只是不知道什麼時候會出現感染者。

跑在最前面的學長毫不猶豫地打開門，一踏進四樓就趕緊把門鎖上。後面似乎沒有動靜，是放棄追趕，還是認為反正我們都是甕中之鱉呢？

漆黑的走廊再次迎接我們，想起了從書架下面拉出面貌悽慘的李敬煥的情景，我努力抹去可怕的記憶，用韓彬給我的手電筒照亮前方。現在我成為前導者，為同伴照亮前方，大家都小心翼翼地跟在我後面。

「這條走廊旁的研究室都很安全，內部也完好無損。」

「那我們先去這間吧。」

我們還是先在門口確認安全了才進去，因全力奔跑而上氣不接下氣，稍微平靜之後，金娜惠向韓彬鞠躬致意。

「那個……謝謝老師，剛才阻止我衝動地往下跑……」

她百般恭敬，之前對我和學長好像也沒那麼客氣。

「娜惠？」

「是，護現學長。」

「很高興又見面了。」

「我也是。」

「還有我要跟妳說一件事。」

「是。」

「他和妳是同年。」

「什麼？」

金娜惠嚇了一跳，後來才意識到自己的失言。

「我還以為你是體育系的助教或者講師呢……那個……對不起。」

「……」

「嗯，那麼……嗯……你好，同學。」

「……」

「對不起！」

金娜惠意識到自己多說多錯，再度彎下了腰。

韓彬默默看著她，而吳夏恩在旁邊輪流看著韓彬和金娜惠，也是驚愕不已。

不管發生什麼事，學長還是一樣漠不關心。他臉上不耐煩，無聊地玩弄我的手，像開玩笑似的輕輕觸碰一下指尖，指尖黏黏的。長長的手指又揉了揉我手腕內側，然後悄悄伸進袖子裡。

我費力把他推開，臉上裝作若無其事，但底下靜靜地進行手指纏鬥，最後我乾脆用力和他十指相扣，他這才變得安分，但他卻再也不放開我的手。

「放開我，快點。」我轉頭低聲急促地說。

學長連看都不看我，只是毫無誠意地回答：「為什麼？」

「還有其他人在啊。」

「又在裝模作樣，明明是你先扣住我的啊，你是想惹我不爽嗎？」

「拜託……不是的。」

「現，你知道剛才你用力扣住我的那個時候，我想到了什麼嗎？」

「學長！」

手就手，為什麼非要用「那個」來代替呢？為了避免誤會，我不想聽接下來的話了。面無表情的學長突然噗哧地笑了。

「別亂動。我現在巴不得捏你的屁屁，看在你主動扣住我手的份上就先忍著。」

金娜惠滿臉通紅拚命向韓彬道歉，我身旁的學長還是沒有鬆開手的意思。我決定放棄思考。總之，現在整體都陷入困境了。

我們圍坐在研究室的地板上，遲來的互相問候，順便向不明就理的韓彬說明我們四人之前在中央圖書館見過面。

「就像當時說的那樣，我和娜惠去了學生會館。雪下得太大了，在外面行動也難，所以我們想就在那裡一直等到救援到來也不錯。」

吳夏恩猛然站了起來，她掃視了一下周圍，走近窗邊。桌子後面有窗戶，窗簾拉上了，室內黑漆漆的，哪裡有窗戶都不知道。她打開窗簾，外面是晚上，沒有路燈的外頭和室內一樣黑暗。

「我聽說了。從曾待在學生會館的人那裡聽說的。」

金娜惠和韓彬像說好的一樣都沉默不語，似乎知道些什麼。

我站起來走近窗邊，看到被黑暗淹沒的校園，到處都是灰濛濛的雪。一直被關在密閉空間裡，久違地接觸到外部空氣感覺很新鮮。

從四樓往下看，可以看到騎著自行車氣喘吁吁過來這裡時沒看到的風景。越過有著長長枯樹枝的行道樹，另一邊有棟混凝土建築，是實驗大樓。

「看那邊。」

順著吳夏恩手指的方向看去，實驗大樓前的空地上停著一輛大車。天太黑了，看不清楚，我微微眯起眼，把頭伸出窗外。這才看清，是一輛大型救護車，旁邊還停了幾輛警車。在稀疏的行道樹樹枝之間，可以看到車輛駕駛座的門敞開著，周圍有黑漆漆的形體在轉來轉去。

「不知道警察和救護隊員是棄車逃跑，還是也慘遭毒手死了，總之我們不管等再久，都不會有救援來。」

我無語愣愣地望著窗外，冷颼颼的寒風把臉頰吹得好僵，但我卻不覺得冷。

「政府放棄這裡了？」

無論怎麼想，得出的結論也只有這個，吳夏恩關上窗戶。

「如果想活命，就得自己想辦法逃出去，待在學校裡撐不久的，不管餓死還是被殭屍咬死，反正都會死。」

「為什麼要拉上窗簾遮住窗戶？」

沉沉的聲音突然插了進來，不知不覺韓彬來到我的身邊。

「那裡還有倖存者，似乎被孤立了。但一旦感覺到動靜的時候，就會大喊救命。有些人只要看到燈光就會不顧一切跑過來。」

「……」

「但是他們說如果再增加人，糧食就會不足。反正他們都會死，所以就拉上窗簾，點蠟燭，假裝這棟沒有人……」

在宋昌珉的主導下，緊鎖門窗，拉上全部的窗簾，以免人員增多，那麼糧食會不夠。

依靠著一線希望來到這裡的人，在緊閉的鐵捲門前絕望了，然後被後面追來的感染者啃食。韓彬已經見過好幾次那樣的事，所以當他看到我和學長時，不忍心不顧我們死活，帶著受罰的覺悟救了我們。

算我們運氣好嗎？正好裡頭有人死了，空出位置，加上確認過我們沒有受傷，他們才決定收留我們，要是受傷的話，就無法任他們使喚了。

在某種程度上其實我也猜到了，但是從當事人口中聽到又是另一種衝擊。各種複雜的想法在腦海中交織，就像隨便塞進口袋裡纏在一起的耳機線一樣。

「那個，大哥。」

韓彬叫我。猶豫不決的語氣，顯得有點不協調。

「是。你說。」

「敬煥大哥……可以帶他出來嗎？把他留在三樓讓我很不放心，我們可以先下去把他帶出來嗎……」

「……」

「我知道這是強人所難，只是，能不能考慮一下？」

正如他所說的，是強人所難。現在聚在這裡的五個人逃命都來不及了，還要帶著無法行動的人，而且還要回到三樓，那裡有一堆人等著抓我們啊。

冷靜思考後，毫不保留的駁回才是正確的做法，但我並未開口。我想起被那些人排擠，而李敬煥卻露出純樸笑容歡迎我們。

我環顧四周，大家都在看我，就像等待我做決定一樣。

「為什麼都看著我？你們有什麼想法？」

「……」

「學長？學長認為怎麼樣？」

斜靠在沙發上閉著眼睛的學長不情願地擺了擺手。

「隨便，就照學弟的意思吧。」

絲毫沒有誠意的回答，但是我明白，這是學長表示支持的方式，不管我怎麼決定他都會聽我的安排行動。

「其他人呢？夏恩？娜惠？」

「就由學長決定吧。」金娜惠回答得理所當然。

我愣住了，「為什麼是我？」

「我和夏恩姐姐都得到過學長的幫助，從那個狗崽子手裡救了我，姐姐腳踝扭傷你也沒有丟下她，一直照顧到最後，還給我們藥。」

「那是應該的，不是因為我有多了不起。」

「很多人卻不會那樣做。啊，總之，我們會照學長的決定去做。對吧，姐姐？」

太不可思議了，他們怎麼可以那樣輕易把決定權交給我？

但是接下來吳夏恩的反應更讓我意外。

「護現，就由你決定吧。看到你，我不就也鼓起勇氣打了那傢伙的腦袋後跑出來了嗎？」

她們到底在想什麼啊，真不知道怎麼能夠活到現在。我張口結舌地回頭看了看韓彬，他緊閉著嘴直勾勾地看著我，長得像鬥牛犬，但眼神卻像無辜的小狗狗。

「那麼……」好幾對目光都投射過來，我深呼吸，平靜地開口：「去帶他出來吧。反正要從一樓出去也得經過三樓。他的房間在走廊最邊邊，只要抓準時機趕緊把人帶出來就可以了。只要動作快一點應該不會有問題。」

這可是破格的提案，在這種情況下，還有空去管別人，弄不好可是一起死的啊。但不僅是學長，吳夏恩和金娜惠也都泰然自若，對我的提案一點都不意外的樣子。

「我就知道。」

「是啊，如果說不要管他的話，就不是鄭護現了。」

這話，我好像聽學長說過，不知道是罵人還是誇人，我一點都不開心。

「謝謝。」

韓彬低著頭小聲的說，然後用力握住我的手。對於不善於表達的他來說，這是他能想到最好的感謝方式。

吳夏恩和金娜惠都滿意地笑了，但是，我卻笑不出來，連叫都叫不出來，因為我的手快碎了。如果手被機器夾住，會是這種感覺嗎？

在這種情況下，只有學長一臉凶惡地從沙發上站起來。

「你做什麼？馬的，還不放手！再握下去就要碎了。放手，要不然我砍了你！」

我們決定原路折返。既然大家意見一致，就應該盡快到三樓把李敬煥帶出來。時間拖得越久越不利，他們不知道會對李敬煥做什麼事，他等於是無用武之地的人，其實應該是要被關在倉庫裡等死的人。他們留著李敬煥是為了使喚韓彬，但既然韓彬離開他們，就沒有理由留下李敬煥了。

四周靜悄悄的，一路下樓都沒有一點動靜。門前的蠟燭在紙杯裡靜靜燃燒，沒有熄滅。

金娜惠小聲嘀咕道：「他們是不是放棄我們了，覺得我們上樓會被殭屍咬死啊。」

「不可能，他們那麼卑鄙，一定在暗地裡計畫什麼。」

吳夏恩咬牙切齒地說：「過去因為棒球社要練球，每次借場地都被他們用各種手段欺負，說什麼運動場是他們的，整整一年都不讓我們用。」

「真是的，他們的學費裡是有運動場租用費是嗎？」

「噓。」

大家都閉上了嘴。

「怎麼辦？現在進去嗎？」

學長目不轉睛地盯著門，我也集中精神，但無論怎麼聽都沒有動靜。

韓彬走到門前，耳朵貼在門上聽了一會，然後鼓起勇氣輕輕敲門，咚咚咚，聲音很小，但如果附近有人肯定會發現。

金娜惠嚇了一跳，趕緊拉了韓彬一下。不知是不是緊張，韓彬依然面無表情。我突然想起一件事，第一次他帶著我和學長到三樓時也是那樣敲了三下門，然後馬上傳來回應。我這才理解他為什麼這麼做，他是偽裝成巡邏回來的人，想試探裡面的動向。

門內一點動靜都沒有，讓人感到無比緊張，韓彬很慢很慢地轉動把手，以免發出聲音。

門把手轉動，沒有上鎖！我本來都已經做好準備，要拿鐵撬或韓彬的錘子破壞把手的說。總之現在是機會，只要打開門進去，走到走廊盡頭，把李敬煥從最邊間的房間帶出來就可以了。

吳夏恩用嘴型無聲問道：要現在進去嗎？

大家都做好衝進去的準備了，我正要點頭時，瞥見門下面的縫隙透出微弱的光，和臺階上的燭光一樣。

我回頭看了看學長，他也看著我，我悄悄地指著門下面，微弱地透出的光在微微顫抖。

門縫本來就窄，如果不集中精神看的話不會發現。在門窗都緊閉的密閉空間裡，燭光不可能晃動得這麼大。

「……」

不用開口也心有靈犀，我們急忙轉身，就在同時，門突然打開了。

「喂，他們發現了。」

「快抓住他們。」

透過樓梯扶手看到追逐我們的傢伙。他們早已準備好，每個人都拿著武器，漆黑的樓梯上響起了凌亂的腳步聲。

不管三七二十一，打開樓上的門進去，熟悉的走廊出現了，我們拿著手電筒照亮前方，一邊跑一邊推倒走廊上的淨水器，水桶已經空空如也，比想像中容易推倒。

「啊！」

「呃！」

慘叫聲傳來，好像有幾個人被絆倒了。金娜惠和吳夏恩回頭看，我大喊：「跑，快跑！」

新人要搜索樓上一週，這是他們制定的規則。但也因為這樣，我們才有優勢。比起在樓下悠閒納涼的人，冒著生命危險上樓探索的我們更清楚這層樓的狀況。

「大家何必自相殘殺，有時間不如去抓感染者吧！」

朝後喊了一聲。馬上傳來回應。

「你就是感染者啊，臭小子！」

在我旁邊奔跑的學長也嘲諷回嘴道：「你到現在還在講那種屁話？你的頭那麼大到底是做什麼用的啊？」

「馬的，你說什麼？」

是宋昌珉。現在大家都應該知道他的失誤，只是他不願意失去權威地位而依舊死鴨子嘴硬。像他那種人在某種意義上也很了不起。

我們一邊跑一邊利用走廊隨處擺放的東西當障礙物阻止他們追擊。

遠遠的走廊盡頭，門敞開著。

「在那裡！」

拿著武器的人追了上來，怪不得人那麼少，原來其他人都在對面好整以暇的等著，這就是所謂的「前後包抄」吧，前後都被堵住了。

我急急忙忙用手電筒照亮周圍，心裡盤算要不要隨便進入一間研究室暫時躲避。瞬間看到一雙眼，在漆黑的研究室門口，以奇怪的角度伸出頭看著我，是個只有半張臉的人。

咯噔、咯噔，那人僵硬地動了一下脖子，腦袋像故障的鐘擺一樣隨意晃動，接著視線固定在我身上，張大了嘴發出鬼哭神嚎的聲音：「咯啊啊啊！」

很快地，其他感染者搖搖晃晃地走出來，在手電筒燈光照耀下，它們沾滿血污的皮膚像爛魚一樣油亮。

「瘋……瘋子。」

「不是說四樓清理得差不多了嗎？」

「『差不多』不代表全部啊！」

追趕我們的人失去了冷靜，感染者們怪聲怪叫地撲了上去，它們不分對象，只要被盯上就毫不保留地張大了嘴撲上去啃噬。

「先殺那些東西！」

三樓的人拿著武器緊急應對攻擊，走廊上頓時亂成一團，根本沒時間思考繼續追逐我們。

感染者也向我們進攻，雖然韓彬有錘子、吳夏恩有球棒、我有鐵撬，但學長和金娜惠什麼都沒有，我先把手中的鐵撬扔給學長。

「拿去！」

學長連看都沒看就接住鐵撬，然後用熟練的手法毫不猶豫地揮動，又黑又黏的血隨即噴灑在半空中。

一名感染者撲向金娜惠，她迅速環顧四周，發現走廊上滑來滑去的辦公椅，她猛力踢了一腳，帶輪子的椅子直直正中感染者的胸口。

我迅速把身上的羽絨外套脫掉，罩在無法抓住重心搖搖晃晃的感染者頭上，韓彬趁機用錘子砸下去。

我們有默契的彼此配合，另一邊卻手忙腳亂，三樓的人沒能即時反應，有人還抓旁邊的學弟當盾牌，感染者似乎等了很久，就直接咬住人肉盾牌的脖子。

「啊啊啊！」

地上流了很多血，最終還是出現了犧牲者，緊張氣氛持續升高。

「喂，你，把你拿在手上的給我。」

「學、學長……」

「快點給我啊！」

「那我怎麼辦……」

「關我屁事！」

宋昌珉強行搶走別人的武器，我不由自主地皺起眉頭。

戰鬥並未就此結束，如果是其他時間、其他場所，會怎麼樣無法得知，但現在情況非常糟糕。周圍一片漆黑，敵我不分，而且走廊空間狹窄。

過了一會兒，剛才被咬住脖子當場死亡的人站了起來，殷紅的血染在它的綠色運動服上，它用沒有焦點的眼睛回頭看宋昌珉。

「去死，去死！」

宋昌珉砰砰地揮動著曲棍球杆，就算打到其他同伴他也不在意，周圍傳來零星的尖叫聲。

「啊——」

「呃。」

骨頭碎裂的聲音很響亮，每揮動一次武器就濺起黑血，但如果不完全切斷脖子上的神經，感染者就不會停止活動。感染者以扭曲的臉一直靠近，完全無法辨認原來的長相。

「做什麼？還不快殺啊？」

宋昌珉急切地喊道，但是他的學弟們卻無法幫助他，有人被盲目揮舞的曲棍球杆擊中倒地呻吟，有人武器被搶走，兩手空空。

「學長拿走了我的曲棍球杆，我沒辦法。」

「那就赤手空拳啊。」

「這是叫我去死嗎？」

「臭傢伙，現在還敢頂嘴！」

他們的爭吵聲吸引大家注意，我們稍微鬆口氣。

學長放下手中的鐵撬，用手背抹去下巴的血，開口說道：「呆頭呆腦的東西聚在一起玩得很開心吧，帶頭的是那種鳥樣，其他人也差不多一樣鳥。」

「閉嘴！關你屁事啊，你一個外人管那麼多幹麼？不用你管！」

「好啊，我才懶得管，就隨你們去吧，你們真他馬的都是最佳拍擋啊！」

他面無表情的冷嘲熱諷，體育系的學生們臉都扭曲了。

「馬的，你有什麼了不起？還不是想巴結我們。」

「你們沒有鄭護現啊。」

「……」

不光是他們，我也搞糊塗了，為什麼突然提到我？

學長拉著我，把胳膊搭在我肩上，微微一笑。

「你們裡頭有這麼漂亮的嗎？」

大家都啞口無言，不知道該說什麼。突然一陣巨大的聲響打破了寂靜，曲棍球杆被搶走的男學生咬牙飛身推了宋昌珉一把，宋昌珉無防備的被推，跌跌撞撞倒向一旁，結果被感染者抓個正著。

「喂！你這傢伙！快救我啊！」

「咯——咯咯——」

「沒聽到嗎？喂，你們……」

「咯——啊啊啊！」

「救我……拜託……」

之前口口聲聲喊宋昌珉學長，對他彬彬有禮的人，現在用血淋淋的手抓住宋昌珉的脖子。

旁人個個驚恐萬分，紛紛往後退，沒有一個人，就連與宋昌珉一樣穿著綠色運動服的體育系學生也沒有出手救他。

「呃啊，呃啊，呃啊啊啊——」

沒有人開口說話，只聽見宋昌珉掙扎著狂叫，他的求救聲被撕裂，充滿了血腥味，變成咯咯的聲音，最終斷了氣。宋昌珉倒在地上，抓住他盡情啃噬的感染者慢慢抬起頭，滿臉是血肉。

精神整個清醒了，我想起了我們下去三樓又逃到這裡的根本原因，現在正是時候。我向吳夏恩、金娜惠和韓彬使眼色，然後拉著學長拔腿就跑。

「呀！」

其他人慢了一拍才發現，慌慌張張地追了上來，在走廊上奔跑時聽到他們的對話。

「為什麼要抓他們？」

「那個傢伙感染……」

「您不知道嗎？他沒感染啊。」

「不知道，先抓住再說，萬一他們想搶走物資怎麼辦？」

我們三步併做兩步跑下樓梯，直奔三樓，在被抓住之前好不容易成功關上門，最後進來的金娜惠迅速鎖上了門。

「快點去帶李敬煥走。往反方向。」

韓彬點點頭，打開會議室的門，用手電筒照著昏暗的室內，李敬煥躺在寬敞的會議桌上，身上蓋著韓彬的外套。骨折的胳膊和腿上隨隨便便用木板固定，連繃帶都沒有，纏的是膠帶。我們走近，他一點反應也沒有。

「還沒醒嗎？」

「是啊，他的頭好像撞到書架。」

得不到有效的治療，昏迷超過一天的人有多少機率可以醒來？雖然想盡最大努力樂觀思考，但最終還是感到悲苦。

韓彬背起李敬煥，當我們走到走廊上時，那些人已經堵住出口了。

「什麼呀，還以為你們那麼拚命是要搶物資呢！就為了帶那傢伙走嗎？」

「他都要死了還管他做什麼？」

為什麼韓彬明知是魯莽行為仍要求帶走李敬煥？為什麼我們都同意呢？這些疑問不管怎麼解釋，他們也不會理解。

我瞥了一眼韓彬背上的李敬煥，他臉色很差，恐怕有腦震盪，手腳還骨折，背著他移動，時間越長，他的狀況會越惡化。

「讓開，我們會離開。」

我怒視對方，在毫無計畫地進行戰鬥之前，應該先嘗試對話。有人不屑地笑了。

「什麼？」

「你們把新加入的人隨意使喚，還訂一些不平等規則，不都是因為怕吃的東西越來越少嗎？外來的人死不足惜，你們自己有得吃、能活命就好了，不是嗎？我們不會碰那些珍貴的糧食，只帶這個人走。讓開。」

「要我相信你的鬼話？真是吹牛不打草稿啊。」

「我對剝削別人而得到的東西不感興趣，跟那種隨心所欲使喚學弟妹，結果被背叛而死的傢伙不一樣。」

我把話說得直白，對方一群人當中有人竊竊私語，目光投向一個男學生身上，背叛者……對方的臉扭曲了。

學長淡然的聲音突然插進來：「喂，你以為鄭護現跟你們一樣嗎？如果是，你們早就完蛋了。我們護現火一上來可是會拿湯勺把腦袋敲碎的。」

「不，學長，什麼湯勺……」

他提起我痛苦的過去，在宿舍廚房慌忙找武器時，赫然拿起了湯勺。我突然感到羞愧，幸虧周圍很黑，如果在肅殺的對話中被發現臉紅的話，我會想挖地洞鑽下去。

吳夏恩拿著球棒在手掌上敲了敲，接著說道：「算了，反正我們要出去了，你們就在這裡好好地過吧。」

「出去的話會有什麼不同嗎，在路上凍死嗎？」

「那你們又會怎樣？上樓去親手殺了學長們，然後呢？又要使喚新來的人嗎？」

「……」

「出去至少比關在這裡等死強吧，這道理你們不也很清楚嗎？留在這兒也沒什麼指望。一直以來都只是被老頑固霸凌啊。」

「你說誰老頑固？真是，說夠了沒？」

體育系的學生怒視著吳夏恩，但她不為所動。

「怎麼，我說錯了嗎？仗著自己年紀比較大，搞什麼長幼有序，把自己當王一樣，那不是老頑固會做的事嗎？至少我們這邊的隊長比你們強多了。」

她說完指了指我，我傻了，我什麼時候變成隊長了？難道在我不知情的狀況下他們偷偷進行祕密投票？

「他雖然個性淡薄，有點軟弱，但人品很實在，善良、聰明而且……」

吳夏恩說著說著偷偷地瞄學長的臉色，學長面無表情地開口：「漂亮。」

「……漂亮？」吳夏恩遲疑地補充。

學長只在我們倆私底下獨處時說過「漂亮」，但現在竟然還要強迫別人接受「鄭護現漂亮說」?!我好歹也是堂堂一個身高接近一百八的男人啊！現在真的想挖洞鑽進去了。

趁他們再次阻止我們之前，我們迅速行動。韓彬背著李敬煥，絲毫未顯疲憊。我們走到緊急出口前，突然感覺後面有人急急忙忙跑過來。

「我……那個……我可以……？」

回頭一看，是身著深綠色運動服，一臉稚氣未脫的男生。就是他把宋昌珉推向感染者，他處理了威權統治讓大家就算不滿也不敢怒、不敢言的宋昌珉，卻被大家說成是背叛者，受盡白眼。如果繼續在這裡待下去，只會遭到更嚴重的排擠，所以他乾脆投靠我們。

又一次，大家都看著我，要我做決定。我微微用下巴朝出口示意。

「要來就快點，沒時間了。」

身後傳來怕我改變心意的急促腳步聲，我打開緊急出口的門。

一到一樓就看見戶外，現在是凌晨，玻璃門外的天空還是深沉的藍色，尚未染上日出的紅暈。樓上緊閉門窗，點了蠟燭不覺得冷，但到一樓大廳就冷了。雖然是在室內，但每次吐氣時都呼出白色的氣。

「等一會兒再出去。太陽升起前是最冷的。」我說。

大家都沒意見，在出發之前，先短暫休息一下。韓彬把李敬煥放在大廳的沙發上，吳夏恩抱著胳膊坐在旁邊假寐。體育系的男生怯生生地看我們的臉色，滿是尷尬和不自在，畢竟在不久前還是敵對關係，現下跟他說話的只有金娜惠。

我看著他們兩人尷尬地交談，不知不覺學長來到我身邊，我們像約好似地轉頭往外看。從這裡出去沿著大路一直往前走就是學校大門。校園非常寬敞，而且還有行道樹和建築物擋住了視線，我們無法直接看到大門。可是我，還有他，都知道那就是出口。

「來過這裡嗎？」

「不，沒有。」

走出這個門之後會怎樣，連學長也不知道，迎接我們的是死是生，沒有人知道。我默默看著葉子全掉光的樹枝，逐漸染上晨光，脫口問道：「學長，出了學校一直往下走就是公車站，附近有間咖啡店，記得嗎？這裡太偏僻了，沒有幾家咖啡店，那間是其中之一。」

他默默搖搖頭。我的心臟像被刺一樣疼。我們學校的學生沒有人不知道那間咖啡店。這附近學生常聚集的地方只有炸雞店、小吃店和幾間啤酒屋，那家咖啡店算是裝潢雅致，氣氛也不錯。

「那裡的草莓汁好像不錯。我沒喝過，是聽喝過的人說很好喝。」

「……」

「改天要不要去坐坐？學長不是喜歡去那種地方嗎？」

學長沒有回答，而是皺起了眉頭。

「你跟誰去的？」

「蛤？」

「你不是不喜歡甜食？那你怎麼知道果汁好喝？你是和哪個小混混一起去的？」

我只是說去咖啡店而已，但氣氛瞬間變了，見情況不對我趕緊解釋。

「一群男生一起去的，先前在啤酒屋喝到很晚，為了醒酒才去咖啡店，當中有人就說喝酒後一定要喝新鮮果汁。」

「跟乳臭未乾的小子們一起？不是一個而是好幾個？」

誤會好像更深了，學長的語氣聽起來很不開心。

「那個……學長。」

「幹麼？」

「你生氣嘍？」

「嗯，想到你和那幫傢伙擠著圍坐在一起，笑咪咪地聊天……哇！甚至還喝酒喝通宵嗎？學弟為什麼對誰都那麼好？**永遠**聽了很不爽。」

「**護現**不該說出來的，對不起。」我立刻道歉，迅速轉移話題：「所以啊，下次只有我和學長兩個人去就好，我要說的是這個意思。」

「從這裡出去之後？」

「嗯，出去之後。我們很快就會出去的，不是嗎？」

「嗯……是啊。」

「點草莓汁和蛋糕。學長不是喜歡打籃球嗎？也去打球吧。只要有籃球場和球就行，有什麼難的。還有什麼來著，對了！看午夜場電影……」

學長沒有說話，他用不帶怒氣也沒有緊張的淡漠眼神看著我，然後微微一笑，伸出了小指，「打勾勾。」

我也笑著伸出手指，「打勾勾。」

終於過了如結冰般的夜晚，太陽升起來了，天空從一角逐漸變紅。

我們聚集在門前，為了出去做準備，整理衣服、準備武器。我把羽絨外套的拉鍊拉到最上面，一旦開門走出去，刺骨的寒風就會襲來。

「大家都知道吧？往學校大門的路上沒有別的建築物，我記得最多也只有停車管理辦公室，所以我的意思是……」

由於睡眠不足和疲勞，嗓子都啞了，我乾咳了幾聲，清清嗓子，努力清晰地說：「一旦從這裡出去，就很難再回來了。」

瀰漫著低氣壓，我只是把大家都心知肚明的事實說出口而已，每個人的臉色都暗了下來。

我們的校園俯瞰像倒放的紅酒瓶，軟木塞的位置是大門，瓶底是宿舍，我們現在的位置，大概是九分滿的程度？

到大門口為止是一條筆直的道路，中間沒有長椅，也沒有車站，兩旁是樹林鬱鬱蔥蔥的山間道路，如果半途遇到殭屍……就只能狂奔，或者乾脆越過圍欄逃進山裡，只是不知道在積雪的深山裡，又會遇到什麼。

「如果覺得不行，可以不要出去，可以再回到樓上，也可以去找其他建築。你們想怎麼辦？」

一陣短暫的沉默，吳夏恩先聳了聳肩。

「我要出去，我說過，留在這裡也是死，不管怎樣，既然都會死，那還不如放手一試。」

金娜惠也附和：「即使會遇到危險或難關，我也一定要活著出去。政府放棄救援了嗎？真是的，太無語了。難道國民誠實納稅結果就是這樣嗎？我一定要活著出去，我才不要讓國家日後說什麼曾試圖營救，但為時已晚這種話來粉飾太平。」

「我也是……我不想再待在這裡，反正跟他們在一起只會被排擠到死。」體育系男生小心翼翼表明了意願。

韓彬也點點頭。最後我看著學長，他無聊地揮動手中的鐵撬。

「還等什麼？走啊。」

最終沒有一人改變心意。

刺骨的寒風颳過臉頰，幸虧這附近沒有任何感染者，但是，無法保證接下來也是如此。

想從大門離開學校的人應該不止我們，可能已經有數人或數十人付諸行動，只要有一個人成功，這場校園災難就有倖存者可以告訴外界發生了什麼事，但是到現在還這麼安靜，要麼他們全都失敗，要不然就是……

吳夏恩大動作地指著前方，似乎想藉此轉換低沉的氣氛。

「大家都打起精神來，沒有人知道前面有什麼。那邊開著救護車進來的人也都死了。因為病毒外洩事故，他們應該都穿戴特殊裝備來的。」

「那個，我們可以坐車出去嗎？那個救護車。我們去那裡開車不就行了。車門開著，應該不需要鑰匙。」金娜惠突然提議。

我以為她在開玩笑，但是她炯炯有神的眼睛卻無比真摯，這一幕與在七十週年紀念館頭頭是道地主張開車出去的我重疊。

「娜惠？」

「是，護現學長。」

「就像妳說的，如果我們上了車，可是沒有鑰匙，要怎麼發動？」

「現在的車不是只要按個鈕就能發動了嗎？插上鑰匙發動引擎是過去式了。」

「……」她的話讓我一時不知道如何反駁。

「除此之外，還有個根本的問題。」

「什麼？」

「車子發得動嗎？這麼冷的天氣，車子停在那裡好幾天了。」

「為什麼發不動？天氣冷車子也會結冰嗎？」

她的眼睛清澈無瑕，雖然學長總是毫不手下留情地嘲笑我，但我卻對眼前這副天真的臉狠不下心潑冷水。

「嗯，娜惠，我純粹是因為好奇才問的，所以妳不要不高興。」

「是，學長。」

「妳沒開過車吧？」

「我連駕照都沒有，本來這次放假想去考的。」

金娜惠毫不隱瞞地說，我沒說話，笑了。

在這場混亂中，能迅速了解情況，走到外面找到車，一路把蜂擁而至的殭屍全都甩開，直闖大門逃離校園的人，應該早早都逃出去了，就像事態一爆發就急忙逃跑的教授和職員一樣。不然就是連坐上車的時間都沒有就死了，所以失去主人的車才會放置在校園各處。

「放棄車子吧。」我說。

吳夏恩緊接著也說道：「是啊，學校都變成這樣了，哪還有像樣的車啊，如果有的話，早就有人開走了。」

金娜惠看起來有些遺憾，但很快就接受了。我也決定不再猶豫，不管怎樣，我們勢必要靠雙腿拚了命地跑。

這時，身後突然傳來嘈雜的聲音，在只有屍體到處遊蕩的校園裡，怎麼可能會聽到像汽車引擎發動的聲音呢？

「怎麼回事？」

我們不約而同回頭看，一輛大型 SUV 從遠處的山坡衝下來，隆隆作響的車子後面跟著數十隻感染者。

學長懶洋洋地說：「在那兒啊，像樣的車。」

汽車在結冰的道路上奔馳，看得我都有點不安。車輪深深地陷進雪裡，時不時打滑，結果在下坡路沒能及時減速，撞到長椅，碰！保險桿扭曲了，感染者們趁機拉近了距離。

「喂！」

「這裡有人！」

金娜惠和體育系男生揮舞胳膊，拚命展現存在感。但是那輛車無視我們，嗖地從行政大樓前駛過，我們只能呆呆地看著車尾燈離去。

跟在車子後面的感染者們不久就發現了我們，比起車子，它們顯然對活著的我們更感興趣，和它們對視的瞬間，背脊都結冰了。

「快逃，快！」

沒有選擇，我們慌慌張張地轉過身，韓彬背著李敬煥準備逃跑。

咿——呀！剛才呼嘯而過的車子突然停了下來，朝我們倒車而來。感染者的注意力好不容易轉移到我們身上，那輛車為什麼還要回來？

車子在我們面前急剎，我們往後退一步。這人開車技術不怎麼樣，輪子差點輾過我的腳。這時深色車窗降下。

「敬煥？」車裡有人大喊。

「李敬煥？那不是敬煥嗎？」

開車的是一位穿著沾滿灰塵和血跡、皺巴巴西服的中年男子，在這種情況下，能喊出李敬煥的名字，合理的人選只可能是——

「您是指導教授嗎？」我問道。

他連看也不看我，只是神經質地點了點頭。

這時韓彬向他說明：「李敬煥受傷了。」

教授觀察後照鏡，確認殭屍們的位置然後焦急地敲擊方向盤，他似乎在天人交戰中，對李敬煥，準確來說，是帶著李敬煥的我們是否該裝作視而不見。

教育者有義務好好帶領學生，不過那是和平時期的事情。現在他就算開車撞倒我們，讓隨後而來的殭屍解決，然後自己逃走也不為過。

咔嚓，終於傳出車門鎖解開的聲音。教授焦急地說：「同學，快上車，那些東西快到了。」連道謝的時間都沒有，我們迅速打開 SUV 的車門。先把李敬煥放進後座，儘量讓他平躺，然後再一個個上車。幸好這是一輛大車，足以容納很多人，最後剩下學長和我，我把學長推進車裡。

「學長先上車。」

「你又為了照顧別人而發神經是吧？你不想活了嗎？」

「不是的，你先上車再拉我，這車太高，我怕上車沒弄好會滑倒。」

「……」

「快啊。」

學長瞪了我一眼，我怕他又不知道要罵我什麼，不自覺嚥了嚥唾沫。但是他很快就聽我的話照做，這時背後有股顫慄的感覺，不知不覺間感染者已經逼近了，我想也沒想先踢了向我撲來的傢伙，腿差點被抓到，再這樣下去，車內的人也會有危險。

「鄭護現！」

學長朝我伸出了手，碰到指尖了。

車門還開著，車子開始起步，似乎來不及等我安全地坐上去。

「抓住我！」

他咬緊牙盡量把手伸長，我跟著車跑，拚命地跑，手勉強碰到車門。

「呃！」

若即若離的手突然被抓住，學長一把將我拉進去，我還以為手臂要被扯斷了。我栽倒在他的懷裡，剛抓住重心，耳邊傳來吳夏恩的驚呼。

「門關不起來。」

抬起頭，車門縫夾著許多肢幹，那景象令人毛骨悚然，我們對教授大喊。

「教授，快點！」

「殭屍快進到車裡了！」

教授使勁踩油門，但是車子非但沒有直往前衝，反而還磨磨蹭蹭的，雖然速度有加快，但已經快支離破碎了。保險桿掉了一半，嘰嘰地刮過人行道上的地磚。

「剛才好像撞到哪裡了……」

韓彬起身向外踢了一腳，啪啦！啪啦！啪啦！有幾隻掉下去了。但在車內要一直彎著腰實在不便。

「等一下！」

我在學長懷裡翻了半天，終於找到了從七十週年紀念館開始，作為照明用途的 LED 鐘。我拿出來打開電源，按下旁邊的按鈕，雖然有點擔心功能，但幸好有背下設定方法。

嗶！嗶嗶嗶！嗶嗶嗶嗶！時鐘發出驚人巨響，車上的視線都集中在我手裡的時鐘上，帶有鬧鈴功能的時鐘螢幕閃著亮光，我往外一甩，把時鐘盡量扔到車外。時鐘以拋物線飛過空中，落在樹叢中，鬧鈴聲依舊很響亮。

「咯——」

那些東西的視線跟著時鐘移動，但馬上就會發現那不是食物，不過只要能爭取一點時間就足夠了。碰！車門關上，確認鎖好了才暫時鬆了一口氣。

車子離開行政大樓前，速度比之前騎自行車好太多了，沿著寬敞的草坪廣場疾馳，越來越接近原本看起來很小的實驗大樓。

「敬煥怎麼會……」

教授說到一半停止了，失魂落魄的眼睛固定在一處，我們看過去，經過實驗大樓，通往大門的路上到處都是感染者，數量是迄今見過最多的。我想到從中央圖書館閱覽室狹窄的入口擠出來的那些東西。

它們在空地上徘徊，內臟和牙齦肉外露，四肢亂晃，有一個在結冰路面滑倒，其他的就直接撞上去摔成一團，皚皚白雪四處都是黑糊糊的污物，從服裝上來看大致可以分辨有救護人員、警察、教職員、學生。由於嚴寒天氣，屍體腐爛速度變慢，它們凍得烏青的皮膚上，爛血和膿水凝結，沒有流動。

「哦——嗬！」

教授陷入恐慌，失去了冷靜，他握著方向盤一轉，原本就破爛不堪的保險桿撞到籬笆。

「啊！」

「呃！」

各種悲鳴和呻吟充斥在車內，身體傾斜，體育系男生和韓彬分別撐住李敬煥。金娜惠和吳夏恩兩人額頭碰個正著，學長牢牢抓住重心不穩的我，他輕輕咂了一下舌頭。

「喂，學弟，你去抓著方向盤。」

「什麼？教授呢？」

「我來開門把他推出去。」

「你說什麼！」

「你不是很會開車嘛？你自行車騎得很好啊？就連我摸你的時候也一樣。」

「啊！」

我不由自主地大叫，還有別人在，你瘋了嗎？我匆匆地察看駕駛座狀況。

「教授！」

我抓住教授的肩膀猛搖，好不容易打起精神的他大口喘氣，重新握好方向盤，車子總算恢復正常行駛。

「打起精神來，都到這裡了，一定要平安地出去！」

「旁邊，幫我看一下旁邊，副駕駛座。」

教授手握方向盤無暇分心，其他人都坐在後座，離副駕駛座最近的我只好往前。一時無話。

「不好意思，教授。」

副駕駛座有一個很大的箱子，是粗糙的塑膠箱子，裡面裝滿了熟悉的綠色瓶子。

「這好像是燒酒。」

「沒錯。」

「從哪裡弄來的？」

「我們實驗室旁邊的休息室。」

「……」

不只一、兩瓶，是一箱，我頓時肅然起敬。仔細看了箱子裡，每個瓶口都塞了濕漉漉的布，還聞到刺鼻的氣味。

「這不會是……」

「我在學生時代也搞過社運，我很會做汽油彈。我拿了實驗室裡的甲醇，可惜量太少，又去教授會館把所有車裡的汽油都抽出來用。我不知道這裡已經變成這樣了……」

他原本僵硬的臉露出不好意思的笑容，蜷縮的肩膀稍微舒展開來。其他教授早就逃跑，這位教授沒能及時逃跑，但卻到處尋找材料製造汽油彈。還真不愧是理工學院的教授。

三五成群的感染者時時刻刻靠近，如果下車越過籬笆、穿過草地，不知道能不能闖出去，但如果要開車，就只能往前走。

「有打火機嗎？」

「有。」

我立刻回答，並拿出放在褲子口袋深處的打火機。在七十週年紀念館和學長一起抽菸之後，就一直沒有用過，放在口袋裡。

「同學，我把車窗打開……」

教授朝大門筆直前進，SUV 發出響亮的聲音，殭屍們一個個看向我們。

教授用悲壯的口氣指示：「點燃扔出去。」

我伸手拿起一個瓶子，裡面的液體搖晃。

「還混了沙子和白糖，小心點。」

「沙子和白糖？」

為什麼要在裡頭放那些東西呢？有酒精點著火不就行了嗎？

「現在的學生應該不懂。你扔出去就會知道了。」

隔著貼了深色隔熱紙的車窗，可以看到殭屍們接近，我心裡著急了起來，一手拿瓶子，另一手拿打火機，但車子顛簸，晃得厲害，火一直點不起來。

好不容易瓶口上的布燃起火花，火勢一下子變得嚇人，再拖下去隨時會燒到我手上。副駕駛座旁的窗戶降下，教授手還放在按鈕上，以便隨時可以關上窗，同時大喊：「快扔，就是現在！」

我回頭看了看，大家都注視著我，車子仍晃得厲害，我用顫抖的手緊握瓶子，然後拋出去。在車內不好伸展，所以沒能扔遠，瓶子落在朝我們蜂擁而至的感染者腳邊。

瓶子爆裂，碎片四處飛濺，火勢一下子燃燒起來。融合的白糖與汽油混合，火勢進一步猛烈蔓延。那些感染者不知道自己的腿著火了，被爆破聲吸引只是呆呆地看，呆滯的眼睛裡燃起火光。

在屍體四處遊蕩的黑白風景中，鮮紅的火焰吸引了眾人的視線，我們一時忘了現在的處境，全都驚呆了。

「哇！」

教授不好意思地聳了聳頭。

「要是能再加上一些稀釋劑就完美了，可惜沒找到。」

但是效果並不持久，實際上只阻止了幾個，附近還有數十、數百個怪物踩著被火燒的感染者朝我們走過來。

「繼續扔！要看準，不是朝向地面，要打到那些怪物身上。」

後座的吳夏恩提出了建議。

「車內太窄，不好使力，而且如果不小心瓶子掉了，會在車內著火的。」

「讓開。」

吳夏恩伸手過來，我連忙靠邊，這種時候，沒有比棒球社的人更給力了。我點燃瓶口的布，她轉動手臂放鬆肩膀。

「來個好球吧！」

猛然飛出去的瓶子正好插在一個男的張大的嘴裡，火沿著下巴、脖子、胸口像熔岩一樣蔓延開來。乾癟的肉塊燒焦了，那怪物扭來扭去地鬼叫，一股焦臭味撲鼻而來。

車子搖晃得很厲害，回頭看後座，車體外黏著一個感染者，流膿的眼珠透過窗戶瞪著我們。

「走開！」

金娜惠用拳頭咚咚地敲玻璃，但它沒有掉下去，韓彬連忙補上幾拳，整輛車都在震，我以為玻璃要碎了。

「咔啊啊啊！」被衝擊震撼的感染者更用力掙扎，在窗戶上齜牙咧嘴地猛抓，在玻璃上留下黑色的血跡，超噁心。

透過後照鏡觀察的教授突然踩剎車，接著開始倒車，似乎想用後輪把那東西加碼輾碎。

我腦海中閃過一幕，是騎自行車橫越運動場時的記憶。

「不行！如果那東西卡住輪胎，車子就不能動了。」
「那怎麼辦？」
「往前開！」
「……」
「快點！」
教授猶豫了一下，還是換了檔，車子載著感染者前進。
「另一瓶。」
「這裡。」
吳夏恩越過副駕駛座朝外面再扔一瓶，伴隨著刮脖子的怪聲怪叫，一直死抓著車的東西這才掉下去。教授迅速按下按鈕，關上窗戶。
「要往哪裡？大門嗎？」
「對，學校大門，一路都不要停，快！」
我們沒有放鬆，注意周圍動態。殭屍們不知疲倦地跟上來，我們的速度比他們快，但也只是勉強拉大距離，要是車子被卡住或停下，馬上就會被追上。
「快到了，就快到了。」
「再撐一下……」
緊張得心臟快要炸了，有人雙手合十喃喃祈禱，有人焦急得緊閉雙眼，離實驗大樓越近，感染者就越多，我們驚險地甩開蜂擁而至的殭屍，直直朝大門前進。
經過實驗大樓的大門前，看到前面擺放禁止出入的柵欄，大門也纏繞著像電視影集中案發現場的黃色封鎖線。
感染者四處流動，不知是自己摔倒還是被籬笆絆倒，一堆在地上打滾。一旁是車門敞開的救護車、破損的警示燈，一片狼籍又無比淒涼。

「那裡好像是事故發生的地方。」

沒有回答。我轉頭看了看。

「學長？」

學長也轉頭看向同一個方向，突然他的臉色發白，睜大了眼直盯著一個地方，失魂落魄地喃喃自語。

「是那裡。」

「什麼？」

「病毒就是從那裡外洩的？……因為有人誤觸了調節裝置？」

「學長。」

「馬的，是那個嗎？就因為那個我……一再重來……」

「……」

「這是懲罰？我做錯了什麼……」

「奇永遠學長！」

雖然不知道他到底在說什麼，但不能讓他再這樣下去。我緊緊抓住他冰冷的手，用力叫他的名字。他慢慢轉頭看我，他的嘴唇在顫抖。每次眨眼，黑色的睫毛就不安地垂落。

「不要胡思亂想，看著我。」

他的嘴唇微微聳動，好像在喃喃自語。眼裡沒有焦點，我握住他像冰塊般的手指。

「我是誰？你認得出來嗎？」

學長呆呆地凝視了好一段時間，終於烏黑的眼珠裡映出了我，微張的嘴傳出低沉的聲音：「鄭護現，他馬的漂亮到不行的我的**現**。」

「你好得很嘛。」

我鬆了一口氣，總之學長沒事了，沒事就好。

汽車經過實驗大樓，從感染者之間穿過，經過停車場和管理辦公室，再一下就好，真的，再一下就到了。

不知不覺看到大門了，遠遠地看起來很小，有種說不上來的奇怪感覺，那個不大像平常熟悉的大理石柱子上刻有校徽的大門。

高高的金屬牆圍繞著大門周圍，是在禁止進出的軍事管制區才看得到的阻擋物，怎麼也看不到有門或通道之類的東西。別說是人，連一隻老鼠都出不去，徹底地堵住了。

那前面聚集了很多黑色的身影，拖著四肢在金屬牆前晃來晃去，雖然看不清楚，但也知道不是活人。車內瀰漫著如死亡般的寂靜，大家連呼吸都忘得一乾二淨，只是注視著前方。

「那個……到底是什麼？」

沉默了許久，有人用吵啞的聲音喃喃自語，但沒有人能夠回答。

病毒外洩事件發生後，前來救援的人全都遇害了，雖然不知道是否還有再追加人力，但想來即使有也是同樣下場。畢竟只憑幾名警察和救護隊員不可能對付幾百、數千隻怪物，除非知道要砍斷它們的頭或燒死它們。

沒過多久，校內的通訊全部中斷，與外界完全失聯，整個校園都被孤立了。不知道是否還有生存者，也不知道內部到底變成什麼慘狀，若盲目地進行救援只會造成巨大的犧牲，外面那些人才不會這麼蠢。

現在才明白，就像雞舍一旦發現有禽流感，不管有病沒病的家禽全都要撲殺。政府決定，不管感染與否，校園內的人也全都要處理掉，以免疫情擴散。

從之前就多少猜到了，以邏輯論這不是不可能發生的事，只是不想承認，自我逃避，當這樣的不祥預感浮現時，就努力忽略。但在這一刻，眼前所見讓最後一點希望也支離破碎。

教授握住方向盤的手漸漸沒了力氣，本來就放緩的車速變得更慢了，其他人心裡也是差不多的感覺吧。

「我們出不去了嗎？」

「太過分了。」

「我們只能死在這裡嗎？」

「早知道就留在行政大樓……」

絕望的傳染性很強，剛才還充滿鬥志的人們，現在臉上淨是慘澹扭曲的表情，連我也喘不過氣來，但是我不能就這樣放棄。

我用力深吸一口氣，用最大的力氣擊掌。啪的一聲，把失魂落魄的大家嚇了一跳。

「我們可以的，出去吧。」

他們看著我，像觸礁沉船上的遇難者一樣的眼神。

「你們是怎麼了？難道甘願這樣死去嗎？就算會死，也要堅持到最後啊。」

一直咬着嘴脣的吳夏恩尖銳地回擊了我的話。

「好。鄭護現，謝謝你的鼓勵，真的。可是在這種情況下還有希望嗎？不可能的！」

「還不到放棄的時候，我們還沒到那裡呢，只為了遠遠看到的狀況就要放棄嗎？」

「我們能怎麼樣？」

「夏恩，妳記得吧，如果看情況不對就輕易放棄的話，我們老早就死了。不管在中途還是在行政大樓。」

我僵硬地咧嘴笑。破碎但更加燦爛的希望碎片浮現眼前。

「不試試看怎麼會知道。」

「不試試看怎麼會知道……」

一直低垂著眼聽我說話的學長抬起頭，冷冰冰的眼睛直直地凝視著我。

「你，以前也這麼說過。學弟真是始終如一的傢伙。」

那是誇獎還是罵人？算了，這個我放棄，想了也沒用。

「對，得試試看，護現說的，當然要試。」

他不耐煩地轉過頭去。沒有人回應，大家只是注視著我們兩個。

「出不去？只能就這樣死了？馬的你們也太孬了吧。唉，好吧。你們還是死了算了，好過說些冠冕堂皇的屁話。」

赤裸裸的惡毒言詞。接著他指向窗外。

「啊，想死就到那個角落撞死算了，知道嗎？不然跟其他屍體擠在一起感覺很鳥。」

打破沉默率先開口的是韓彬。

「我的家人在很遠的地方，這裡不是我的學校，也沒有認識的人，被關在這裡就算能繼續活著……也沒有意義。」

大家靜靜聽著他用有方言腔調的冷漠聲音說話。他指著靠著他和體育系男生的李敬煥說道：

「還有李大哥也要盡快送去醫院，不然會很危險。所以……」

一邊看著越來越近的大門，一邊查看殭屍動向的教授突然開口。

「你們幾歲了？二十二？二十三？最多也就二十六、七吧。敬煥今年三十歲了。」

他苦笑，笑裡能感受到歲月的滄桑。

「這樣就死的話太可惜了、太可惜了……」

他突然使勁踩油門，汽車逐漸加速，原本已經追到車後方敲打車子的東西逐漸遠去。

「同學抓緊了，繫好安全帶，盡可能靠著椅背。」

即使以最快的速度行駛，面前也只有巨大的牆壁，周圍則是被感染者堵得水泄不通，現在已經不可能改變方向。要通過大門就這一條路，不會有其他岔路，他到底要怎麼做？

「……這輛車分期付款還沒付完呢。」

還聽不明白他的話是什麼意思，但很快就到牆前面了。車子後面有感染者撲上來，但教授不管三七二十一地帶著殭屍地衝向前去，把牆前面的東西全都撞扁，然後車子撞上了牆。哐！我連忙緊抓住門把手，巨大的衝擊讓眼前頓時一片黑。

由於是大型 SUV 車，後座損傷相對較小。我抱著差點碎掉的腦袋起身，穩住重心後先往駕駛座看，安全氣囊爆出，看不清教授的臉，只看到他額頭上的血。

「教授，教授！……教授！」

想抓住他肩膀，突然瞄到放在副駕駛座箱子裡的燒酒瓶全都碎了，座椅和地墊被流出的汽油弄濕了。

車窗的強化玻璃布滿裂痕，透過車窗看到前方的牆被撞出一道縫、扭曲的車體還有……起火的引擎蓋。

我轉頭看學長，四目相交的瞬間有了同樣的想法。被夾在牆壁和車子之間、被壓在車輪底下的感染者像在催促我們似地發出可怕的尖叫，車子翹起來了，現在出去不就會被它們包圍嗎？但是我們必須出去。

「快走，待在這裡很危險！」

「那教授呢？」

從後面傳來了慌張的聲音，沒有時間一一進行說明。我把門推開，拉著學長的手跳下車，腳踏到爛乎乎的身體，學長扶著搖搖晃晃的我。

金娜惠和吳夏恩也跟著下車，體育系男生也迅速跳下來。但還有人沒出來。

「韓彬？……」

車子搖晃得很厲害，被壓在下面的一名感染者伸出手試圖抓住我的腳踝。學長毫不留情踢了它的腦袋，它的脖子拐成奇怪的角度。

「韓彬，你在幹什麼？快點出來！」

「敬煥哥先。」

原本一起支撐李敬煥身體的體育系男生只顧著自己先出來，把韓彬和李敬煥留在車裡。但是要把沒有意識的人從狹窄的車內搬出來並不容易。

「不能再拖了，你快出來吧。」

引擎蓋上的火燃燒起來了，一旦接觸到大量汽油的瞬間……我想都不敢想。我上身進入車內，拽住韓彬結實的胳膊。

「彬啊，韓彬！」

我爆發出神經質的叫喊，他愣愣地看著我。

「我不是不想救李敬煥，如果可以，我無論如何都會帶他走。但是現在……現在沒辦法，不能連你也失去。」

韓彬緊閉著嘴看著我，眼裡湧起一股急切的矛盾，我能理解他的心情，我怎麼會不理解呢？我非常清楚韓彬一直以來都很自卑，認命地照顧李敬煥。明知道是無理的請求，但還是低頭哀求大家，歷經千辛萬苦，才把李敬煥帶出行政大樓。

換作是我也一樣，就算我自己身處於危險之中，也不會把他放在燃燒的車內，與其拋棄同伴自己逃出去獨活，還不如守護著他到最後，即使死去也不負義氣。

但現在不一樣，我有了學長，他是比任何人都更迫切想要守護我的人。而我為了遵守與他的約定，無論如何都要活下去。能救活的人要救活，不能救活的人就只得放棄。

火勢逐漸蔓延，我伸出了手。

「彬啊，你得回家啊。」

我的視線只固定在韓彬身上，故意不看躺在旁邊的李敬煥，心裡一陣酸楚。

「……」

最後，韓彬閉上眼，緊緊握住我的手。

我把韓彬從車內帶出來，沒想到學長還在這種時候發飆。

「臭小子發瘋了嗎？還不把手放開！」

我們趕緊離開著火的汽車，鑽進已經破損的牆縫中間，縫隙非常狹窄，只能勉強容納一個人。近在咫尺感受到熊熊火焰的熱氣，刻不容緩，我們一個人一個人穿過牆縫，火勢持續變大，為了處理死纏不休的感染者，學長留在最後。

「鄭護現，你先出去。」

他推了我一把，我心裡感到一陣淒涼，學長為了保護我，從來都是不擇手段，有時用威脅的，有時又用蠻力強逼，但從未像現在盲目地要我走。

現在，他就像一個沒有希望的人一樣，為了救我，可以毫不猶豫拋棄自己的生命似的。到底是從什麼時候開始的呢？是發現堵住正門的牆壁時？還是從經過拉起封鎖線的實驗大樓前？還是更早之前呢？

熊熊烈火把他烏黑的頭髮照得通紅，我沒有聽他的，搖了搖頭。

「不要，我們一起出去。」

不管他要罵我是無用的固執、無能的多管閒事，威脅不聽話就要殺了我都無所謂，哪怕就只有一瞬間，我也不想把學長一個人留在牆的這一邊。

「……」

學長什麼話也沒說，我們倆伴著粗重的呼吸聲，看著彼此眼珠裡的火花。我握住他的手，我們硬是一起擠過狹小的牆縫。

眼前筆直的道路展開，現在沿著這條路一直走下去，就會出現有人居住的社區和公車站。

身後傳來巨大的爆炸聲，像房子般大小的火焰直衝到牆壁之上，為了不要想起留在牆另一邊的人，我們努力奔跑。

我們沿著筆直的道路往下走，兩旁完整展現了冬天的山中風景，四處都覆蓋著白濛濛的雪。沒有爆炸聲，沒有殭屍們的哭喊聲，也沒有人類的尖叫聲，這是一條安靜的山路。沒有散發惡臭的腐爛空氣，而是颳起了寒冷乾燥的風。在校園內看到過各種景象，對現在眼前的風景反而感到陌生。

「喔！」

走在最前面的體育系男生突然躊躇不前，遠處似乎有什麼東西。首先映入眼簾的是停在路中央的大型軍車，還有像檢查哨用的金屬路障，旁邊還有幾名手持機關槍的軍人。

他們是逃出學校之後首度見到的人類，一時還以為會不會是在極端恐懼後產生的幻覺，他們實際上不是軍人，而是路燈或樹木。

我們還沒反應過來，體育系男生先跑過去，瘋狂地舉起手臂高聲喊著：「這裡！我們在這裡！」對面的軍人衝著我們大喊，但是因為距離尚遠，所以聽不大清楚說什麼。

「我們在這裡，救命啊！」

聲嘶力竭的吶喊似乎無法傳到那裡，體育系男生放棄喊叫，繼續慌慌張張地往前跑。

看起來只有指甲大小的軍人們似乎結束對話，面向這裡，然後舉起了槍。咻！很安靜的，充其量只是如風颸過般的聲音而已。

「啊！」

突然，體育系男生的胸膛濺出通紅的血，我們呆呆地停下腳步。

剛才發生了什麼事？我看見了什麼？

不僅如此，很快地他的肩膀、大腿，就像裝滿水的塑膠袋被刺了好幾個洞一樣，身體各處都噴出了血。男學生還在奔跑，就這麼跑著倒下了。血水傾瀉在漆黑的柏油路上。他的身體斷斷續續地抽動，不久就不動了。

為什麼軍人不用擴音器先對話？如果是為了救助生存者，可以對整個校園廣播。為什麼槍要裝上消音器呢？答案顯而易見，他們早就知道感染者對聲音非常敏感，所以才會最大限度地減少噪音駐紮在那裡。

是活人還是死人，從遠處不易分辨。即使外表看起來完好無損，也有可能已經感染並即將變異，所以對任何人都不能放心，只要有人穿牆出來，發現後一律格殺勿論……

咻！有東西劃破天空，飛了過來。啪！尖銳的衝擊穿透小腿，我一個踉蹌，初時沒什麼感覺，不久腿馬上被火燙到一樣熱辣辣的。

我愣愣地往下看，感覺褲管濕漉漉的，子彈穿過小腿，流血不止。

「鄭護現！」

學長在叫我。我抬起頭看著他，因衝擊而收緊的瞳孔、扭曲的眼神、悽慘的吶喊聲，所有一切都顯得出奇的緩慢。

——學長，對不起，是我判斷錯了，不該走大門出來的。

我想這樣說，但是卻說不出話來。眼前一切看起來模糊不清，好像被蓋上半透明的帷幕。身體一下子就沒力了，很快地失去平衡，慢慢地倒下。

學長向我衝過來，緊緊摟住我的肩膀和腰，用自己的身體護住我。

「……」

學長的上身不停起伏，他像被雷劈了一樣驚慌地吞了口氣，他的身體貼著我，我實實在在感受到他急促的呼吸，擁抱著我的胳膊在顫抖。我們抱在一起倒下了。

我好不容易才抱住學長，他的肋下濕濕的，一看我的手掌上沾滿了紅紅的血。心臟驟然塌陷。

「學長……呃！」

「……」

「為什麼？到底為什麼！」

「你……」

學長一手捂住被子彈射中的肋下大口喘氣，感覺很費力，因痛苦而模糊的瞳孔凝視著我。

「你……你不能死。」

「……」

「即使這裡的人都死了，呃……你也要活下去。」

他一個字一個字費力地說。雖然是冬天，但他的額頭上冒著汗。開闊的道路上沒有掩體，不知是不是又有人中槍了，我聽到尖叫聲。

學長故意皺起眉頭語帶凶狠地說：「你在幹什麼，鄭護現。不要管我，快走，如果不想再中槍就快走。」

我整條腿忍受著火燒般的疼痛，但現在學長比我更痛苦。

「只要你活著，就不會再回到聖誕節了。因為你是主角。」

「那到底是什麼意思？要我丟下學長走？學長怎麼辦？」

「我沒事，我現在……很好。」

他露出開心的笑容，沒有一絲虛假，他的表情似乎已經放下一切。雖然頭髮蓬亂，臉上沾滿了血和灰塵，但笑容中浮現的光芒絲毫沒有被遮蓋。

「現，這次你要記住我，連我的份一起。」

長滿老繭和疤痕的大手慢悠悠地拂過我的手背，一點一點地，他的力氣正慢慢耗盡。

「這次是最後一次了……終於，都結束了。」

我咬著嘴唇，喉嚨哽住了，眼淚卻沒有流出來。抱住他的手止住了顫抖，心如死灰。我沒有像偶像劇中的主角那樣悲傷哭泣，而是昂首挺胸地瞪著他。

「閉嘴。」

「你再也不會被我霸王硬上弓了……」

「奇永遠，你給我閉嘴！」

我咬著牙，眼前被染紅了。

我抓著意識逐漸模糊的學長，狠狠地說：「不是說好了，我們兩個人都要活著出去。不是說好出去以後，想做想吃的全都要試試嘛！都說好了，怎麼還叫我拋棄你？你叫我一個人出去？不，我做不到。沒有一人獨活這種結局。」

我像瘋子一樣喃喃自語，架著他搖搖晃晃地站了起來，子彈擊中的地方疼得不得了，所幸骨頭和神經應該無礙，雖然有些吃力，但還是可以活動。我努力鎮定觀察四周。

道路一片混亂。以剛才被擊中的體育系男生為中心，我們兩個陣營對峙中。手無寸鐵，沒有任何保護的人們拚命逃跑，軍人們像進行射擊訓練一樣毫無感情地開槍。

「護現學長！」

金娜惠大聲叫我。她和其他人不知何時一起跑到馬路另一邊，她正試圖跳過一條分隔樹林和道路的柵欄。她指指我的身後，我回頭看到也有一道柵欄。

「山裡，逃到山裡去。」

金娜惠可能也受傷了，她一隻手臂被血染紅。她舉起另一隻沒受傷的手臂用力揮手，「我們要活著再見！」

「咯咯——啊啊啊！」

熟悉的尖聲怪叫，有些感染者終於從被破壞的牆壁中擠出來。士兵發現它們之後急促地呼叫，趁混亂之際，我帶著學長轉身朝山裡走。

我用手掌緊緊按住學長的肋下想止血，一邊移動腳步。但每走一步，受傷的腿就會因承載兩人的重量而疼痛難忍。學長的狀態也越來越差，他再也說不出話來，額頭被冷汗浸透，只能無力地閉著眼睛氣若游絲。

我把他先移到柵欄另一邊，小心翼翼地盡量避免增加他傷處的負擔，然後我才越過柵欄，我的腿像地震一樣抖，在翻越柵欄時一時手軟，撲通一聲摔倒在樹林中。

「呼！呼！」

在厚厚的積雪下隱藏著粗壯的樹根和岩石，身體受到撞擊而疼痛不已，差點以為全身骨頭都碎了。我用胳膊撐著地，好不容易站了起來，先脫掉外套，圍在學長的肋下，把兩個袖子打結，緊緊地包覆傷口。他短促地呻吟了一聲。

不知道什麼時候會再受到攻擊，加上學長受了重傷，不能拖延時間。我把他扶起來，眼前是陡峭的冬日雪山，這裡布滿了凋零的樹木和被白雪覆蓋的岩石。

如果我死了，學長又會再回到聖誕節的早晨；如果我死了，沒有人會記得學長，他反覆無數次回到過去。如果我死了，就沒有辦法擊退病毒了，所以我必須活著出去，跟學長一起。

好像有什麼順著嘴唇流下，我用另一隻手抹了抹，是血。剛才翻越柵欄時摔下，臉去撞了岩石，嘴角好像裂開了。學長的生命每分每秒都在流逝，我沒有時間去在意這種小傷。

我若無其事把血抹去，自言自語地說：「我不會死，不會死的。我不會死……」

視野變窄了，耳邊只有我和學長氣喘吁吁的聲音。

我垂下沾滿血的手背，搖搖晃晃地往山裡走去。

沒走多久就上氣不接下氣。在柏油路上走的時候腳就很痛，現在要爬山痛得更厲害了。我們學校周圍的山相當陡，聽說幾年前有學生喝了酒走進山裡結果墜落身亡，這故事在校園裡像怪談一樣流傳。現在還積了雪，沒幾步路就不知滑了幾次。

「嗬——嗬——」

汗不斷地湧出來，因為脫掉外套圍在學長身上，我的體溫迅速下降，但受傷的地方卻一直像著了火一樣熱辣辣的。

不知走了多久，一個踉蹌失足了。因為沒注意到岩石上的雪已結成冰，一腳踩上就摔倒了。摔倒的時候我還緊緊抱住學長，我們在摻雜的雪和蓬鬆的落葉上打滾。

「學長！學長！你沒事吧？」

好不容易打起精神，就確認學長的狀況，其他什麼都不重要，在這白雪覆蓋的世界彷彿只有我們兩個人。

他皺著眉頭伸手，眼睛睜不開，只是漫無目的地在空氣中摸索，好像在找我。

我也伸出手，兩隻血跡斑斑的手將要觸碰的瞬間，咔嚓，就在前面傳來了金屬聲。心臟落了一拍，我僵硬地抬起頭往前看，一名軍人用槍指著我。

那名軍人年紀很輕，在韓國軍隊中除了軍官以外的普通士兵大部分都是二十出頭的青年。

他看起來甚至比我年輕，在防彈頭盔下面，可以看到戴著高度近視眼鏡、稚氣未脫的臉。看軍銜是二等兵。

「不許動！」

他緊張地舉著槍。現在的我是什麼模樣？頭髮凌亂、渾身沾滿血的傢伙，旁邊還有個不省人事的傷患，換做是我也會先舉槍瞄準。

「你好。」

首先應該讓對方平靜下來。我習慣性地笑著問候，軍人嚇得目瞪口呆。

「你敢動我就開槍……」

奇怪的是我並不害怕。可能是因為之前在校園裡看到了太多慘狀，不時有噁心的殭屍一見到我就撲過來，所以現在異常鎮定。又或是其實我已經對恐懼麻痹了？

「你長官怎麼說？要射殺所有逃出來的人嗎？」

「我要開槍了！」

「還是學生嗎？入伍多久了？」

「……」

「在這種嚴寒中還要出任務，不覺得煩嗎？我也曾經有過經驗。」

「……」

「他們說……不是人……」

他越抖越厲害，瞄準我額頭的槍口晃來晃去，放在扳機上的手指也在抖。最後，他好像下定決心似的，重新架好槍。

我閉上眼，等著可怕的痛苦降臨……但是並沒有。

「那是什麼？」

軍人將視線固定在我身後，躊躇不前。後面傳來踩落葉的聲音，我睜開眼睛回頭看，在密密麻麻的樹木之間，可以看到感染者的身影，穿牆而出終於來到這裡了。

可能有受到火燒車的波及，全身燒得黑乎乎的，污黑的水一直流下來，還沾了不少雪和泥土，看起來非常可怕，勝過之前看過的，連我都覺得毛骨悚然。

感染者發現我們之後發出貪婪的怪聲，然後開始向這邊靠近，中途被岩石和樹幹絆住，跌跌撞撞地也沒停下來。隨著距離縮短，那傢伙的面貌更觸目驚心。

「呃……呃……」

軍人輪流看著感染者和我，眼神沒有焦點，握著槍的手亂晃，我很擔心他會不會誤觸擊發子彈，同時也理解到他陷入極度的恐慌之中。一直都只是守著校門外的道路，遠遠看到東西就射擊，應該從未如此近距離與殭屍面對面吧。

雖說是軍人，但到底也只是個普通的二十出頭青年。在入伍之前的生活很安穩，就像我和學長一樣，即使接受過幾個月的軍事訓練，也不可能好整以暇地進行殺戮。

「開槍啊，快點！」

「啊——啊——」

「你想死嗎？快開槍啊！」

我忍著傷口刺痛催促軍人，他這才舉起了槍，但是一直無法成功用食指扣下扳機，試了好幾次都失敗，這種傢伙在軍隊裡還可以當顧問官？

他終於成功地發射了一顆子彈，但根本沒瞄準，打到旁邊的樹。

感染者腐爛的眼睛嘎吱嘎吱地轉動直盯著他。

「啊啊啊！」

軍人看到感染者的眼睛，當場大聲尖叫。

這下更刺激感染者，感染者彷彿很飢渴似地撲了上去。

「啊！走開！走開！」

趁感染者攻擊軍人之際，我可以帶著學長逃跑。

但事實上並不可行，因為我們是傷患帶著傷患，在這山中我們的速度很慢，感染者啃完眼前的獵物後，很快就會找下一個目標，照我們的速度走不了多遠就會被抓住。加上到時候軍人也變成殭屍就慘了，所以無論如何必須在這裡解決掉感染者。

「走開！」

軍人胡亂揮舞長槍攻擊對方，在近身肉搏中長槍派不上用場，只能當作鈍器使用。

「先拉開距離再開槍，從它的眼睛射進腦袋裡就行了！」

軍人好像聽不到我的吶喊，這樣下去不行，我先把學長扶到樹前靠著，然後上前幫忙。

我用沒受傷的腿支撐，拿起了大石頭，但光是彎腰這簡單的動作就差點要我的命。啪！石頭打中了感染者，它正好要咬軍人的手。它的頭被砸到，現在它的目標變成我，而不是軍人。

「開槍。快啊！」

猶豫不決的軍人擺出射擊姿勢，但感染者動作更快。

「咔啊啊啊！」

感染者張大了嘴直撲我的脖子而來，我搖搖晃晃地摔倒在地，以些微的差距躲過攻擊，但是下一次恐怕無法躲過，陰影瞬間籠罩在我之上。

「呃！」

我急急忙忙抬起胳膊，阻止它咬我脖子，它的牙齒扎進了我的胳膊，噁心的感覺。就在它要咬下我的肉之前，軍人從我身後開槍了。因為距離很近，子彈不偏不倚地射入感染者的眼睛。

感染者的頭顱在我眼前爆開了。瞄準眼窩發射的子彈劃破腐爛的大腦，還打穿了後腦杓。烏黑的、黏糊糊的血噴灑在空中。感染者癱倒在地，再也沒有動彈。

「唷——唷——」

軍人呆呆地不敢相信自己剛才做了什麼，槍還失手掉在地上。就算是二等兵，從各方面來說也已經是個失格的軍人。

「那個……那個……」

過了好一會兒，他才恢復清醒，滿臉快要哭出來的樣子走了過來。但我沒有力氣回應，被咬的地方開始散發出不舒服的熱氣，原本凍僵的身體慢慢發燙，我大口喘氣倒在原地。

「你聽得到我說話嗎？喂！」

在模糊不清的視野中，看到軍人急急忙忙抓著我。

不知過了多久，被夾雜著噪音的對講機聲音喚醒。軍人好像在和部隊通訊，我記得最後，我分明是倒在泥土和雪混合的地上，但現在我躺在樹蔭下的岩石上。

往旁邊一看，看到了學長，他並排躺在我身邊，由於流了很多血，臉色非常蒼白，嘴唇一點血色也沒有。他的肋下纏著繃帶，而非我隨便亂綁的外套。

我的小腿也是，被子彈射穿破爛不堪的褲子捲到膝蓋，傷口纏上了繃帶。我的胳膊上留下了明顯的齒印，因為剛被咬不久，所以血凝成了紅色，雖然還是刺痛，但身體並沒有像剛才那樣發熱和頭暈。

剛才是射死我和學長的最佳時機，他為什麼沒有開槍？還把我們扶到樹下，幫我們包紮。普通人就算了，他現在是軍人身分，不服從軍令可是會受到很大的懲罰。

不知道為什麼，但又好像知道一點，或許他在做各種思考之前，身體率先行動。就像我從來都是甘冒自身危險去救別人一樣。

軍人通話結束了，我輕聲叫他。

「請問……」

「是！二等兵，江、秉、燦。」

他不知道我已經醒了，只是一聽到聲音就反射性地回答，真不愧是訓練有素，在睡夢中被點名也會喊「有！」的二等兵。

「噓！」

我舉起千斤重的手，把食指放在嘴邊，他一驚趕緊閉上嘴。

「這個繃帶……是補給品。是你幫我包紮的嗎？」

「是的，那個……雖然是應急處理，但有先消毒了。」

「謝謝。」

他的眼睛充血，不知是因為剛才所經歷的衝擊還是其他原因，他用軍服袖子擦了擦眼角。

「我什麼都不知道就被抽調過來。只聽說現在相當於戰時的緊急狀態，需要支援出動。」

他突然就開口了，我默默地傾聽。

「就這樣來到百一大學，我還想說難不成是學生大規模示威嗎？還是校園發生槍擊事件？或者不會是有北韓軍潛入吧？總之我是這樣想的。」

「……」

「在大門口守備時，長官交代所有從大門出來的都格殺無論，因為那些不是人，聽不懂人話，叫我們不要猶豫，開槍就對了。當時我們都想一定是對國家安全構成重大威脅的敵人，就跟抓不法分子沒什麼區別。」

我並未感到氣憤，因為我知道，基層士兵只是聽命行事，他們什麼都不知道。但是對那些明知校園裡還有生存者，卻下達格殺勿論這種命令的上級感到心寒。

「可是很奇怪，出來的看起來跟人一樣啊。雖然也有些像被鬼附身行動奇怪的人，但很多都是完全正常的人。可是長官一直叫我們立刻射殺，就是殺無赦。我也不知道為什麼要我開槍，明明都是普通的大學生，跟我年齡差不多的學生跑出來大喊。怎麼可以、怎麼可以……」

他話還沒說完就哽咽了，然後抬頭直視著我，紅紅的眼睛裡噙滿了淚水。

「到底哪邊是對的？那些怪物、病毒是什麼？你是無辜的平民嗎？那你為什麼會被關在校園裡？為什麼要我們開槍打你們？」

我無法給他答案，因為這也是我想知道的。

在宿舍、圖書館、行政大樓，那些想活下去而掙扎的人們，都浮現在我眼前。善良和邪惡，自私與無私，他們都在問，我們到底犯了什麼錯，為什麼要經歷這種慘劇呢？

感覺山下有動靜，我和軍人同時看過去，這回不是感染者，是全副武裝的軍人們，正不顧一切地穿過樹林往上爬。

「不要開槍！」我身邊的軍人猛然站起來，揮舞雙臂大聲地說：「不要開槍，是生還者！」

他瞥了一眼我胳膊上的齒印，確認我眼神沒有變異的跡象，然後又朝對面大喊：「……這裡需要救援！」

軍人之間的對話聽起來很遙遠，我的身體很快就感覺沒了力氣，像被深水淹沒一樣，一直往下沉，只聽見旁邊躺著的學長那細細的、不穩定的呼吸聲。

後面的記憶不清晰，每當精神恍惚的時候，周圍的風景就會發生變化。從行駛的車內、移動床到病房，我腦中一片空白，只感覺冷颼颼的、頭暈、疼痛。不知從何時開始，我的嘴上戴著氧氣罩，床邊的顯示器發出有規律的嗶嗶聲。

不知睡了多久，連夢都沒做，就像在宿舍熬了幾天幾夜做完作業後大睡一場。但當我再次醒來時，我的家人圍坐在床邊。剛睜開眼還想了一會，是誰呢？上次見到他們似乎是很久以前的事了。大家一看見我就哭了起來，媽媽、爸爸，甚至連一見面就吵架的妹妹都是。他們以為我死了，聽說已經動員所有方法試圖救援，但到目前為止沒有發現其他生還者。這是政府目前提出的說法。

「哎喲，護現，我的小狗狗，我的寶貝孫子……」

奶奶也來了，緊握著我無力垂落的手嗚咽了半天，我滿是傷痕和瘀青的手和奶奶又小又布滿皺紋的手疊在一起。

我本來想告訴她我沒事，不要擔心，但是我不大能發出聲音。不知是麻醉未退還是鎮痛劑的作用，我一直覺得精神恍惚，每次呼氣，氧氣罩就霧濛濛的……

於是我只能笑。我困難地扭動手指，轉握住奶奶的手，奶奶嗚咽的聲音更大了，病房裡哭成一片淚海。

我一直住在單人房，醫療費由國家全額負擔。他們對我的家人說，這是為遭遇事故的生存者所提供的國家援助。但是我知道，實際上這是一種隔離措施。

我接受了很多的精密檢查，身體還沒恢復就被抽了無數次血。兩臂、手腕和手背因大小針頭的痕跡顯得慘不忍睹。這是從獲救開始就預料到的事，如果能夠用我體內的某種東西製造疫苗，如果能夠救活那些可能無辜慘死或變異成可怕東西的人，要抽多少血我都無所謂。

我身上的傷口貼上紗布，被子彈射中的小腿經過縫合，纏上繃帶。更早之前在中央圖書館被刀刺傷的大腿也重新進行消毒治療。

「學長呢？」

當我恢復到可以摘掉身上各種管線和氧氣罩時，我第一句話就是問學長在哪裡，但我的父母臉上露出茫然的神色。

「什麼學長？」

「學長，奇永遠學長。和我一起獲救的人。」

我連呼吸都忘了直直盯著他們。我好怕他們會說不知道奇永遠是誰，會說當初就只有我一個生還者。那麼我們併肩躺在白雪覆蓋的山上，還有他的呼吸聲都是我創造的幻覺。各種不祥的想法在昏昏欲睡的頭腦中迴盪。

「那個……」父母終於開口了。

我得到了答案。

在進行「精密檢查」的日子裡禁止探視。一直守護在我身邊的家人暫時回家一趟。我獨自一人無聊地待在病房，突然牆上的電視映入眼簾。

這段期間家人像是約好了一樣都不開電視。在什麼都沒有的病房裡跟我大眼瞪小眼應該很無聊，卻一次也沒見過任何一個家人滑玩手機。我越想越奇怪，拿起遙控器打開電視。

畫面中出現了有線電視臺新聞頻道。身穿西裝的主播表情嚴肅地播報新聞，我呆呆地注視著畫面，聽不見主播讀稿的聲音，只盯著不斷變換的跑馬燈，熟悉的字句一一出現。

【『百一大慘案』通訊故意中斷之謎，是為了防止擴散嗎？】

【從受理報案到放棄救援……『沉默的 Golden Time』政府都在做什麼？】

【試圖隱藏軍隊爭議　各界為軍隊是否下達格殺令展開真相攻防戰】

【愛國和平黨議員黃基龍失言風波：『百一大慘案是親朝鮮勢力自導自演，拿收遺屬們的錢來演戲的』】

【百一大學校長梁應植突然宣布請辭，『深感責任重大……我要用一輩子向學生們贖罪』】

我像失了魂似地轉臺，這回轉到時事評論節目。螢幕上出現我們學校的校徽，與談來賓正在激烈地爭論。畫面下面，新聞快報的標題紛紛飄過。

【倖存者金某的證言：生活一切照舊，沒有任何問題】

【青瓦臺國民請願『敦促查明百一大慘案真相』目前已有五十萬人連署】

【『百一大病毒外洩事故』犧牲者設立聯合靈堂……哀悼民眾絡繹不絕】

咔嚓，關掉電視，我把遙控器扔在枕頭上。

起身、下床，病患服褲子下露出的腳又瘦又乾，我穿上拖鞋站了起來。疼痛從纏著繃帶的小腿蔓延，但比起流著血在積雪的山上逃命時要好得多了。

我走出我住的單人房，在這棟樓的其他病房中找到他。那是間與我住的單人房沒有什麼區別的病房。房間裡很平靜，雖然沒開燈，但透過象牙色窗簾進來的陽光照亮了牆壁和地板。櫃子上有大大的花和水果籃，加濕器裡不斷冒出白色水蒸氣。

我拖著疼痛的腿慢慢靠近，看到掛在病床上的名牌。奇永遠，男，滿二十五歲。

用黑色列印出來的名字很熟悉，但同時又感到十分陌生，也許是因為在非現實情況下遇到的他，是這個現實中真的存在、實際活著的人吧。

在醫院特有的淺色被子下，學長靜靜地睡著了。一臉輕鬆的表情，好像把至今經歷的痛苦和絕望都忘得一乾二淨，我彷彿也看不到他手背上插著點滴管，和身上密密麻麻的繃帶。

我沒有叫醒他，而是轉身一瘸一拐地走向窗邊，揭開窗簾，燦爛的陽光直射進來，學長躺的床上也有一道光，我乾脆把窗簾全都拉開，長期在病房中生活，突然受到自然光照射，特別耀眼。我忘記了承載體重的腿上的疼痛，靜靜地望著窗外，看到醫院前的風景。

汽車川流不息，偶爾有計程車停下來載客。四處都有穿著白袍、掛著名牌的人在走動，還有病患坐在輪椅上由家屬或看護推著散步。花壇和院子裡的積雪現在差不多都融化了。

世界一如既往地忙碌著，當我們被關在活地獄的校園裡的時候，時間沒有等我們就過去了。

家人沒有告訴我這段時間外界發生了什麼事情，情況如何發展，可能是因為不想刺激我，加重心理創傷。

但是在透過電視新聞報導，再加上自己親眼所見，拼湊在一起大概就知道事情的來龍去脈了。病毒外洩後，接到通知的人急忙逃跑，幾個消息靈通的學生也是。有的學生沒及時搭上接駁車而束手無策，但幾個有辦法的學生還是成功逃出去了。這期間已經有人感染了。一名學生在騎自行車的途中暈倒在大門前道路中央，然後沒過多久就變異了。

外面也亂成一團。幸虧只有一名感染者跑出來，而且在到達市區之前發生變異，被某個救援人員犧牲自己性命處理掉了。在此過程中，陸續出現無數犧牲者。

變異過的人無法治療，只有進行隔離防止擴散。但人們資訊太少，不知道病毒什麼時候會擴散，因為完全沒有會不會經空氣或水傳染、會不會傳染給動物、病毒株會不會進化等這些數據。最終政府判斷無法控制病毒，迅速決定封鎖校園。

我為了救二等兵而胳膊被咬，這是我的宿命，若不那樣可能我和學長早就被軍人射殺。政府當時的方針是就算外表看起來正常，但也有可能被咬在看不見的部位，所以無條件全都殺掉。

但是我在二等兵面前被咬，然後完全沒有變異，我成了活抗體、活疫苗。

為了研究，不得不救我。

政府一直堅稱有努力救援，但都沒發現生還者，而我是例外，於是與我一起逃出大門的人都被救了。

對我們來說，那段惡夢般的日子真是生不如死。但是對那些政客來說，只是個頭痛問題，是爭權奪利的好藉口，所以連日來，激昂地表達各種主張的聲音充斥在各個電視節目裡。

突然傳來小小的動靜。我回頭看，學長輕輕翻了個身，房間裡很亮，他好像醒了，眼皮微微顫抖，不一會兒就張開眼，露出黑眼珠。我一直屏息注視著他。

學長無力地嘆了口氣，用力睜大眼睛凝視著天花板，把視線固定在陽光照耀的天花板上好一陣子。病房的天花板和學校宿舍寢室一樣是白色的，我大概猜得出他現在可能在想什麼，故意製造聲響走近他。

他的視線慢慢移動，投向了我。

他瞇起眼皺起眉頭，似乎在想怎麼會？然後又看到我背後的陽光。

「嗨，學長，睡得好嗎？」

「……」

他呆呆地半張開嘴，然後又合上，在意識到我確實存在的瞬間，渾濁的眼睛慢慢恢復了光彩，染上了顏色。從死到生，從黑暗到光明，令人驚奇。

「嗨，學弟，你來了。」

他的聲音沙啞，更低沉了，但是語氣依然如故。我不自覺感到放心。

「真的活下來了。」

我忍不住微微一笑，學長像被我迷住似的，在寒冷的冬日陽光下，烏黑的瞳孔一直跟著我。

「是啊，真的活下來了。」

他輕輕地直起上身伸出手，手背上的點滴針頭掉了，但他不以為意，用力擁抱了我，我無可奈何地被他拉上了床。

「學長，等一下，你的點滴掉了。」

「好、好，小可愛。」

他一點也沒有要聽我話的意思，忘情地把頭埋在我的脖子和肩膀中間，他的氣息撲向我敏感的皮膚上。

「你點滴掉了，會漏針啊，我去請護理師來重新插……」

「那種東西就讓它掉吧，只要我的鳥放進你洞裡時不要掉就好。」

「啊！」

無時無刻的淫言穢語果然不曾消失，氣氛完全被破壞了。學長摟著我的腰，隔著病患服摸我的屁股。真想哭。我可以感覺到他的肋下纏著厚厚的繃帶。

「學長，拜託！」

「為什麼不叫我閉嘴？」

「什麼？」

「你不是對我說過，奇永遠你給我閉嘴！真迷人，再說一次吧。如果在頂的時候你用那種語氣叫我用力點，馬的，光用想的就要射了。」

我啞口無言，臉上火辣辣的。真沒想到，他居然還記得在急切中胡亂說的話。

「本來以為會被你揍，沒想到居然沒有。現在要不要揍我啊？」

他嗤嗤地笑，在陽光照射下的臉頰上看到刻印的傷口，沒有血色的嘴唇上也有血痂。我靜靜地搖了搖頭。

「不，我為什麼要讓學長難受呢？」

「你怎麼會這麼好啊，總是做些無用的事，卻又這麼迷人，真想把你吃了。」

他揉著我的臉頰、手和貼在傷口上的紗布。

「又為了救我拚命到最後是嗎？我捨不得你這條命，這麼小、這麼軟，卻這麼拚命……」

什麼小又軟……怎麼想都不應該是形容我啊，我應該是大又硬，怎麼會小又軟？

「所以你不喜歡嗎？」

「沒有。」

他毫不猶豫地回答，本來是半開玩笑問的，但看到他正色地回答，突然覺得不好意思了，連忙轉移話題。

「學長，你知道嗎？馬上就要過年了。聖誕節已經過去了。」

聖誕節的早上對他來說意味著什麼，這世上不會有人知道，就算說出來也會被當作瘋子對待，說不定會說他是因為病毒慘案受到打擊，精神異常了吧。能理解他受過的無數痛苦，今後一生都會像影子一樣跟隨他的……只有我。

學長靜靜地凝視我的眼睛，他那乾澀的嘴唇微微開合了好幾次。

「學弟，你知道嗎？我……我那天，聖誕節清晨……」

「……」

我靜靜等著，但學長似乎是很久沒有說話了，不知從何說起。然後他突然看向某處，伸出纏著繃帶的手臂，從旁邊的花籃裡摘下一片小花瓣，然後若無其事地放在我的鼻子上。我覺得莫名其妙，眨了眨眼睛。

「花瓣兔。」

「什麼？」

他面無表情平靜地說，真是令人啼笑皆非。難道他連兔子長什麼樣子都忘了嗎？還是在說什麼國外的可怕大兔子？

「兔子，你要吃蘋果嗎？」

「不是，那個……嗯？學長？」

他從果籃裡拿出一個蘋果，放在我手上。

「吃吧，你不是喜歡蘋果嗎？」

我迷迷糊糊地看看學長又看看蘋果，過了一會兒才笑出聲來。隨著笑聲，鼻子上的花瓣飄然飛起。學長的特異言行弄得我手腳蜷縮、頭皮發麻，卻又很好笑。

浮在空中的花瓣輕輕落下，落在床單上。我笑了又笑，就像要把之前沒笑的都補回來一樣，看著我的學長也淡淡地笑了。

學長連學校外面有什麼、自己喜歡做什麼、喜歡吃什麼都忘記了，卻記得我喜歡蘋果。想起了他泰然自若道歉的樣子；想起打勾勾說出去之後要做什麼的樣子；想起他毫不猶豫保護我，代替我中槍的樣子。

「哈哈哈……」

笑到最後卻哽咽了。我抖著肩膀，低下頭咬著下唇，眼淚在眼眶裡打轉，終究還是決堤了。

「……」

我一手握著蘋果，在他面前又哭得難看，就像中央圖書館一樓咖啡廳一樣，無法掩飾淚流滿面和扭曲的表情，哭得上氣不接下氣。

苦惱了無數次要不要說這句話，到現在一直忍著沒說。怕說出口之後萬一我死了，對記住一切的學長會有多麼殘忍。

但是現在似乎時機已經成熟了。

「我喜歡……」

話音剛落，淚水湧出浸濕了臉頰。學長沉默了一會兒，低聲問道。

「喜歡蘋果嗎？」

「不是，是學長。」

「……」

「我，我喜歡學長。」

過了好半天都沒說話，我抬起頭來，用被淚水浸透的眼睛，從濕潤的睫毛之間看見學長。

「……」

「呃……」

還沒來得及確認他的表情，就被抱住。隔著白色病患服，彼此的胸口貼在一起，心臟不分你我地狂跳。一陣不安的氣息撲面而來，像憋著笑，又像憋著哭。

我摟住他的背，把頭埋在肩膀裡，偶然發現他脖子上的疤痕變淡了一點。如果不是經常近距離接觸，是無法察覺到這細微的變化。他確實在恢復中，以前被撕裂的地方開始癒合，新長出來的肉也沒那麼紅了。雖然仍是傷痕累累，但似乎沒有以前那麼痛苦的感覺了。

我用指尖慢慢地拂過疤痕，一一回顧刻在我心中的他。第一次在宿舍走道的相遇，在淋浴間的身體接觸，在燈光熄滅的黑暗建築物，在雪花飛舞的陰沉天空下，在滿是凋零樹木的森林裡。

之前積在眼眶裡的淚水流了下來，弄濕了他的脖子。積了一個冬季的雪，最終會融化消逝，疤痕飽含水分之後，也會染上接近皮膚的顏色。

我知道，以後不會再重來了。

（正文完）

i小說 053

Deadman Switch：末日校園2

國家圖書館出版品預行編目（CIP）資料

Deadman Switch : 末日校園 / Eise著 ; 艾咪譯. -- 初版. --
臺北市 : 愛呦文創有限公司, 2023.05-
冊； 公分. -- (i小說 ; 53-)
譯自 : 데드맨 스위치
ISBN 978-626-96919-2-0(第2冊 : 平裝)

862.57　　112002050

愛呦文創

原書書名	데드맨 스위치
作　　者	아이제（Eise）
譯　　者	艾咪
封面繪圖	Zorya
海報繪圖	sima
責任編輯	高章敏
特約編輯	劉綺文
文字校對	劉綺文
版　　權	Yuvia Hsiang
行銷企劃	羅婷婷
發 行 人	高章敏
出　　版	愛呦文創有限公司
地　　址	10691台北市忠孝東路四段59號10-2樓
電　　話	（886）2-25287229
郵電信箱	iyao.service@gmail.com
愛呦粉絲團	https://www.facebook.com/iyao.book
總 經 銷	聯合發行股份有限公司
電　　話	（886）2-29178022
地　　址	231新北市新店區寶橋路235巷6弄6號2樓
美術設計	廖婉禎
內頁排版	陳佩君
印　　刷	沐春行銷創意有限公司
初版一刷	2023年5月
初版二刷	2023年6月
定　　價	340元
I S B N	978-626-96919-2-0

愛吻文創

愛呦文創